その年、わたしは嘘《うそ》をおぼえた

ローレン・ウォーク［作］
中井はるの・中井川玲子［訳］

さ・え・ら書房

For my mother

母に捧《ささ》げる

合田里美　絵
桂川潤　装丁

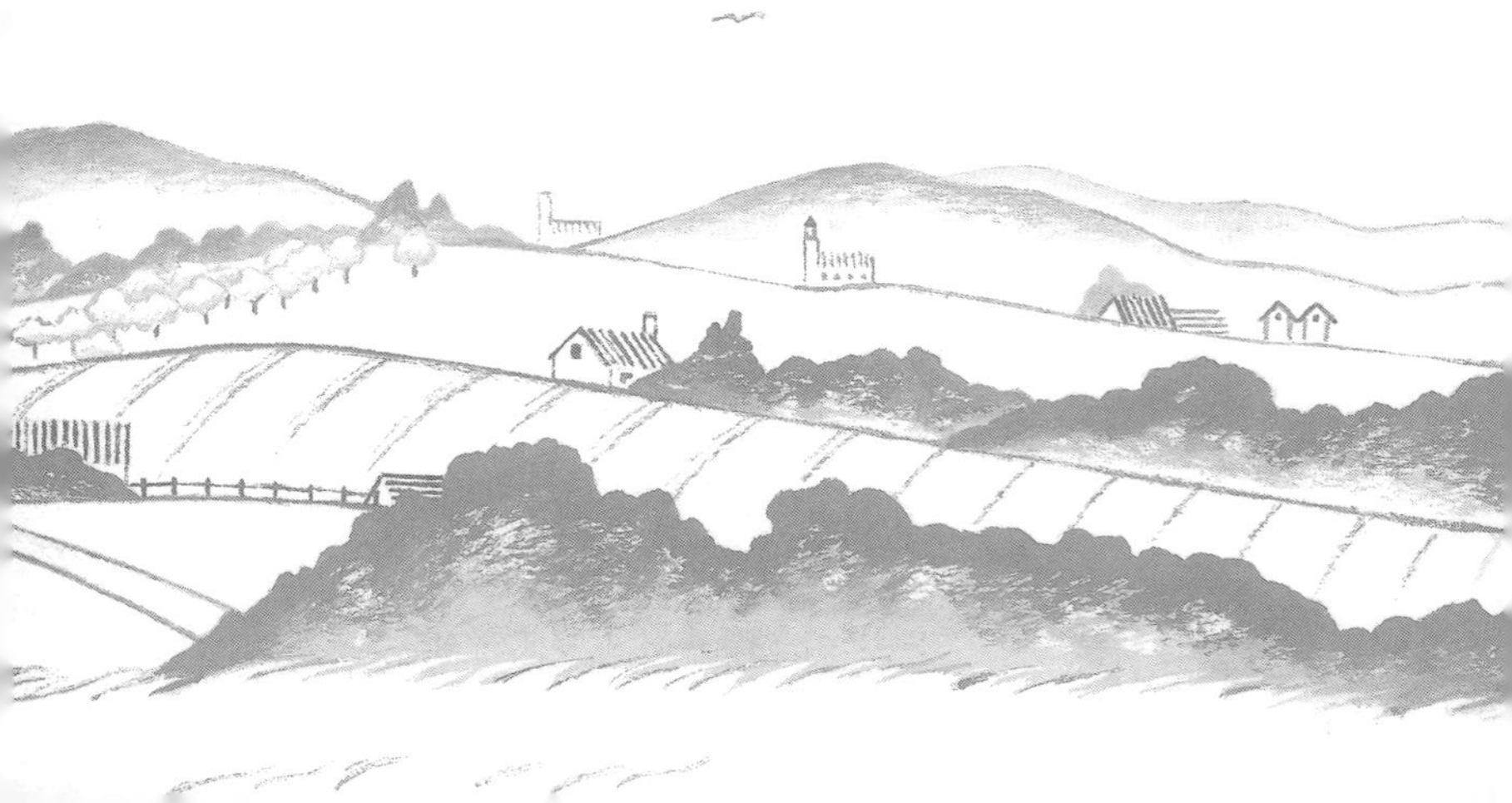

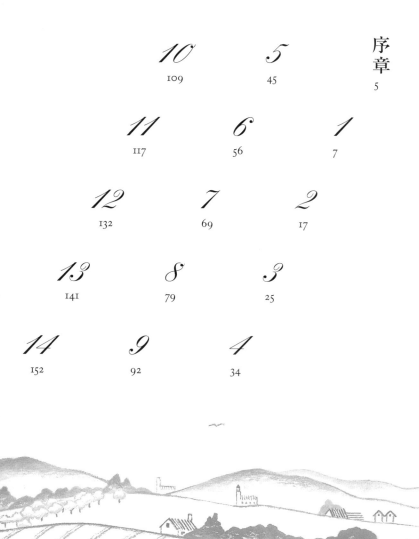

主な登場人物

アナベル・マクブライド　主人公。オオカミ谷近くの農場にくらす少女。十一歳《さい》。

ベティ・グレンガリー　オオカミ谷近くに越《こ》してきた少女。十四歳《さい》。

お母さん(セイラ)　アナベルの母親。厳《きび》しくもやさしくアナベルを見まもる。

お父さん(ジョン)　アナベルの父親。農場を営む。

ヘンリー　アナベルの弟。九歳《さい》。

ジェイムズ　アナベルの弟。七歳《さい》。

リリーおばさん　アナベルの父親の妹。郵便局長《ゆうびんきょくちょう》。

アナベルの祖父母　アナベルの父親の両親。

ルース　アナベルの友人。

アンディ・ウッドベリー　ベティの恋人《こいびと》。

テイラー先生　学校教師。

ベティの祖父母　ベティの父親の両親。

アンセル・ファース　長年この地に住む、ドイツ系《けい》の親切な農夫。

アニー・グリブル　電話交換手《こうかんしゅ》。

オレスカ保安官　オオカミ谷付近を担当《たんとう》する。

コールマン州警察官《しゅうけいさつかん》　ピッツバーグ市にある州警察署《しゅうけいさつしょ》の警察官《けいさつかん》。

トビー　オオカミ谷近くに住みついた放浪者《ほうろうしゃ》。

序章

十二歳《さい》になるその年、わたしは嘘《うそ》をおぼえた。

子どものつくような、ささいな嘘《うそ》ではない。本物の恐怖《きょうふ》にかきたてられた、まぎれもない嘘《うそ》──わたしの言ったこと、わたしのしたことが、わたし自身を、それまでのくらしから連れ去り、まったく新しい世界へと放りこんだ。

一九四三年の秋、わたしのおだやかなくらしが、目まぐるしく回りはじめた。戦争が世界中を大混乱《だいこんらん》におとしいれたせいもある。でも、それだけではない。わたしたちの丘陵地《きゅうりょうち》へやってきた黒い心を持つ少女。あの子が何もかも変えてしまったせい。

あの頃《ころ》は、何がなんだかわからないまま、自分が、激《はげ》しく音をたてて回る風車《かざぐるま》の軸《じく》になったような気がしていた。それでも、わかっていた。不安だらけの毎日をずっと、本とリンゴを手に納屋《なや》にかくれていてはいけない、成り行きまかせにしてはいけないと。十二歳《さい》になるには、わたしなりに役立つことをしなくてはならない。そうしてこそ、自分の場所、小さな自信を手に入れ、ちゃんとした大人になるための一歩を踏《ふ》みだせる。

けれども、ことは、それだけですまなかった。

十二歳《さい》になるその年、わたしは、自分の言ったこと、自分のすることへの重みを知った。ときには重すぎて、ほんとうにそんな荷物を背負《せお》いたいのかわからなかった。けれども、とにかく背負《せお》い、精一杯《せいいっぱい》、歩いたのだった。

1

はじまりは、五歳《さい》のときのクリスマスにリリーおばさんがくれた陶器《とうき》のブタの貯金箱だった。

貯金箱がないのに、母さんが気づいた。

「アナベル、貯金箱をかくしたの？」母さんはわたしの部屋で、壁《かべ》の下のすそ板をみがいていた。わたしは夏服をしまっていたところ。わたしの部屋は小さくて、たいして物がないから、すぐ気がついたのだろう。家具と窓《まど》のほかは、ベッドのわきに、くしとブラシと本があるぐらい。「だれも、アナベルのものを取ったりしないわよ。かくさないでだいじょうぶ」母さんは四つんばいになってゴシゴシみがいている。体がゆれつづけ、黒い靴《くつ》の底が上を向いている。

母さんに顔を見られなくて、ほっとした。そのときわたしは、教会へ行くときの服をたたんでいた。あざやかすぎるピンク色のワンピースで、来年の春には小さくて着られなくなっているとよいと思ったばかり。今、わたしの顔はそのピンク色そっくりの色にちがいない。

貯金箱は、その日学校から帰ってきて、一セント硬貨《こうか》を出そうと振《ふ》ったときに、うっかり落としてしまったのだ。こなごなに砕《くだ》けて、何年もためてきたコインが散らばった。全部でもう十ドル近くになる。貯金箱のかけらは家庭菜園の向こうにうめた。そして、コインはまとめて古いハンカチに包み、四すみを結び合わせて、ベッドの下にある冬用ブーツの中にかくした。誕生日《たんじょうび》に、おじいちゃんが集めている中からくれた一ドル硬貨《こうか》といっしょに。

その一ドル硬貨《こうか》は、貯金箱に入れなかった。ただのお金に思えなかったからだ。お金というよりもメダルみたいで、硬貨《こうか》に刻《きざ》まれた女の人がとても美しかった。りっぱで、神妙《しんみょう》で、とがった冠《かんむり》をかぶっている。

手放すのは一セント硬貨《こうか》にすると決めていた。一枚《まい》だけでなく、二、三枚《まい》になるかもしれない。でも、あの一ドル硬貨《こうか》は、ぜったいにわたさない。オオカミ谷へ続く道で待っている、あの恐《おそ》ろしい少女には。

毎日、わたしは弟たちと歩いて学校へ通った。九歳《さい》のヘンリーと、七歳《さい》のジェイムズ。オオカミ谷へ下り、谷からのぼり出て家へ帰る。その道で、大きく強く年上のベティという少女が、放課後わたしを待っていると言ったのだ。

ベティは、祖父母のグレンガリーさんとくらすよう町から連れてこられた。グレンガリーさんの家はラクーンクリークの川岸にあり、うちの農場からすぐ近くだ。三週間前にベティが学校に現れてから、ずっとこわかった。

うわさでは、ベティが田舎に送られてきたのは「矯正不可能《きょうせいふかのう》」だからだそうで、わたしはその言葉を学校の大きな辞書で調べて知った。田舎で祖父母とくらすのが罰《ばつ》なのか、行動を正すためなのかはわからなかったけれど、何も悪いことをしていないわたしたちにベティを押《お》しつけるなんて、あんまりだと思った。

ベティはある朝学校に現れ、歓迎《かんげい》どころか、たいした紹介《しょうかい》もされなかった。すでに四十人近くの生徒がいて、小さな学校は定員以上になっていたから、一人分の席を二人で使わなくてはならない子も多かった。机《つくえ》の面はななめになっていて、傷だらけ。その上を、生徒二人が文字を書いたり計算したりするのに使う。机《つくえ》の面はふたになっていて、開けると中に物を入れられる。そこに二人分の教科書を入れた。

わたしはかまわなかった。だって、仲良しのルースといっしょの机《つくえ》だったのだ。ルースは、黒髪《くろかみ》で真っ赤なくちびるをした色白の女の子。おとなしめの声で話し、服にはきっちりアイロンがかかっていた。わたしと同じぐらい読書が好きで、それが二人の大きな共通点。それから、二人ともやせていて、ちゃんと風呂《ふろ》に入る習慣があった（この学校では、みんながそうではなかった）ので、ぴったりくっついてすわっても、いやではなかった。

その日ベティがやってきて教室の後ろに立つと、テイラー先生が「おはよう」と声をかけた。ベティはだまって腕《うで》を組んでいる。「みなさん、この子はベティ・グレンガリー」まるで歌に出てくる名前のように聞こえた。

わたしたちは、おはようとあいさつをした。なのに、ベティは何も言わないで、わたしたちを見ている。

「ちょっとぎゅうぎゅうづめの教室だけど、ベティの席を見つけましょうね。上着とお弁当入れを、そこにかけていらっしゃい」

先生がどこにベティをすわらせるのか、みんな静まり返って見つめていた。けれども、先生が決める間もなく、ローラというやせた女の子が、さっさと教科書を抱《かか》えて仲良しのエミリーのとなりに移った。

そして、その机《つくえ》がベティの席になった。わたしとルースの席のすぐ前。二、三日すると、ベティはわたしの髪《かみ》につばを飛ばしたり、手を伸《の》ばしてわたしの脚《あし》をえんぴつでつついたりするようになった。ひりひりする赤い跡《あと》が脚《あし》に残った。そんな目にあうのはもちろんいやだったけれど、ベティの標的が、ルースでなくわたしでよかったと思った。ルースはわたしより小さくて、か弱い。それに、わたしは弟たちがいて、もっといろんなことに手こずらされていたけれど、ルースは兄弟がいない。ベティが来て最初の一週間、わたしは、ささいな意地悪などそのうちやめるだろうと思い、気にしないようにしていた。

ふつうであれば、先生が気づくだろう。けれども、テイラー先生は、自分に見えないところで起きていることは気にしなくていいと、割《わ》り切《き》らなくてはならなかった。

先生は一人で全学年を教えていたのだ。黒板近くに並《なら》べてあるいすには、先生が授業をする学年の生徒がすわる。残りの生徒はみんな、自分の学年の番になるまで、それぞれの席で自習をした。

年長の男子の中には、寝《ね》てばかりの子もいる。授業を受けているときも、おおっぴらに先生をばかにしていたので、どうも先生は短い時間で切《き》り上げていたようだった。そういう男子たちはみな、体が大きく、すでに農場の作業を担《にな》う働き手だった。だから、種まきや刈《か》り入れ、家畜《かちく》の集め方を教えない学校など、行く意味がないと思っていたのだ。それに、大人になったときにまだ戦争が続いているかもしれず、学校なんて、ドイツ人と戦うのになんの役にも立たないと、よくわかっていた。農場や牧場で働いていれば、兵隊に食料を提供《ていきょう》する者だからと戦争に行かないですむかもしれない。あるいは、戦うのにふさわしい強い体を作れるかもしれない。けれど、学校は役に立たないのだ。

それでも、冬の一番寒い頃《ころ》になると、家でやらされる仕事は退屈《たいくつ》で面倒《めんどう》な作業ばかりだ。フェンスや納屋《なや》の屋根、馬車の車輪の修理。そうなると、たいていの男子は、凍《こご》えるような風の中で働くことよりも、居眠《いねむ》りや、休み時間に仲間とバカ騒《さわ》ぎをするほうを選ぶようだった。父親に止められないかぎり。

けれども、ベティが転校してきたあの十月は、まだあたたかかったから、そういう手に負えない男子はあまり学校に来ていなかった。ベティさえいなければ、学校はとても平和な場所だったのだ。少なくとも、あの、何もかも崩《くず》れ落ち、わたしがつぎつぎと嘘《うそ》をつくはめになった十一月までは。

あのとき、わたしはベティのことをうまく説明する言葉を知らなかった。ベティとほかの子たちのちがいをなんと言ったらいいのか、わからなかった。ベティは、うちの学校に来て一週間もたたないうちに、わたしたちにそれまで知るはずのなかった言葉をいくつも覚えさせ、エミリーのセーターにインクをこぼし、小さい子たちに赤《あか》ん坊《ぼう》がどこから来るのか教えた。この春子牛が生まれる前に、わたしがおばあちゃんから教わったばかりのことだ。わたしの場合、赤ちゃんについて知るのは心あたたまることだった。おばあちゃんがやさしく、おもしろおかしく話してくれた。ところが、学校の小さい子たちの場合はひどいものだった。ベティは容赦《ようしゃ》なく、小さい子たちを震《ふる》えあがらせた。そして、さらにひどいことに、親たちに言いつけたら、放課後、森の中まで追いかけてたたきのめすと、おどしたのだ。しばらくしてわたしがされたように。そして、もしかしたら殺すかもと。小さい子たちはその言葉を信じた。わたしが信じたように。

わたしが、死だの八《や》つ裂《ざ》きだの言って弟たちをおどかしたとしても、弟たちは笑ってわたしに舌を突《つ》き出すだけだろう。けれども、ちょっとベティに見られただけでも、弟たちはたちまちおとなしくなる。だから、あの日オオカミ谷に弟たちがいたとしても、たいした助けにはならなかっただろう。ベティが木の陰《かげ》から出てきて、わたしの行く手をふさいだ、あのとき。


まだ小さかった頃《ころ》、なぜオオカミ谷という名なのか、おじいちゃんに聞いたことがある。

「昔、オオカミをつかまえるために、あそこに深い落とし穴《あな》を掘《ほ》ったのさ」おじいちゃんは、そう教えてくれた。

うちは、おじいちゃんも入れて八人家族。この農場の家には代々百年間住んでいる。世界大《だい》恐慌《きょうこう》のあと国じゅうが切《き》りつめた生活をしはじめてから、一つ屋根の下に三世代が肩《かた》を寄せあうようになった。

おじいちゃんは真面目な人で、必ずほんとうのことを話してくれた。わたしは、いつもほんとうのことを知りたかったわけではないのに、聞いてしまう。たとえば、オオカミ谷の名の由来を聞いたときも、まだ八歳《さい》だったのに、教えてもらった。

そのとき、おじいちゃんは、台所のいすにすわっていた。ひじをひざの上に置き、大きな両手をだらりと下ろし、青白い両足をブーツに入れようとしているところだった。

「どうしてオオカミをつかまえたの？」牛のように乳《ちち》をしぼるとか、畑を耕させることはできない。肉を食べるのでもないだろう。

「このあたりに、たくさんうろつかれないようにだ」

おじいちゃんはわたしを見ないで、自分の手を見ていた。おじいちゃんの手の皮ふは革《かわ》みたいに頑丈《がんじょう》そうなのに、両手の親指のつけ根に水ぶくれができている。父さんの畑仕事を手伝ったせいだ。

「ニワトリが食べられちゃうから？」ときどき、母さんの叫《さけ》び声で目がさめる朝があるのだ。キツネが穴《あな》を掘《ほ》ってニワトリ小屋に入ったとき。だけど、たとえ母さんでも、そんなふうにオオカミをつかまえることはないだろう。

おじいちゃんは体を起こして、目をこすった。「なにしろ、もうオオカミ狩《か》りをする人が少なくなっていたんだ。だから、オオカミはこわいものなしで、どんどん増えてしまった」

わたしは、オオカミでいっぱいの落とし穴《あな》を思い浮《う》かべた。

「落とし穴《あな》に落ちたオオカミは殺したの？」

おじいちゃんはため息をついた。「撃《う》ち殺したよ。耳をわたして報奨金《ほうしょうきん》をもらったんだ。両耳そろえて三ドル」

「オオカミの耳？　子どものオオカミは、殺さないで飼ったの？」

おじいちゃんはいつも、あまり声を出さないで笑う。ただ肩《かた》がちょっとゆれるだけ。「オオカミが犬と仲良くすると思うかい？」

農場には、いつも犬が六、七匹《ひき》いる。たまに一匹《ぴき》いなくなっても、しばらくするとかわりの犬がやってくる。

「でも、きちんと育てたら、犬みたいになったかも」

おじいちゃんはサスペンダーを肩《かた》にかけ、靴下《くつした》をはきだした。「オオカミは犬ではない。犬みたいになることもない。どう育てようとな」

おじいちゃんはブーツをはき、ひもを結ぶと、立ち上がって、大きな手をわたしの頭の上にのせた。「子どものオオカミも殺された。そんなことを気にする人は一人もいなかっただろう。去年の春、わしがマムシの子どもを踏《ふ》みつぶしたとき、アナベルもまったく気にしていなかったぞ」

そのマムシには、おじいちゃんのブーツの跡《あと》が残っていた。まるで粘土《ねんど》みたいだった。

「マムシは毒ヘビだよ。ぜんぜんちがう」

「マムシにとっては、ちがわない。マムシを創《つく》った神様にとってもだ」

2

オオカミ谷からのぼり出る道まで来て、マムシのことを思い出した。ベティが先に来て待っていた。身の毛がよだち、そこで死んだオオカミたちと思いがつながったような気がしてきた。ベティはギンガムチェックのワンピースと、自分の青い目と同じ色のセーターを着て、黒い革《かわ》靴《ぐつ》をはいている。金色の髪《かみ》はポニーテール。とても悪さをしそうには見えないだろう、顔の表情さえなければ。

わたしは、ベティの三メートルほど手前で足を止めた。

「ベティ」声をかけながら、右わきにはさんでいた本を、よりきつくはさむ。かなり重いから、もしベティがわたしに近よりすぎたら、投げつけようと思ったのだ。何も武器がないと思われたくなくて、左手の弁当入れも少し振《ふ》った。

「アナベルなんて、いったい、どういう名前？」ベティの声は低くて男子みたいだ。わたしをにらみ、かみつこうかどうか迷っている犬みたいに頭をかがめている。そして、にやついて両《りょう》腕《うで》をだらりと下ろしたまま、首をかしげた。

わたしは肩《かた》をすくめる。わたしの名前がどういう名前かなんて、知るものか。

「あんたは金持ちの子。金持ちの子の名前さ」ベティが言った。

わたしは後ろを振《ふ》り返った。後ろにだれか金持ちの子がいるのかと思ったのだ。

「わたしがお金持ちだと思うの?」自分が金持ちだと思われるなんて、考えたこともなかった。うちはここでは古い一族だ。広い農場を持ち、先祖の立派《りっぱ》なお墓もある。家も三世代が住むのには、とりあえずじゅうぶんな大きさだ。水道と電気をうちまで引き、居間の壁《かべ》には電話も取りつけてある。家の中にトイレがあるのは、年をとったおじいちゃんとおばあちゃんのためだ。それぐらいの余裕《よゆう》はあっても、うちは金持ちではない。

「あんたんちには紫《むらさき》の窓《まど》がある」ベティが言った。

なんのことを言っているのかわからなかった。そして、やっと、玄関《げんかん》にあるライラック色の窓《まど》ガラスを思い出した。うちの家の中で、とりわけわたしが好きなもののひとつ。その窓《まど》ガラスと、銀の羽のように見えるスレートの切妻《きりづま》の屋根。それから、どの部屋にもある大きな暖《だん》炉《ろ》。ドアと同じぐらいの高さがある窓《まど》。

「うちのばあちゃんが、あんたんちの紫《むらさき》の窓《まど》のことを教えてくれたんだ。紫《むらさき》の窓《まど》なんて、教会やお城《しろ》ぐらいにしかないだろ。金持ちでない家に、紫《むらさき》の窓《まど》なんてあるもんか」

わたしはなんと答えていいのかわからなくて、何も言えなかった。

ベティは道ばたの木の枝をひろった。枯《か》れ木だけど、ベティの持ち方から重そうなのがわかる。

「明日、何か持ってこないと、これで引っぱたくよ」

ベティがあんまりさりげなく言ったので、冗談《じょうだん》なのかと思った。でも、ベティに一歩近よられ、わたしは体がほてり、心臓《しんぞう》がドキドキしはじめた。

「何かって？」わたしは、紫《むらさき》の窓《まど》を引きずって森を歩いている自分を想像した。

「なんでもいいから、あんたの持ってる物」

たいして物は持っていない。ブタの貯金箱とその中のコイン、それから一ドル硬貨《こうか》と本だけ。あとは、ビーバーの毛皮のマフ。おじいちゃんがずっと前におばあちゃんのために作ったお古をわたしがもらったのだ。それから、教会用のワンピースにつけるレースの襟《えり》。わたしにはもう小さすぎる白い木綿の手袋《てぶくろ》。それに、リリーおばさんから借りて、まだ返していない、飾《かざ》り結びのボタン。

このくらいの持ち物が頭の中に並《なら》んだのだけど、どれ一つベティにあげたくなかった。ベティは続けて言った。「あんたが来なけりゃ、弟たちを待ちぶせするよ」わたしの気持ちがゆらぎだした。

弟たちは、なかなか手ごわい男の子だけど、まだ小さいから、わたしが面倒《めんどう》を見ている。わたしがだまっていると、ベティは枝を木に立てかけて、道をのぼりだし、わたしから離《はな》れていった。「それから、だれかに言ったら、あの小っちゃいのに石を投げてやるからね」ジェイムズだ。ジェイムズのことだ。あの小っちゃいのって。

ベティが見えなくなり、わたしはやっと息をついた。そして、この枝でたたかれたら、どれだけ痛《いた》いのだろうと思った。

一年前、大きな毒キノコを、ヘンリーに投げつけられたことがある。わたしはよけようとしてあとずさったひょうしに犬につまずいて倒《たお》れ、腕《うで》の骨《ほね》を折ってしまった。何度かやけどをしたこともあるし、うっかり鍬《くわ》の柄《え》におでこを打ちつけたこともある。ウッドチャックの穴《あな》にはまって足首をくじいたこともあった。生まれて十一年間、枝でたたかれたぐらいで死にはしないと、わかるだけの痛《いた》い思いはしてきた。

わたしは道をのぼりだし、ベティが置いていった枝をつかんで、思いっきり森の奥《おく》へ放り投げた。それだけで、ちょっと気が楽になった。

ゆっくり重い足取りで坂道をのぼりながら、心を決めた。ベティは、まずわたしを試し終えるまで、ヘンリーとジェイムズには手出しをしないだろう。ただ口先だけなのか、ほんとうに手を出すのか、しばらく様子をみることにしよう。ベティをもっと怒《おこ》らせることになるかもしれないから、父さんと母さんに言うのは、そのあとだ。けれども、正直こんなにおびえるのは生まれて初めてだった。

それまでのくらしで、ほんとうの恐怖《きょうふ》というものを味わったことはあまりなかった。唯一《ゆいいつ》戦争だけは恐《おそ》ろしかったけれど……弟たちがナチスと戦える歳《とし》になったときに、まだ戦火が激《はげ》しかったら、というのがこわかったわけで……農場の男子はしばしば兵役を免《まぬが》れることができた。そのときまでには、まず勝敗が決まっているはずなのに、それすらもこわかった——だれが勝ち、だれが負けるのか。

農業青年クラブの女子で、教会にかける旗を作ったことがある。町のだれかが出征《しゅっせい》するたびに、その旗に青い星をつけた。そのうちのだれかが死ぬと、青い星が金色の星につけかえられた。金色の星は二つだけなのだけど、わたしは両方の葬式《そうしき》に行き、「二つだけ」などと軽々しく言えるものではないと知った。

ときどき夕食のあとかたづけがすむと、大人たちといっしょにすわって、ラジオを聞いた。ニュースがはじまると、だれも話さない。母さんは頭を下げ、両手をつくろい物の中に入れたまま耳をすましていた。強制収容所《コンセントレーション・キャンプ》についてのニュースだ。最初に聞いたとき、わたしはてっきり、集中《コンセントレーション》して考えるために行く場所かと思ってしまった。

「そうならいいんだが、ちがうんだよ、アナベル。ヒトラーが気に入らない人たちを入れる牢《ろう》獄《ごく》だ」父さんが言った。

いったいなぜヒトラーがそんなに大勢の人たちをきらっているのか、想像もつかなかった。

「じゃあ、ヒトラーはだれが好きなの？」

父さんは考えてから答えた。「金髪《きんぱつ》で青い目の人たちだ」

わたしは、髪《かみ》も目も茶色なのが、うれしかった。

爆弾《ばくだん》や潜水艦《せんすいかん》のニュースを聞き、イタリアを連合国軍側に取り戻《もど》せそうだという話に喜んだが、それ以外は心配でたまらなかった。

「こわがらないでいいのよ、アナベル」母さんが、わたしの背中《せなか》をさすりながら言った。

けれども、おそろしかった。

母さんは厳《きび》しいときもあるけれど、わたしはこわくなかった。ただ、空に向かってブランコをこいだり、マメができかけたと鍬《くわ》を持つ手を止めたり、なんでももっと楽になるよう望んだりする気持ちを、母さんは忘《わす》れ去っていた。十七歳《さい》でわたしを産んだから、わたしが嘘《うそ》のつき方を知ったあの年には、まだ二十八歳《さい》。その歳《とし》で、もう三世代の面倒《めんどう》を見て、農作業もけっこうやっていたのだ。とにかく、どれだけ母さんがわたしにいらついたところで、こわいことはなかった。

リリーおばさんも、ちょっと気をつけるべき人ではあったものの、こわくはなかった。おばさんは背《せ》が高く、やせていて、男ならハンサムだったかもしれないが、美人ではない。昼間は郵便局長《ゆうびんきょくちょう》として働き、夜は聖書《せいしょ》を読んで祈《いの》り、ベッドのわきの狭《せま》い床《ゆか》の上でダンスのステップの練習をした。わたしを部屋に呼《よ》んで、蓄音機《ちくおんき》で『ピーターとオオカミ』を聴《き》かせてくれることもあったし、たまに一セント硬貨《こうか》をブタの貯金箱に入れてくれた。だけど、おばさんの大きな前歯と熱烈《ねつれつ》な信仰心《しんこうしん》には、ぎょっとさせられたものだ。

ときどき、おばあちゃんの心臓《しんぞう》が病んでいるのがこわいことはあった。おばあちゃんは、心《しん》臓《ぞう》が悪いせいで、すわって後ろ向きに階段《かいだん》を上らなくてはならなかった。それに、ひどく弱々しく年老いた様子のときもある。前はじょうぶでなんでもできたのに。わたしは時間があると、おばあちゃんといっしょにポーチのブランコにすわった。おばあちゃんがまいた小鳥のえさの種をつつきに、森からキジがひょこひょこ出てこないかと、待ったりしたものだ。おばあちゃんは鳥が大好きだった。ほんとうに大好きだった。きれいじゃない色の小鳥まで。というよりも、とりわけ、きれいじゃない色の小鳥が好きだった。おばあちゃんには、こわいところが何もない。ただ、おばあちゃんがじきに死んでしまうのではと、こわかっただけ。

けれども、そういうこわさは、家族のみんなと分かち合っていた。

ベティをこわがっているのは、わたし。だから、ベティのことをなんとかするのは、わたしだと心に決めた。できるなら。自分の力で。

でも、とりあえず、ベティが先に行ったのがうれしかった。うんとゆっくり歩いたので、森を抜《ぬ》けて畑に出たときには、ベティの姿《すがた》はどこにも見えなかった。だれもいない。あったのはベティの足跡《あしあと》だけ。こんなに深くくっきりついているなんて、ベティはいったいどれだけ重い荷を背負《せお》っているのだろう。

3

うちの畑の向こうに住む多くの人たちは、学校から続く丘《おか》の上をまわる道を通らないで、うちの農場を横ぎって家に帰る。わたしはかまわなかった。このあたりの人はみんな知り合いだったから。けれども、たまに通りかかる放浪者《ほうろうしゃ》にはびくっとした。

あの頃《ころ》は、まだ世界大恐慌《だいきょうこう》からそう長い年月がたっていないときで、いったん放浪《ほうろう》生活をはじめたままやめられなくなった人たちがいたのだ。故郷《こきょう》や家族から離《はな》れ、どこにも長くとどまらない。それに、第一次世界大戦から戻《もど》ったものの、戦いのショックから立ち直れず、だまりこくり、もはや自分がだれで、どこの人かもわからないような人たちもいた。

その一人、トビーという男が、このあたりにいついていた。

ほかの放浪者《ほうろうしゃ》とはちがう。

食べ物や金を恵《めぐ》んでくれと言わなかった。何かを恵《めぐ》んでくれと言うことがまったくなかった。そして、放浪《ほうろう》の旅の途中《とちゅう》ではなく、ずっと丘《おか》の上をうろついているので、正直なところ、はじめのうち、わたしはトビーにおびえていた。

けれども、それは、トビーと知り合うまでのこと。

わたしは、その日家へ歩きながら、トビーをさがしていた。丘《おか》をさっと見わたす。長く小高い丘《おか》は、すっかり緑に包まれ、節のある毛糸のショールがかけられているみたい。学校の行き帰り、よく、ずっと遠くにトビーの姿《すがた》を見かけた。トビーは、森のはずれで、木のようにじっと立っているのが好きだった。それから、丘《おか》のてっぺんで、空にくっきり浮《う》かぶように立っているのも。

わたしたちは、トビーについて、どこの出身かなどのくわしいことを知らなかった。わかっていたのは、フランスでドイツ軍と戦った歩兵だったということだけ。そのときより二十年以上前の戦争だ。通りがかりの立ち話や教会で耳にして、ほんとうのことだと思った。

トビーの左手にはひどい傷《きず》があり、その話をもっともらしくしていた。けれども、トビーがどこから来たのか、確かに知る人はだれもいなかった。もしかしたら、この丘陵《きゅうりょう》地《ち》が故郷《こきょう》に似ているからとどまったのかもしれない。でなければ、ただ、住んでみたいと思いつづけていた場所にそっくりだったのかもしれない。

森や谷を歩き続けるトビーを、たくさんの人たちが警戒《けいかい》していた。丈《たけ》の長い黒い防水布のコート、黒いブーツ、長く伸《の》ばした黒い髪《かみ》とひげ、そして、いつも長い銃《じゅう》三丁をななめに背中《せなか》にかけている。だまってばかりのこの男をどう考えたらいいのか、だれにもわからなかった。朝から晩《ばん》まで下を向き、前の日とまったく同じ速さで、ひたすら歩き続けている男。

わたしはときどき、塹壕《ざんごう》にうずくまっているトビーを思い浮《う》かべてみた。そのすぐ上を、千人ものドイツ兵が走りまわっている。銃剣《じゅうけん》を握《にぎ》り、てっぺんに角《つの》のついたヘルメットをかぶった、血に飢《う》えた目のドイツ兵たち。わたしはたった十一歳《さい》だったけれど、じゅうぶんわかっていた。人間は、身も心もとことん恐怖《きょうふ》に陥《おちい》ると、その後ずっと奇妙《きみょう》になるのかもしれないと。そして、トビーがそうだった。奇妙《きみょう》な人だった。

「わたしたちが知るすべはないけれど、トビーみたいになるには、ただの恐怖《きょうふ》や戦争神経症《しんけいしょう》だけじゃないこともあるんだよ」トビーが初めてこの丘陵地《きゅうりょうち》に現れた頃《ころ》、おばあちゃんが言った。「あの恐《おそ》ろしい戦争で戦ったとき、トビーはまだ少年に近い歳《とし》だったんだ。なのに、大人でも耐《た》えられないことを、いろいろ経験したにちがいない」

わたしたちは、トビーが、カップ谷にある古い燻製《くんせい》小屋に住みついたらしいと聞いた。グレンガリーさんの敷地《しきち》から下りたところで、うちがジャガイモやトウモロコシを育てている畑もあるあたりだ。サイラス・カップさんが亡《な》くなり、古い家も雷《かみなり》に打たれて焼けてしまってから、その燻製《くんせい》小屋はずっとだれの物でもなかった。燻製《くんせい》小屋は、焼け跡《あと》の裏《うら》のちょっと離《はな》れたところにあり、木々や茂《しげ》みの中にほとんどかくれていた。石と木材で作られ、トタン屋根がついている、小さな居心地のよさそうな場所だ。前にうちの牛がいなくなって家族みんなで手分けしてあちこちさがしまわったときに、小屋の前を通ったことがある。

うちの農場の敷地《しきち》外にある古い小屋に入ってはいけないと、わかっていた。このあたりには、いくつも長年使われていない採油ポンプの小屋や、肉の保存《ほぞん》小屋、ニワトリ小屋があり、どれもヘビが寄ってきやすい場所なのだ。でも、わたしは、トビーが住みつく前にその古い燻製《くんせい》小屋を探検《たんけん》したことがあった。中に肉や煙《けむり》のにおいがやたらと残っていることを除《のぞ》けば、トビーのような人が住むには、じゅうぶんだろう。それに、カップさんの家の焼け跡《あと》のそばには、古い井戸《いど》もある。井戸《いど》といっても、ただ地面に穴《あな》が開いているだけなのだけど、近くの小川が凍《こお》りついたときにも、飲み水をくめる。

トビーは燻製《くんせい》小屋の中で、昔と同じ場所で火を起こし、あたたかく過ごしているにちがいない。天井《てんじょう》の梁《はり》から、昔、肉をぶら下げたフックがいくつも下がっている。トビーはきっと、ぬいだコートや、背中《せなか》からおろした銃《じゅう》をそこにかけているだろう。黒い帽子《ぼうし》も。それから、カメラも。

トビーがうちのカメラを貸してほしいと言ってきたときには、家族そろってびっくりした。まったく驚《おどろ》くべきことだった。なんといっても、トビーが口をきいたのだ。そんなことをたのめるほど、近よってきたのだ。トビーは写真というものに心を動かされたようだった。とにかく、そんなこんなは、すべて偶然《ぐうぜん》からはじまった。

わたしが七歳《さい》、ヘンリーが五歳《さい》、ジェイムズが三歳《さい》のとき、母さんはわたしたちをピッツバーグ市にある、ホーンズという大きなデパートへ連れて行き、わたしたちのポートレート写真の撮影《さつえい》をしてもらった。母さんは、自分の実家の家族写真を一枚《まい》だけ持っていた。その写真はいつも家の聖書《せいしょ》にはさまれていて、夏の砂《すな》ぼこりのような茶色だった。父さんのほうは、先祖の写真をたくさん持っていた。怒《おこ》っているようなスコットランド人ばかり。わたしたちの家には、ただ家族のだれかがにっこり腕《うで》を組みあっているような写真が一枚《まい》もなかった。母さんは、子どもたちのそういう写真がほしかったのだ。写真屋さんが、その月に撮影《さつえい》したポートレート写真はすべて、コンテストに応募《おうぼ》されると母さんに言った。賞品はコダック製カメラ、一生分のフィルム、それから現像代。

「でも、自分で写真を撮《と》る時間なんて、わたしにはありませんよ」母さんは、にこっとしてお金を払《はら》った。

その三週間後、母さんあてに小包が届《とど》き、その中身にみんな驚《おどろ》いた。三人とも実物よりずっとかわいらしく写っているポートレート写真。それから、カメラを勝ち取ったという知らせ。カメラといっしょに、すぐ写真を撮《と》れるようにフィルム一ダースと、現像してもらうときにフィルムを入れて送る特別の封筒《ふうとう》もいくつか入っていた。

まるで、小さな宇宙船《うちゅうせん》かタイムマシンでもらったような、とんでもない贈《おく》り物。

このうわさはすぐに広まり、たちまち近所の人たちが日曜の午後に教会用の服のまま、写真を撮《と》ってもらえないかと立ち寄るようになった。母さんは忙《いそが》しすぎて相手をする暇《ひま》がない。それで、リリーおばさんが写真を撮《と》ってあげたのだけど、あんまりいばってやかましい注文ばかりつけるので、どの写真の人も、流感《りゅうかん》にでもかかったように見えてしまった。出きあがった写真を見て、今度は別の人に撮《と》ってもらえないかとたのんでくる人もいたのだから、まったくフィルムと時間の無駄《むだ》というものだ。わたしも試しにやってみたけれど、頭が入りきらない写真ばかり撮《と》ってしまった。

そんなわけで、しばらくすると、たのんでくる人はいなくなり、カメラはほこりをかぶって放っておかれるままだった。それからだいぶたった、ある日の午後——桃《もも》の花が咲《さ》く短い間のことで、満開の花の向こうから陽の光が差し、果樹園《かじゅえん》をすっかりバラ色に染《そ》めていた——わたしはカメラで、その景色をとらえようとした。

果樹園《かじゅえん》の一番高いところに立って、つぎつぎに写真を撮《と》り、その合間にカメラを下ろしてため息をつき、冷たいピンク色の空気を吸《す》った。

そのうち、一番遠い桃《もも》の木のそばにトビーがぽつんと立って、わたしを見ているのに気がついた。

それまで、わたしはトビーと話したことがなく、せいぜい畑の向こう側にいるのを見かけるぐらいだった。それに、そのときわたしを見つめていたように、トビーがじっと人を見つめることがあるとは知りもしなかった。こんなに長い間、同じ場所に立ったまま。

わたしはゆっくりカメラをトビーのほうに向けた。銃《じゅう》でも向けられたようにトビーがよけると思ったのに、そうしなかった。わたしはトビーの写真を撮《と》った——レンズ越《ご》しで、離《はな》れたところからだったから——トビーは帽子《ぼうし》をかぶった黒いシミのようにしか見えなかったけど。

トビーがわたしのほうに歩きだしたので、わたしは待っていた。昼間のことだし、うちの農場の中なのだから、おびえる理由はない。そう自分に言い聞かせた。とはいえ、まだわたしは、そのときほんの九歳《さい》で、そんなに勇敢《ゆうかん》ではない。トビーは背《せ》の高い男で、にこりとすることがなく、めったに口もきかないのだ。片方《かたほう》の手にはひどい傷《きず》。そして、あの三丁の銃《じゅう》。

遠くのほうから、だれかが金づちで何かをたたいている音が聞こえてきた。たぶん、父さんが納屋《なや》の壁《かべ》の羽目板を直しているのだろう。その音のおかげで、わたしはトビーが近くに来るまで動かないでいることができた。四メートルぐらい近くになると、トビーから煙《けむり》と肉のにおいがただよってきた。トビーの体のにおいも混じっている。それほどいやなにおいではなく、トビーの持っているランプの灯油のほうがくさかった。犬たちがトビーに近よっては、首を振《ふ》ってくしゃみをする。

トビーはカメラを見て、それから、わたしのほうを向いた。「君の?」

「母さんの」わたしはちょっと考えてからつけ加えた。「それと、わたしの」だって、わたしの写真が勝ち取ったカメラなのだ。だから、わたしの、ヘンリーの、そしてジェイムズの。

トビーは、肩《かた》にかかった銃《じゅう》のベルトを、ぐいっと引き上げた。わたしは前に銃《じゅう》を手にしたことがある。三丁となると、すごく重いはずだ。黒いコートは長くてごわごわ。きっちり首を包む高い襟《えり》のせいで、トビーは実際より背《せ》が高く見えた。動物が闘《たたか》いのために毛を逆立《さかだ》てているみたい。

「花の写真を撮《と》ってるのか?」

わたしはうなずいた。「それと、あなたの写真も一枚《まい》だけ。できたら、ほしい?」

トビーは首を横に振《ふ》った。「自分がどう見えるか、わかっている」

でも、いったいトビーが最後に鏡を見てから、何年たっているんだろう、と思った。

トビーはカメラを見つめている。わたしはストラップを首からはずし、カメラをトビーに差し出した。「撮《と》ってみたい?」

トビーはちらっとわたしを見て、よそを見た。そして、またわたしを見て、またよそを見た。桃《もも》の花を。それから振《ふ》り返り、自分の肩越《かたご》しに、種まきのために耕されたばかりの畑を。背《せ》が高いコロラドトウヒの木々の列を。トビーは、わたしに近よってカメラを取り、後ろに下がった。

「明日返す。それでよければ」

わたしはちょっと驚《おどろ》いた。ついさっきまでわたしに話しかけることもなかったのに、今はこんなたのみごとをしてくるのだ。でも、わたしはことわり方を知らなかった。大人にどうことわるのか。それに、母さんはかまわないだろうと思った。母さんはしょっちゅう余分にパンを焼いたりジャムを作ったりして、トビーにあげていた。トビーをこわがらない。だから、母さんなら、トビーが一日カメラを使っても気にしないだろうと思った。

そして、それが、わたしたちのくらしが変わりはじめたときだった。もしコダック・カメラを勝ち取っていなかったら、もしその年の桃《もも》の花があれほどきれいでなかったら、もしトビーがあの日別のところを歩いていたら、もしわたしがトビーを見て逃《に》げていたら、もしトビーにことわっていたら、トビーは写真の撮《と》り方を覚えず、写真を撮《と》ることもなく、しばらくしてカメラをもらうこともなかっただろう。それに、ああいうふうにわたしがトビーのことを知っていくこともなかっただろう。トビーにしても、わたしのことを。

もし、わたしとトビーがあの日、偶然《ぐうぜん》会わなければ、あれほど面倒《めんどう》な目にあわないですんだことだろう。けれども、大事なのは、すべてがどう終わったのかを見つめること。その途中《とちゅう》で何が起きたかということだけでなく。

4

次の朝、したくをすませ、学校へ出かけようと裏口《うらぐち》のところに立ったとき、母さんに変な目で見られた。「何かあったの、アナベル？」母さんに聞かれて、ベティのことを話しそうになった。すっかり母さんにまかせてしまえたら、わたしは楽になる。

母さんが世界一しっかりした強い女の人だというのに、わたしは、この戦いに母さんを巻《ま》きこまないつもりだった。じっくり考えてみたのだ。もし母さんに話したら、母さんは仲良しのグレンガリーさんのところへ行って、グレンガリーさんの孫が不良娘《むすめ》だと告げなくてはならない。いくらすでに知っていることでも、近所の人から聞きたくはないはずだ。

それに、今まで確かに母さんは、わたしたちのどんな問題も解決してきたけれど、ベティが二度とわたしに手出しをしないと保証することはできない。それどころか、ベティはよけい腹《はら》を立てて——悪くすれば弟たちをねらって——向かってくるかもしれないのだ。もしわたしが母さんに言いつけたら。

わたしは、「矯正不可能《きょうせいふかのう》」の意味をすでに知っている。しかったところで何も変えられない。そして今のところベティは、しかられてすむ程度の悪さしかしていない。

それで、わたしは母さんに「別に」と答え、ドアを出て学校へ向かった。ポケットに入れた一セント硬貨《こうか》が、鉄のかたまりのように重い。

ヘンリーとジェイムズが、庭でわたしを待っていた。とはいえ、わたしの姿《すがた》が見えるなり、すぐ走って行ってしまうのだから、待っている意味がまったくない。すぐに二人は道のずっと先のほうへ行ってしまう。たがいに土のかたまりを投げ合い、土煙《つちけむり》を舞《ま》いあげ、まるで、閉《と》じこめられていたびんから解き放たれた、小さな精霊《ジニー》みたい。

わたしは一人で坂道をのぼり、丘《おか》の上の収穫《しゅうかく》がすんだ畑を横ぎった。残った葉や茎《くき》はすっかりうめられていたけれど、畝《うね》の上の矢じりのような刈《か》り株《かぶ》に気をつけて歩いた。

この丘《おか》の上を歩いていると、ときおり鹿《しか》に驚《おどろ》かされることがあった。畑に何もいないように見えていても、すぐ次の瞬間《しゅんかん》、そこに鹿《しか》がいたりする。鹿《しか》は、耕された土の上では目立たず、なかなか見えにくいのだ。

けれども、その朝わたしを驚《おどろ》かせたのはトビーだった。わたしの右側の小高いところにはだれもいないように見えていたのに、すぐ次の瞬間《しゅんかん》、そこにトビーが現れた。かなり離《はな》れたところだけれど、じっとわたしのほうを見つめて立っている。

それで、わたしもトビーのほうを見た。

おはよう、と手を振《ふ》ってみる。

トビーに手を振《ふ》り返してもらえなくても、かまわない。トビーは、ただほかの人とちがうだけ。たいしたことではない。愛想はよくなくても、トビーはわたしに親切《しんせつ》だったのだ。義務でもなんでもなかったのに。

前に、作付けされたばかりの畑のふちを歩いていて、ウッドチャックの巣穴《すあな》にはまり、ひどく足首をひねって歩けなくなったときも、そう。わたしは一人だった。まわりにだれもいなかったけれど、足を引きずりながら、何度か助けを呼《よ》んでみた。すると、トビーがやってきたのだ。

わたしがまだ小さく、たいして重くなかったときとはいえ、わたしを赤《あか》ん坊《ぼう》のように抱《かか》えながら丘《おか》をのぼり、ずっと道を歩いて母さんのところまで行くなんて、かんたんなわけがない。

そんなふうにいっしょにいたら、トビーが住む燻製《くんせい》小屋でついたにおいとは別に、トビー本人のにおいがよくわかった。雪解けの頃《ころ》の森や、雨にぬれた犬のにおいにそっくり。強いにおいだけれど、きたない感じではない。

道すがら、わたしはいろんなことを言った。「ありがとう」「ごめんなさい」「助けてくれて、ほんとうに親切《しんせつ》」それから、家に入るドアのところでも言った。「中に入って、お水をどうぞ」

トビーは、そのどれにも返事をしなかった。でも、だまっているのに、冷たい感じがしない。そして、水を飲みに中へ入らなかったどころか、玄関《げんかん》前の階段《かいだん》にわたしを下ろすと、今来た道を戻《もど》りはじめた。わたしのノックを聞いて母さんが来たときには、もう、すっかり姿《すがた》を消していた。

それから、父さんが背中《せなか》を痛《いた》め、かぼちゃの収穫《しゅうかく》の途中《とちゅう》で二、三日寝《ね》こんだときのこともある。その朝、父さん抜《ぬ》きで、母さんと、おじいちゃんと、わたしたち小さな子どもだけで収穫《しゅうかく》しようと畑に行った。ところが、着いてみたら、前の晩《ばん》空っぽのまま置いたトレーラーにかぼちゃがすっかり積まれていて、市場へ運べるようになっていたのだ。

その親切《しんせつ》な人は、名乗り出なかったけれど、わたしにはトビーだとわかっていた。暗闇《くらやみ》の中のトビーを想像してみた。月の光と暗さに慣れた目をたよりに、たくさんの重いかぼちゃをトレーラーに運んでいる。中には、男の人でも一人で運ぶには大きすぎるかぼちゃもあった。一晩中《ひとばんじゅう》かかったにちがいない。

母さんは、その日のうちにトビーのためのパンプキン・パイを焼き、トビーを見かけるかもしれないからと、わたしに坂道の一番上へ持って行かせた。両手で持ったパイはまだあたたかかった。けれども、あんまり長くトビーを待っていたので、すっかり冷めてしまい、結局、わたしたちがトビーのいないときに食べ物や古着を入れる木箱の中に、パイを入れたのだった。

その二日後、木箱を開けてみたら、トビーがきれいに洗ったパイ皿が入れてあり、ズルカマラとシオンをシバムギの葉でくった花束が添《そ》えられていた。

わたしは坂を下り、森へ入る道を歩いていた。まったく用心していなかった。この近くにクマがいたとしても、弟たちが驚《おどろ》かせて追いはらってしまっただろう。ヘビは日なたのあたたかいところにいるはずだし、放課後までベティの心配もしなくていい。ところが、突然《とつぜん》ベティが、前の日と同じように、道の先のほうに現れた。

手に持っている枝は、昨日のよりも小さくて、わたしはかえって心配になった。昨日のは、わたしをおどかすために選んだ枝。今日のは、もっと振《ふ》りおろしやすい大きさの枝。それに、枯《か》れていない緑色の枝だから、かたいはずだ。正直言って、すごくこわかった。

「おはよう、ベティ」わたしは、ベティのそばまで来て言った。

ベティはわたしの前に来て、手を差し出した。「学校までいっしょに歩いといで。でもさ、とっとと持ってきたもんを出せってんだよ」

言葉づかいを直してやりたかったけれど、やめておいた。押《お》しのけて通り過ぎようとも思ったけれど、きっとうまくいかないだろう。

「うちは金持ちじゃないんだから」わたしは、それだけははっきりさせたいというように言った。「あんたにあげる物なんて、あるもんか！」自分の口から「あるもんか」なんて言葉が出てくるのに胸《むね》が痛《いた》み、驚《おどろ》いた。頭のどこかで、ちょっと乱暴《らんぼう》にふるまったら、もっと強くなれるような気がしたのだろう。でも、次の瞬間《しゅんかん》、まちがいだとわかった。

逃《に》げる間もなく、ベティが枝をピシッと振《ふ》りおろしたのだ。おしりを打ったのは、あざが人目につかないようにちがいない。わたしは必死に、痛《いた》くないふりをした。

「持ってきたもんを出せってんだよ」とベティ。

なんであろうと、わたすのはいやだった。ポケットの中の一セント硬貨《こうか》でさえ。

「これしかあげないからね」わたしは、こわばった手のひらに一セント硬貨《こうか》をのせて差し出した。犬に餌《えさ》をやるみたいに。「もう言ってこないでよ。ほかになんにもないんだから」

ベティは硬貨《こうか》を見ると、指先でつまみ、わたしの顔をのぞきこんだ「一セント？」

「あめ玉二つ買えるでしょ」わたしは言った。

「あめ玉二つなんて、いらないさ。明日、もっと、ましなもん持ってきな」ベティは硬貨《こうか》を草やぶの中に放り投げた。

「ベティにあげる物なんてほかにないよ。こんなことするなんて、すごい意地悪じゃないの。わたしたち、友達になれるでしょ、もし意地悪をやめてくれたら」言いながら、いかにも嘘《うそ》っぽいとわかっていた。

ピシッと枝をもうひと振《ふ》り。それがベティの答えだった。前より強く、それも、まだ痛《いた》みが残る、さっきと同じところをたたかれた。思わずわたしはひざをついていた。顔を上げると、ベティがわたしをにらんでいる。顔がたるみ、口がうすく開いている。

ときどき農場に迷いこんでくる、野良犬みたいだ。

ベティが枝を握《にぎ》る指にぎゅっと力をこめるのが見えた。またぶたれる。涙《なみだ》が流れた。

ところが、ベティは指の力を抜《ぬ》いた。目も落ちついた。

「あんたって、頭の悪い赤《あか》ん坊《ぼう》みたいだね。さっき言ったことを忘《わす》れんじゃないよ。人に言ったら、弟がただじゃすまないから。じゃ、さっさと行きな」

わたしはなんとか気を取り直し、下り坂に身をまかせて学校へ向かった。

道がゆるやかに曲がるところで、ちらっと振《ふ》り返ってみた。すると、ベティは、わたしの一セント硬貨《こうか》を放りこんだところでかがみ、両手で草やぶをかきわけていた。

その夜、リリーおばさんの部屋へ行くと、おばさんは髪《かみ》にブラシをかけていた。おばさんはしょっちゅうブラシをかける。それから口紅《くちべに》をつけ、すぐふきとった。

「なんの用、アナベル？」おばさんは鏡の中のわたしを見た。

わたしは両手を後ろにまわした。「あのね、また、おばさんの飾《かざ》り結びのボタンを貸しても

らえるかなと思って。あの光る石がいくつもついているのなんだけど」まだわたしの部屋にあるとわかっているのに、たずねる。石は一つなくなっていたけれど、きっと、だからこそ、わたしが貸してもらえたのだろう。それに、古くてちょっと曲がっている。たいした値打《ねう》ちはないはずだ。

「飾《かざ》り結びのボタン？」おばさんは、ドレッサーの上のこまごました物をしまっている皿を、指先でさぐった。「でも、アナベルが持っているはずよ。この前、貸してあげてから、見たことないもの。そうでしょ？」

最後におばさんがちょこっとつけ加えた質問のおかげで、望みが出てきた。

「そうなの？」わたしはそう言ったけど、これは嘘《うそ》じゃない。たずねているんだから、嘘《うそ》にはならないだろう。

「ぜったい見てないと思う。だいたい、返してもらった覚えがないもの」おばさんは、いすにすわったまま、くるりと後ろを向き、部屋の向こうからわたしを見つめた。「とにかく、ここにないんだから、貸してはあげられないでしょ。自分の部屋にないかどうか、さがしてごらんなさい」おばさんは、また鏡のほうを向き、ピンセットを持った。

わたしが出て行こうとすると、おばさんが言った。「アナベルのセーターは、どれもボタンがついているでしょ。飾《かざ》り結びのボタンなんて、わざわざいらないじゃないの」

わたしは肩《かた》をすくめた。おばさんのセーターだって、どれもみんなボタンがついている。「だって、きれいだから」

「きれいねえ。神様の目には、きれいなんていうのは、ぜんぜん大切《たいせつ》じゃないのよ」


その日の夕食はごちそうだった。ベーコンの脂《あぶら》で焼いた肉、ほくほくに焼きあがったジャガイモ、それから、母さんがクリームと甘《あま》い玉ねぎで作ったコールスロー。

食事のあと、かたづけをしていたら、母さんがロールパン二つと肉とリンゴを防水布で包み、四すみを結び合わせて言った。「坂の上に持って行ってちょうだい。トビーを見かけなかったら、箱に入れておきなさい。必ずふたをしっかり閉《し》めて、犬に食べられないようにしておくのよ」

ときどき母さんはトビーに、「完全にやせすぎ」だの「顔色が悪すぎ」だの言って、特別に食べ物を用意して、わたしに持って行かせた。けっして弟たちにはたのもうとしない。弟たちにたのむと、きっと、それを口実に暗い外で遅《おそ》くまで遊びまわり、宿題をする時間がなくなってしまうからだ。

「大の男がリスを食べているだけじゃ、足りないはずよ」母さんはそう言って、わたしに包みをわたした。

「果樹園《かじゅえん》にはいっぱい実がなっているし、ジャガイモやビーツだって、トビーの小屋から遠くないでしょ。なんであんなにやせているのかわからないよ」わたしは言った。

するると、母さんはわたしを見つめた。「トビーが、わたしたちに無断で何か取るわけないでしょ」母さんは首を横に振《ふ》る。

わたしは母さんの言ったことを考えた。「じゃあ、どうして取っていいって言ってあげないの？」

「もういいから、さっさと行って、暗くなる前に帰ってらっしゃい」母さんは、そう言うと、また流しのほうを向いた。

「それに、どうしてトビーはうちに聞いてこないの？」母さんが背中《せなか》を向けるってことは、言うべきことは全部言い終えたという意味だと、わかっていた。

「もう言ったとおり。真っ暗になる前に、さっさと行ってらっしゃい」母さんは振《ふ》り向きもしなかった。

5

急な坂道をのぼっていくと、トビーの姿《すがた》が少しずつ見えてきた。まず、帽子《ぼうし》をかぶった頭。それから、下へ下へとだんだん見えてきて、ついにブーツが見えたとき、わたしは坂の上の平らなところに着いていた。トビーは案山子《かかし》そのもの。背中《せなか》の銃《じゅう》と、だらりと下げた両腕《りょううで》は別として。

わたしが来るのを見ても、なんの気配も見せない。けっして人に会いに来ようとしないのだ。

「こんにちは、トビー。母さんにたのまれて、ちょっと夕食を持ってきたの」そして、思わず言ってしまった。「うちで、作りすぎちゃったから」

トビーの顔は帽子《ぼうし》のつばの影《かげ》で、年取った犬のようにおとなしく、おだやかだ。

首からカメラを下げている。「現像に出すフィルムはある？」

トビーが現像に出したいときは、郵送《ゆうそう》してあげていた。そのフィルムを郵便局長《ゆうびんきょくちょう》のリリーおばさんにわたせばいいだけ。しばらくして写真が送られてくると、わたしはトビーに偶然会うまで、それをずっと持ち歩いていた。写真が入っている封筒《ふうとう》をうちの家族が開けたことはない。わたしはときどき開けてみたいときもあったけれど、開けなかった。そして、トビーは、わたしたちに写真を見てもらいたいときには、見せてくれた。

あるとき見せてくれたのは、アカオノスリというタカの一種がウサギをくわえている写真、夕闇《ゆうやみ》に染《そ》まる入道雲の写真、それからアメリカハッカクレンの茂《しげ》みで昼寝《ひるね》をしている鹿《しか》の写真。眠《ねむ》っている鹿《しか》に近づけるなんて、そこまで物音を立てないで動ける人がいるとは思わなかった。それから、お腹《なか》がすいているのに、銃《じゅう》でなくカメラを向ける人も。

トビーはポケットからフィルムを一本出し、わたしに手わたした。わたしは食べ物の包みをあげた。

「まだフィルムは足りているの?」

トビーはうなずいた。現像された写真が送られてくるとき、その封筒《ふうとう》の中には新しいフィルムが二本いっしょに入っている。コダック社の約束どおりだ。

トビーは背中《せなか》の銃《じゅう》をちょっとずらした。でも、いつものように、くるりと後ろを向いて行ってしまおうとしない。

わたしは、そのまま待った。

すると、トビーはポケットに手を入れた。「これは君のだ」と、わたしに一セント硬貨《こうか》をくれる。受け取った硬貨《こうか》は、あたたかかった。

ベティが道のわきで、草やぶをかきわけてさがしていたのを思い出した。トビーは、森の中から見ていたにちがいない。

わたしは硬貨《こうか》をポケットに入れた。

トビーはまだ待っている。何か期待しているみたい。わたしの硬貨《こうか》だと知っていたのだから、ベティがわたしをたたいたのも見たのだ。たぶん、ベティがわたしをおどしていたのも聞いたのだろう。それでも、止めに入らなかった。

もしかしたら、わたしがそのことを話し、助けをたのむのを待っていたのかもしれない。けれど、わたしにはできなかった。自分でも、どうしていいのか、自分の気持ちがよくわからなかったのだ。

とうとうトビーは小さくうなずき、くるりと後ろを向いて歩きはじめた。三丁の銃《じゅう》とブーツが音をたてて、ちょっとした音楽だ。この音をどうやって自由自在に止められるのか、想像もつかない。わたしなんて、うちの牛でさえ驚《おどろ》かせてしまうのに、鹿《しか》だなんて。

わたしは少しそこに残り、トビーが帰って行くのを見ていた。イチゴ畑と森の間の掘《ほ》り起こされた地面を横ぎり、ほんのちょっと上がったり下がったりして穀物畑《こくもつばたけ》の畝《うね》をいくつも越《こ》えて行く。小さな海をわたる船みたいだった。

わたしは坂を下りて帰る途中《とちゅう》、闇《やみ》に包まれていく自分の家を見て立ち止まった。家の中には、もう明かりがついている。トビーもここに立ち、この同じ光景を見たことがあるのだろうか。ポケットの硬貨《こうか》を指でさわり、たぶん見たのだと思った。


父さんが、裏口《うらぐち》に入る階段《かいだん》にすわっていた。わたしがトビーに夕食を届《とど》けて帰ると、いつも父さんはそこにいるようだ。「トビーはどうしてた？」父さんは、わたしのあとから家に入った。

「いつもと同じ。おとなしかった」

「そこがトビーのいいところだ。でもアナベル、何かトビーに気がかりなことがあったら、父さんに話すんだぞ」

「どんなこと？」わたしは驚《おどろ》いて聞いた。

父さんは肩《かた》をすくめる。「どんなことでもだ」

「トビーが病気みたいとか、怪我《けが》しているとか、そういうときのこと？」

父さんは、ただ片手《かたて》をわたしの頭にのせて、にこっとした。

「もういいから、宿題をやりなさい」

でも、わたしは、まずリリーおばさんをさがしに行った。トビーにわたされたフィルムを送ってもらうのだ。けれども、その小さなフィルムの中で、災難《さいなん》の種が、だれかに見つけられるのをじっと待っているとは、わたしもトビーも知るわけがなかった。

その晩《ばん》、寝《ね》る前に、ベティにたたかれたおしりのあざを見てみた。赤いキュウリみたいで、まだ黒くはなっていない。さわると痛《いた》かった。

わたしは、そのとき決心した。リリーおばさんの飾《かざ》り結びのボタンはぜったいわたさない。いくらベティみたいな子でも、わたしにキュウリみたいな形のあざをつけておいて、それでもまだ、弟たちやわたしをもっと痛《いた》い目にあわせるなんてことはありえない。そんなことは起きやしない。そして、トビーが近くにいるかもしれないというのも、いくらか安心だった。必ずトビーが、わたしや弟たちがひどい思いをしないようにしてくれる。もし、ちょうど近くにいたら。もし、ちょうどそれを見たら。

それに、もし今度あざをつけられたら、そのときは母さんに言おう。どうしたらいいのか、母さんなら知っている。

次の日の朝、弟たちがわたしを置いて走りはじめたとき、わたしも走った。弟たちがわたしのそばにいるように——わたしが弟たちのそばにいるように——坂道をのぼり、丘《おか》の向こう側に下り、畑を横ぎり、オオカミ谷へ。何度か二人は立ち止まってわたしを見た。そして、しばらくするとヘンリーが言った。「お姉ちゃん、女の子にしては速いね」またちょっとすると、今度はジェイムズがわたしに、走るのをやめて、いっしょに来るなと言う。「ぼくたちだけで学校に行けるよ」ジェイムズは足を速めながら、大声を出した。

もちろん、そのとおりだけれど、問題は別のこと。

オオカミ谷に入る道まで来たとき、わたしは二人に追いついて、ジェイムズの腕《うで》をつかんだ。

「ここから先は、いっしょに歩くのよ」

ジェイムズは、いやだと言ってわたしの手を振《ふ》りはらう。でも、ヘンリーがわたしに聞いた。

「どうかしたの？」

「別に。ただ、昨日この道で大きなヘビを見たから」

ヘンリーは納得《なっとく》したようだった。わたしがヘビぎらいなのを知っているからだ。

ジェイムズが目を大きく見開いた。「キングヘビ？」

わたしはうなずく。「あんな大きいの、初めて見たよ」

「もう、お姉ちゃんったら！　昨日教えてくれてたら、見に戻《もど》ったのに」

「だからこそ、昨日教えなかったの。でも、静かに行こう。そしたら、また見られるかも」

そんなふうにして、わたしたちが三人いっしょに道を歩いていたら、ベティが木の陰《かげ》から現れた。

弟たちがいきなり立ち止まったので、わたしは二人にぶつかってしまった。「おはよう、ベティ」とヘンリー。ジェイムズは、ただじっと立ちつくしている。わたしは先頭に立ち、そのまま道を下り続けた。

「ちょっと、遅刻《ちこく》しちゃうよ」わたしは弟たちに言った。

わたしは振《ふ》り返らなかった。弟たちもわたしにくっついてくる。最初の曲がり角で、弟たちをわたしの前に行かせると、二人はすぐかけだした。わたしもいっしょに走った。丘《おか》を下り、学校までいちもくさんに。

「ベティってきらいだよ。気味悪い」ジェイムズが上着のボタンをはずし、帽子《ぼうし》をフックにかけながら言った。

「ただの頭の悪い子だよ」ヘンリーは声を落とし、振《ふ》り返って後ろを見ながら言った。

やがてベティがやってきたのだけれど、わたしたちには目もくれない。

ずっと自分の席ばかり見ていたからだ。ベティの席には、すごく大きな男子の一人、アンディ・ウッドベリーがすわっていた。わたしはウッドベリーって名前は好きだったけれど、アンディのことは好きじゃなかった。みんなも、なんでもアンディの言うとおりにする男子たちでさえも、アンディのことが好きじゃなかった。

アンディは、ベティが転校してくる前から、ずっと学校に来ていなかった。アンディと父親、それから叔父《おじ》たちは、うちからそう遠くない農場で働いている。

十月の終わりになり、アンディは久しぶりに学校に来たのだった。ただ、ずっといる場所とはちがうところに来たかったのだろう。

「あんた、あたしの席にすわってるよ」ベティがアンディに言った。アンディはすわっていても、立っているベティと同じぐらいの背《せ》があるのに、ベティはちっともおびえていないようだった。

ほかの子たちは、静まり返って二人を見ていた。テイラー先生は黒板に授業内容を書いている最中で、まだ気づいていない。

アンディはベティをじろじろ見た。「だれだ？」

「ベティ・グレンガリー。あんたは？」

「アンディ・ウッドベリー」

ベティは両手を腰《こし》に当てて、アンディを見つめている。「森《ウッズ》に住んでんの？」

「いや」

「あんた、果物のベリーかなんか？」

「いや。おまえこそ、谷間《グレン》に住んでるのかよ？」

「確かにそのとおり、住んでるよ」とベティ。

そう言われて、アンディはちょっと口ごもった。「それで、おまえは……」もうアンディは自分でも、続けようがないことに気づいている。ベティは笑いだした。

「……ガリーかって？　ふん、ガリーなんて言葉ありゃしないんだから、そんなののわけないさ。もしガリーって言葉が、あんたが今すわっている席にすわるつもりの子って意味なら、別だけど」

アンディは、すっかりとまどっているようだった。きっと、女子からこんな言われようをされたことがないのだろう。自分の母親からさえも。

アンディはだまって、ふいに立ち上がり、ベティが席につくのをじっと待った。それから、ベティのとなりの席にすわる小さい男の子、ベンジャミンのそばに、ぬうっと立った。ベンジャミンは、ため息をついて持ち物をまとめ、ほかの子の机《つくえ》に入れてもらいに行くしかなかった。

アンディはその席にすわり、両足を伸《の》ばした。ズボンの折り返しとブーツのひもは、センダングサのひっつき虫だらけ。

テイラー先生は黒板から振《ふ》り返り、アンディがそこにすわっているのに気づくと、ゆっくり肩《かた》をすくめてから、ちょっと前かがみになった。

「おはよう、ウッドベリーくん。教科書を持ってきましたか？」

「教科書なんていらないよ。全部ここに入ってる」アンディは、指で自分の頭をつつきながら言った。

わたしはベティの後ろにすわっていたけれど、ベティがアンディのほうを向いて、にっこりしたのは、よく見えた。「先生、わたしの教科書を見せてあげるから、だいじょうぶです」

「ベティ、それは親切《しんせつ》ね」と先生。

「ほんとうに」とアンディ。

ベティがアンディに注ぐ視線《しせん》に、もしかしたら、これからベティはわたしのことなんて、あまりかまわなくなるかもと思った。

午前中はそのまま無事に過ぎ、問題といえば、アンディのいびきが授業を中断させたことぐらいしかなかった。ベティは、起こそうとして、片手《かたて》をじかにアンディの腕《うで》の上に置いた。アンディは目をさますと、ぶるっと身ぶるいして、大きな声であくびをし、ここの主《ぬし》だとでもいうように腕《うで》を組んだ。

アンディは見た目も悪くないし、わりと清潔な男子だったけれど、女の子に好かれたのは、ベティが初めてだった。ほんとうに不思議なくらい、あっという間に二人はおたがいに惹《ひ》かれ合ったのだ。だけど、わたしは前にそっくりなものを見たことがあった。新しい犬が農場に来たときだ。わけのわからないうちに、けんかがはじまるときもあれば、まったくその逆のときもある。

6

それからの数日間、ベティはわたしを無視《むし》しているようだった。わたしは何事《なにごと》もなく学校生活を送った。わたしが黒板の前でテイラー先生の授業を受けている間、ベティとアンディは、先生に見られないのをいいことに、席についたまま身を寄せ合い、にやにやしながらささやきあっていた。休み時間になると、二人は姿《すがた》を消し、授業に遅《おく》れて戻《もど》ってくる。学校から帰るのもいっしょだし、朝来るときもいっしょ。

みんな気づいていた――恋人《こいびと》同士ということなんだろうけれど、ベティはまだそんな歳《とし》じゃないから、変な感じ。たったの十四歳《さい》。だけど、うちの母さんは十六歳《さい》で結婚《けっこん》したのだ。それで、もう気にしないことにした。何より、そのおかげで、わたしは、ねらわれなくなったのだ。

寒い日が続き農作業が減り、アンディはだいぶ学校へ来るようになった。けれども、インディアン・サマーと呼《よ》ばれる、晩秋《ばんしゅう》にいきなり訪《おとず》れるあたたかい天気の日がやってくると、農場は忙《いそが》しくなり、アンディはまた学校を休んでいる。

その朝わたしは、ただただ喜びいっぱいで学校へ歩いていた。やわらかく香《かお》りのよい地面、おしゃべりな小鳥たち。やや霞《かすみ》がかった太陽は、まるで絹《きぬ》の靴下《くつした》をはいているよう。オオカミ谷へ入っていく長い坂を下りだす前に、わたしは上着と帽子《ぼうし》をぬぎ、桃《もも》の木にかけた。枝は、まだしぶとく、ほんの少し残っている葉をはなさない。黄色く色づいた秋の葉を。

弟たちがどこにいるのか、わたしは知らなかったし、かまいもしなかった。なんだか、この丘陵地《きゅうりょうち》の上を楽々と飛んでいけそうな気がした。朝日を背《せ》に、燃えるように赤く染《そ》まる森を真下に。

もしかしたら、口笛を吹《ふ》くか、小声で歌うか、そんなふうに森に入っていったかもしれない。でも、覚えていない。

次に起きたことにすべてが消され、記憶《きおく》に残ったのは、またベティのことだけ。もしかして、ベティは待っていたのにアンディが現れず、いらいらしていたのかもしれない。あるいは、ただ、ちっともいばり散らさない日々が続きすぎたと思ったのかもしれない。とにかく、わたしがベティの相手をするつもりでなかったときに、ベティはわたしの相手をするつもりになっていた。

そして、前よりも、残酷《ざんこく》な武器を選んだのだ。

道の先のほうを見ると、妙《みょう》な様子だった。

ベティがひざの上に何かをのせて、倒《たお》れた木の上にすわっている。その前にわたしの弟たちがしゃがみ、やけにゆっくり、そっと動いている。

「ヘンリー」わたしは呼《よ》んだ。

「しーっ、ウズラがいるんだ」ヘンリーが振《ふ》り向きもしないで言った。

ほんとうにベティはウズラを抱《だ》いていた。茶色でふっくらしたメス鳥。まだ若《わか》そうだ。愛らしい目で、羽がつやつや。

ベティは、左腕《ひだりうで》でかんたんそうにウズラの体を抱《かか》え、右手で首をつかんでいた。ちょうどウズラが動けないくらいのきつさで、指を丸めている。弟たちが小さな指の先で、やわらかな頭をなでてやると、ウズラはまばたきをしながらクルルと鳴いた。

「いい子だね。ぼくが飼えたらなあ」ジェイムズが小さな声で言った。

「じゃあ、飼ったらいいかも。ウズラ農場をはじめられるじゃん」とベティ。

すると、ヘンリーが言った。「だめだよ。野生の鳥なんだから。ニワトリじゃないんだし」

けれども、おとなしめの言い方で、ちょっと物ほしそう。ヘンリーは、ベティのひざの上にいるかわいい茶色のウズラから、まったく目を離《はな》さない
わたしは弟たちの後ろに立った。ベティは変わってしまったのかと思ったけれど、そんなこ

とがあるわけない。

「二人とも、もう行くよ。遅刻《ちこく》しちゃうじゃないの」わたしは言った。

けれども、二人はまったく無視《むし》。まるでわたしが見えていないみたい。

「ウズラも学校に連れて行くよ。あんたたちは先に行って。すぐ行くから」ベティが言った。

なんだかわたしそっくりの言い方。いかにもお姉ちゃんっぽい。弟たちは、すぐベティの言うとおりにした。わたしの言うことは聞かないくせに。

弟たちは、ウズラを驚《おどろ》かさないようゆっくり離《はな》れると、すぐ大騒《さわ》ぎで丘《おか》をかけ下りて行った。くだらないことを言い合い、先を争いながら。

そして、わたしもあとを追おうとした瞬間《しゅんかん》、何かの音が聞こえて足を止めた。

後ろから耳ざわりな鳴き声が聞こえ、振《ふ》り向くと、ウズラはベティに首をつかまれて宙《ちゅう》につるされていた。ベティの指に首をしぼられて、ぽっちゃりした体をゆらして必死にもがいている。足を開いたり閉《と》じたりして、短い翼《つばさ》をバタバタさせている。

「ベティ！　手を放して。死んじゃうから！」

わたしがウズラに手を伸《の》ばしたとたん、ベティはウズラの首をつかむ手に力を入れ、ウズラを高々とかかげ、わたしに届《とど》かないよう、後ろに下がって倒《たお》れた木の上に立った。真剣《しんけん》な顔でわたしを見て、まばたきもしない。

「放してやって！」わたしはまた叫《さけ》んだ。

けれども、わたしがウズラをつかもうとした瞬間《しゅんかん》、ベティはウズラの首をつかんでいた手を、ぎゅっと握《にぎ》りしめ、首をへし折ってしまった。か弱い骨《ほね》の砕《くだ》ける音が聞こえた。

ぐったりした、あわれな鳥の体を、ベティはわたしに放り投げた。わたしは逃《に》げようとして、木の根につまずき、勢いよくあおむけに倒《たお》れてしまった。

いったい、どこからトビーが現れたのかわからない。道ばたに倒《たお》れて、なんとか落ちつこうとしていたら、あっという間にトビーがわたしとベティの間に入りこんでいた。わたしに背《せ》を向けて、農場の番犬が吠《ほ》えるような声をたてている。

トビーは何をしたのだろう。わたしにはベティがぜんぜん見えなかった。見えたのはトビーだけ。それに、トビーがベティに言った言葉も聞き取れなかった。ほとんど、わけのわからない声。恐《おそ》ろしい声。

それからトビーはわたしのほうを向き、だまって、わたしを助け起こしてくれた。そして、死んだウズラを手に取った。トビーの傷《きず》のある手の中で、ウズラは小さく、すべてが整っていた。

トビーは一息つくと、姿勢《しせい》を正し、オオカミ谷を出る坂道をのぼりだした。

弟たちが走って行ってしまってから、トビーが立ち去るまで、ものの一分もかかっていない。ベティは茂《しげ》みの中にあおむけになり、大きく目を見開き、笑いだしそうにしている。

「なんであんなことをしたの？　どうかしてるんじゃない？」わたしはこんなに驚《おどろ》いたことはなかった。

「あいつ、あたしの鳥を盗《ぬす》みやがって。それに、またあんたに手を出したら、ただじゃおかないだとさ」ベティが、ほとんど独り言のように言った。

なぜ、こんなときにうれしく思えたのか、とても不思議なのだけど、やっぱりうれしかった。ほんの少しだけ。

ベティにとって、トビーは、なかなか手ごわい相手になるのかもしれない。

「ばっかみたい」ベティは立ち上がって、体をはたいた。何枚《なんまい》も葉が髪《かみ》についている。

ベティは、横たわっていた場所に毒草のツタウルシがびっしりと生えていたことに、まったく気づいていない。わたしも教えようとは思わなかった。

もしベティに災難《さいなん》がふりかかるよう願ったせいで、わたしが地獄《じごく》へ落とされるのなら、しかたなく落とされるしかない。

「ベティったら、ほんとうにひどい。とことんひどいよ」わたしはベティに言った。

すると、ベティは笑いだした。「うちのばあちゃんがニワトリのしめ方を教えてくれて、その夜みんなでニワトリをたいらげた。マッシュポテトとグレイビーソースつきでね。ぜんぜん悪いことじゃない。もし悪かったら、ばあちゃんがひどいってことになるし、あんたの母さんもそうだろ?」

わたしは首を横に振《ふ》った。「それは話がちがうって、わかってるくせに」言いながらも、ベティがわかっていないような気がした。

毒草の茂《しげ》みで何やら考えこんでいるベティをそのまま残し、わたしは歩きだした。そして、次の日の朝ベティが目をさましたら、真っ赤にかぶれ、かたいかさぶただらけであるようにと祈《いの》ってしまった。顔中に水ぶくれとかさぶたのできる湿疹《しっしん》だらけになることを祈《いの》ったのだ。それから、傷《きず》ができるようにとも祈《いの》った。確かに祈《いの》った。なんの害もない鳥を殺した両手に、傷《きず》が残るよう祈《いの》ったのだ。そして、それが悪いことだなんて、まったく思わなかった。


午後の休み時間になると、ベティは首をかきだしていた。学校が終わる時間には、片方《かたほう》のほっぺ一面に湿疹《しっしん》が出はじめた。そして、わたしが家に帰ったら、家から少し下ったアカボシツリフネソウが群生しているところに、母さんがいた。その草は泉《いずみ》のわき出る場所に育つのだ。

「何やってるの?」わたしは道から母さんに声をかけた。

母さんに手招きされて、わたしは道なりに家庭菜園を通りぬけ、母さんのところへ行った。

アカボシツリフネソウは、霜《しも》が降《お》りて凍《こお》ると枯《か》れてしまうが、そのときはまだ青々としていた。その茎《くき》を、母さんは折ってはかごに入れていく。ついには、わたしの腕《うで》の中にも積みだした。

「うんといるの。グレンガリーさんのところのベティが、ツタウルシの中に入ってしまって、水ぶくれだらけなんですって。みんな気をつけているのに。きっと、ツタウルシにかぶれたことがなかったのね。これからは気をつけるでしょうよ」母さんは、やれやれと頭を振《ふ》りながら言った。

赤ちゃんアリが、葉からわたしの手にのりうつった。ふっと吹き飛《ふ》ばす。「なんで母さんがやらなきゃならないの？　グレンガリーさんちの泉《いずみ》のところには生えてないの？」

母さんは手を止めてわたしを見た。「グレンガリーのだんなさんは、妹さんの引っ越《こ》しの手伝いにオハイオ州へ行って留守だし、奥《おく》さんは腰痛《ようつう》。うちにこんなに生えているのだから、グレンガリーの奥《おく》さんが森を歩きまわることはないでしょ」母さんは、また茎《くき》を抜《ぬ》くと、わたしの両腕《りょううで》につっこんだ。

「さっき奥《おく》さんが来て、うちにはまだ生えているかどうか聞いたのよ。まだこんなに生えている。だから、煎《せん》じ汁《じる》を作ってあげましょう。アナベルも手伝いなさい」

ウズラのことを母さんに教えたかったけれど、口に出す気になれなかった。あの、骨《ほね》がへし折れた音を思うと、胸《むね》がむかむかしてくる。それに、時間が必要だった。これからどうするべきかを、考えるために。

ウズラのことを考えた。弟たちのことも考えた。トビーが怒《おこ》った声も思い出した。

「これで、子ども一人分にはたっぷりのはずよ」

母さんがかごをつかみ、先に立って家のほうへ向かった。

それから、二人でいっしょに煎《せん》じ汁《じる》を作りはじめた。わたしが祈《いの》り望んだ痛《いた》み。それを治す薬。うちで一番大きななべに湯をわかし、その中にアカボシツリフネソウを一本ずつ入れた。たちまち茎《くき》と葉はぐにゃっとなり、湯を緑色に染《そ》める。ホウレンソウを料理しているときそっくりのにおいが台所に立ちこめた。

「だれがツタウルシの中に入ったんだい？」おばあちゃんが、奥《おく》の部屋から聞いた。

「グレンガリーさんのところのベティ。ひどくかぶれたそうよ」母さんが答えた。

「町の子だ。これからは気をつけるだろうよ」おばあちゃんの言い方は意地悪でない。

けれど、わたしは、ベティが同じ目にあうように、それも、霜《しも》がたくさん降《お》りたあとに、と願ってしまった。

アカボシツリフネソウの煎《せん》じ汁《じる》をびんにつめ、かごに入れた。

「これでよし。上着を着なさい。いっしょに届《とど》けて、帰りにビーツをいくつか抜《ぬ》いてきましょ」

「わたしも行かないとだめ？　母さんが出かけているうちに、夕食のしたくをはじめられるけど」

「すぐ終わるから。さあ、納屋《なや》にひとっ走りして、おじいちゃんを呼《よ》んできてちょうだい。こんな重い物を歩いて運ぶには遠すぎるもの」母さんが、かごをマッドルームのほうへ引きずりながら言った。マッドルームは、家の出入り口のそばにある上着や靴《くつ》を収納《しゅうのう》する部屋で、うちのマッドルームには外へ出られるドアもついている。外からの泥《マッド》を家の中に持ちこまないための部屋《ルーム》だから、「泥部屋《マッドルーム》」と呼《よ》ばれている。

わたしは、母さんが届《とど》けに行っている間、ずっとおじいちゃんとトラックで待っていようと決めていた。ところが、グレンガリーさんの家の前でトラックが止まったら、両手に一つずつびんを持たされて、母さんの前を歩くようにと、せかされてしまった。「アナベルも薬づくりを手伝ったのだと、ベティに知ってもらわなくちゃ。二人とも友達になれるかも」

わたしは何も答えられなくて、だまっていた。

ノックの音に現れたグレンガリーの奥《おく》さんは、いつになくうろたえている。

「まったくかわいそうなのよ。セイラ、入ってちょうだい。アナベルも入って。二人とも、救いの天使そのもの。ベティを見たら驚《おどろ》くわ。とにかく、ひどいんだから」

まさにベティはひどかった。わたしはベティを見ても、「かわいそう」なんて言う気はなかった。水ぶくれは、わたしが祈《いの》り望んだもの。水ぶくれは、わたしの願いがかなったもの。

ツタウルシにふれてしまった皮膚《ひふ》は、どこも真っ赤にはれあがり、中には、あまりにも大きな水ぶくれで、皮膚《ひふ》がすけて中にたまった水が見えるものもある。ゲロゲロ鳴いているウシガエルの、風船のようにふくらんだのどを思い出してしまった。

ベティを見ているのはむずかしかったけれど、よそ見しているのはもっとむずかしい。こんなかぶれ様は、それまで見たことがなかった。

「まあ、こんなにひどくかぶれるなんて。マーガレット、きれいな布きれを何枚《なんまい》か持ってきてちょうだい」母さんは上着をぬぎ、ベッドの下に置きながら言った。

グレンガリーさんが布《ぬの》きれを取ってくる間に、母さんはベティの腕《うで》と脚《あし》を体からそっと離《はな》し、顔にかかっていた髪《かみ》をのけてやった。「かわいそうに。かゆくてたまらないでしょう」

ベティは、母さんがいっしょうけんめい看病《かんびょう》するのを見つめ、白々しく答えた。「別に。ただの湿疹《しっしん》なんて」少しあえぎ気味だ。

母さんは首を横に振《ふ》った。「ベティはなんて強い子なのかしら」

「はい、布《ぬの》きれだよ。他には?」グレンガリーさんがベッドのわきに布《ぬの》きれを重ねて置いた。

「洗面器《せんめんき》を。アナベル、びんを二つちょうだい」

母さんは、まだあたたかい煎《せん》じ汁《じる》を洗面器《せんめんき》に注ぎ、そこに布きれを浸《ひた》してゆるめにしぼると、ベティのかぶれた皮膚《ひふ》の上に広げ、両目を残してすっかりおおった。ベティの目は、部屋をきょろきょろ見ているわたしに向いている。

ベティの部屋は、わたしの部屋によく似ていた。ベッド、ランプがのった小さなテーブル、すみにあるいす。クローゼットの扉《とびら》が開いているのだけど、中にはあまり服がない。白いだけの壁《かべ》、何も敷《し》かれていない木の床《ゆか》、壁《かべ》に貼《は》られたイエス様の絵。別の壁《かべ》には、よそ行きの服を着た男の人と女の人の写真。男の人はネクタイをしめ、女の人は赤い帽子《ぼうし》をかぶっている。

わたしはベティの部屋にいるとはいえ、ベティはベッドに横たわっていて、なんの手出しもできない。大人も二人いる。それで、自分の好奇心《こうきしん》をちょっと解き放って聞いてみた。「ベティ、あれはお父さんとお母さん？」

けれど、答えたのはグレンガリーさん。「そう、うちの息子で、ベティの父親なのだけど……」口をつぐみ、母さんのほうを見る。

「いなくなった」ベティが言った。まるで、「泥《どろ》」とでも言うような口ぶり。

わたしには、「いなくなった」という意味がわからなかった。

「さあさあ」母さんは、毛布を引っ張りベティの首までかけてやり、ベッドの上をかたづけた。

ベティはちょっと頭を動かし、わたしが見つめているのに気づくと、すぐまた頭を戻《もど》してしまった。けれど、ほんの一瞬《いっしゅん》、ベティの両目が見えた。痛々《いたいた》しく赤い。顔中おおった布きれから、煎《せん》じ汁《じる》が髪《かみ》にたれていたのだけど、もしかすると、煎《せん》じ汁《じる》だけではなかったのかもしれない。

あれほどベティに意地悪されたのに、わたしはそのとき、突然《とつぜん》、思った。十一月でもあたたかく、まだアカボシツリフネソウを摘《つ》むことができて、ほんとうによかったと。

母さんはグレンガリーさんに洗面器《せんめんき》をわたしながら教えた。「一時間ごとに同じようにしてあげて。布をかたくしぼりすぎないように。じゅうぶん汁《しる》でぬれてないといけないから。それと、体を冷やさないようにね」

戸口で母さんは立ち止まり、声を落として言った。「マーガレット、もし、もっとゼイゼイあえぎだしたら、煎《せん》じ汁《じる》を飲ませて、ベンソン先生を呼《よ》ぶのよ」

「そうするよ、セイラ。ありがとう。アナベルも、ありがとう。ベティはいつもアナベルのことをほめているよ。元気になったら、遊びに来てちょうだいね」

ビーツ畑に着いたときには、もう暗くなっていた。けれども、トラックのヘッドライトのおかげで、あっという間に、夕食の分のビーツを抜《ぬ》くことができた。ふさふさした緑の葉を引っ張ると、ふっくらみごとなビーツがぶらさがっていて、大満足だ。

抜《ぬ》いたばかりのビーツは、ぜんぜん大したものに見えない。じょうぶな皮には土がこびりつき、細い根がもしゃもしゃついていて、石のようにかたい。ところが、中は、甘《あま》いルビー。煮《に》こまれてやわらかくなりたがっている。

わたしは、そういう物事の秩序《ちつじょ》に、あこがれていた。

7

アカボシツリフネソウは効いたのだろうけど、あそこまでひどいと、治るのにも時間がかかる。それで、翌日《よくじつ》わたしはとても幸せだった。ベティはまだお休み。アンディもまだ、天気のいい日は別のところにいる。テイラー先生が窓《まど》を開けると、風と小鳥の声が教室に入ってくる。わたしは、オノマトペというものについて勉強した。擬音語《ぎおんご》や擬態語《ぎたいご》のこと。まだつづりを覚えていないけれど、その午後ずっと小さな声で練習した。

その次の日の朝、ベティとアンディは二人とも学校に戻《もど》ってきた。

ベティの顔と手は、まだ痛《いた》そうで、ちょっとただれている。でも、かぶれたばかりとは信じられないほど、ずっとよくなっていた。とはいうものの、やっぱりベティは長袖《ながそで》と長ズボン姿《すがた》で、やや用心しながら坂道を下り、校庭へやってきた。

わたしはベティを見つめた。ちょうどルースやほかの女の子たちと学校の入り口の階段《かいだん》にすわって、テイラー先生が中に入れてくれるのを待っていたときだ。

「おはよう、ベティ」だれかが言った。

ベティは立ち止まり、それから、左手に弁当入れを持ったまま近づいてくる。まっすぐわたしを見て、右手をあげ、ゆっくりぎゅっと握《にぎ》りしめ、にやりとして言った。

「おはよう、アナベル」

看病《かんびょう》の手伝いをしたお礼は期待していなかったけれど、こうなることも予想していなかった。わたしは、なんて抜《ぬ》けているんだろう。

「なんで、そんなに意地悪なの？」わたしは聞いた。とても気にかかっていた。ほんとうに知りたかった。

「年上だから。それだけ。あんたも、自分のことは一人でできるようにならなきゃね。でも、よっぽど頭が悪けりゃ別だから、あんたはそうかも」

わたしはそんなじゃない。それに、意地悪がどういうものだかわからないほど頭が悪くないし、幼《おさな》すぎるわけでもない。

「入りなさい」テイラー先生が呼《よ》んだ。

みんな中に入ったのに、ベティだけ外に残っている。

やっと中に現れたのは、それから一時間ほどあとで、アンディといっしょだった。アンディは日焼けしたばかりで、清潔な服を着ている。ベティはアンディのとなりですっかり女の子らしくしていた。

先生はアンディに言った。「やっと学校に来られるようになって、よかった」それから、ベティに言う。「治ってきてよかったわね」

二人が席につき、また黒板での授業もはじまり、午前中は何事《なにごと》もなく静かに過ぎていった。アンディは、ほとんど寝《ね》ていた。その間ベティはアンディを見つめ、授業を無視《むし》して、机《つくえ》の教科書も閉《と》じたまま。アンディが起きると、ベティはにこにこして、アンディの袖《そで》を引っ張る。アンディはベティのほうを向き、にやにやしながらあくびをして、いすの上で体を起こすのだった。

こんなばかばかしいのを見ていたくなくて、だれかと席をかえてくれと、先生にたのもうかと思った。でも、ルースを置き去りにしたくなかったし、アンディがそばにいる限り、ベティの目には、わたしが見えていないみたいだ。それを変えるようなことは、何もしたくなかった。あざ、おどし、あわれなウズラの死体。もうこれ以上ひどい目にあいたくなかった。片手《かたて》で鳥の首をしめて笑えるような人間と、関わりたくなかった。

ベティには、元いた場所へ帰ってほしかった。

時計の針《はり》を、ベティが引っ越《こ》してくる前に戻《もど》したかった。元通りにしたかった。記憶《きおく》を消したかった。以前の自分に戻《もど》りたかった。水ぶくれを祈《いの》り願ったことのない子に。そんなことをするなんて、考えたこともない子に。

けれど、ありえるのは、わずかの間ベティの関心がよそへ行くだけ。ならば、それを喜ぼう。アンディはベティを引き寄せ、わたしから離《はな》したのだ。それに満足しなくては。

一日に二度ある休み時間は、校舎のまわりに飛び出して、縄《なわ》とびや石けりをしたり、ただ自由に遊びまわったりできる時間だった。学校のそばを通りぬける道の近くには行っていけないことになっていた。一つの丘《おか》をすっかり下り、つぎの丘《おか》をのぼりだす、谷を突《つ》っきる道だ。そして、わたしたちはたいてい、たまに通る自動車を気にもとめなかった。けれども、馬が荷物や干《ほ》し草を積んだ馬車を引いてくる音が聞こえると、わたしはすぐさまやっていることを止め、ちょっとだけ馬車といっしょに歩いて、お百姓《ひゃくしょう》さんや馬とおしゃべりをしたのだった。

この日も、ファースさんと葦毛《あしげ》の馬たちが、大きなリンゴをどっさり積んだ馬車を引いて、ゆっくりやってきた。市場へ向かう途中《とちゅう》だ。

ファースさんは、とても気さくで親切《しんせつ》だ。いつも、苗字《みょうじ》のファースではなく、名前でアンセルさんと呼《よ》んでほしいと言うので、わたしたちはそのとおりにしていた。けれども、ヘンリーは「さん」をつけ忘《わす》れて、アンセルと呼《よ》んでしまい、母さんに耳の後ろをたたかれたことがある。

「アンセルさん、おはよう」わたしは、校舎の入り口の階段《かいだん》でルースとあやとりをしながら声をかけた。アンセルさんは馬をゆっくり歩かせ、手を振《ふ》って答えた。アンセルさんの言う「グッドモーニング」は、「グットモーガン」と聞こえる。何年この丘陵地《きゅうりょうち》に住んでも、アンセルさんにはドイツ語のくせがずっと残っているのだ。

「元気かい、ちっちゃなアナベル、もっとちっちゃなルース。今朝はいいお天気だね」アンセルさんが着ているオーバーオールは、日曜に教会へ着ていく服のように清潔で、パリッとアイロンがかけてある。ていねいにブラシのかかった帽子《ぼうし》。よくみがかれたブーツは、アンセルさんのリンゴみたいにぴかぴかだ。馬車の上で陽の光に輝《かがや》くリンゴは、まるで指輪や首飾《かざ》りにするために宝石店《ほうせきてん》に運ばれて行くようだ。

「元気です」馬たちは少し足ぶみをして、進みたがっていた。わたしは一番近くの馬の腰《こし》にちょっと顔を近づけ、片手《かたて》を開いてぽんぽんとたたいてやった。「わたしも、アンセルさんやこの子たちといっしょに市場へ行けたらいいのに。ほんとうにいい子たち」

ルースは——黒髪《くろかみ》をきっちり一本の三つ編みにして、しわ一つないスカートをはき——馬の蹄《ひづめ》や大きな黄色い歯が届《とど》かないように、ちょっと離《はな》れたままでいる。ルースのお父さんは会計士なので、ルースの家にいる動物は、トラネコ一匹《ぴき》だけだ。

そして、次の瞬間《しゅんかん》、事件が起きた。こんな目にあうなんて、いったいルースが何をしたというのか、だれにもわからない。

バシッと石がルースの目に当たった。石は、直接、目に当たるぐらい小さかったけど、それでもルースを仰向《あおむ》けに倒《たお》し、目をひどく傷《きず》つけた。わたしでも、はっきりわかった。ルースのほおを血が流れていく。

ルースは失神した。空が映《うつ》る窓《まど》ガラスに飛びこんだ鳥のように気を失った。じっと横たわったまま、倒《たお》れた拍子《ひょうし》に上がった土煙《つちけむり》の中で手足だけがぴくぴく引きつっている。

わたしの目の前で、アンセルさんが馬車から飛び降《お》り、ルースのわきにひざまずいた。

わたしの目の前で、叫《さけ》び声があがり、校庭は大騒《さわ》ぎになった。

わたしの目の前で、テイラー先生が全速力で走ってきて、ルースの顔を見たとたん、車を出しにかけ戻《もど》って行った。

わたしの目の前で、ルースが意識を取り戻《もど》し、絶叫《ぜっきょう》した。そして、アンセルさんがルースを抱《だ》き上げ、テイラー先生のフォード車の後部座席《ざせき》にすわらせた。わたしはアンセルさんといっしょに車から離《はな》れて立ち、先生は大急ぎで車を出して道へ走り去った。土煙《つちけむり》を残し。

「できるだけ急いで、ルースの家に知らせに行くよ」アンセルさんがわたしに言った。

完璧《かんぺき》にきれいだったアンセルさんの上着が、血で汚《よご》れている。

アンセルさんは馬車に乗ると、手綱《たづな》をピシッと鳴らした。馬たちは、すでにうろたえていて、あわてて走りだした。

荷台からリンゴがごろごろと落ち、馬車が通った道の上に、転がりながら長い跡《あと》をつけている。道が曲がって見えなくなるところまで続いていた。

ハエが地面の上に残るルースの血を見つけてやってきて、血をなめていた。

ほかの子たちは、まだ道のそばに立っている。だまったまま。

ヘンリーとジェイムズがわたしのそばに来た。今までわたしの言うとおりにしたことのないヘンリーが言った。「どうしたらいい？」

先生が行ってしまい、子どもだけになってしまったのだ。年長の男子たちでさえ、みんなの後ろにかたまっていて、小さく見える。アンディが見えない。ベティも見えない。二人がいなくて、わたしはほっとした。

そのときは、二人のことでそれしか思わなかった。

「ヘンリー、家まで走ってだれか呼《よ》んできて」わたしは言った。

うちは一番近い家ではないけれど、母さんがいる。

ヘンリーが走りだすと、ジェイムズもあとを追った。呼《よ》び戻《もど》したところで、どうせ役立つわけではない。

それから、わたしはバケツで井戸《いど》から水をくみ、道の上の血を流し、教室に入って待った。何人かほかの子もいっしょに入ってきたけれど、たいていの子は自分の持ち物をまとめて家へ帰ってしまった。小さい子たちは席について両手を組み、家の人が迎《むか》えにくるのを待っている。わたしは席に着いた。ルースのいない机《つくえ》はとても大きい。わたしは机《つくえ》につっぷして泣いた。

しばらくして、また校舎の入り口で待っていたら、父さんと母さんが乗ったうちの古いトラックがやってきて、校舎のわきで止まった。

二人そろってわたしの近くに来て、母さんはすぐほかの子のところへ行った。

父さんがかがんで、わたしの目を見つめた。「アナベル、何が起きた?」

涙《なみだ》がかれるずっと前に泣き止んでいたせいで、また涙《なみだ》がこみあげてきた。

「わからないよ。ちょうどあそこに立って――」わたしはその場所のほうを向いた。「――アンセルさんと話してたの。ルースは馬がこわくて、ちょっと後ろにいたら、石が飛んできてここにあたった」わたしは自分の左まぶたを軽くたたいた。「それで倒《たお》れて、テイラー先生が車に乗せて連れて行った」

父さんは体を起こして、わたしやトラックの向こうを見た。道と、道を越《こ》えたところにある丘《おか》を見つめた。「どこだか見せてくれ」

そこで、わたしはトラックの向こうへまわって道に出た。さっきルースの血を流したところが、まだぬれている。

「ここ。ルースが立っていたのは、ここ」

「そこの丘《おか》のほうを向いて？　アンセルさんは谷を下りてきたのかい？」

「そう、市場へ行く途中《とちゅう》だったから。ほら、リンゴが落ちているでしょ。大急ぎでルースのお母さんに知らせに行ったから。そこにルースが立っていて、わたしはここ」自分がいた場所へ移る。「それで、馬がわたしの目の前にいて、馬車とアンセルさんがここ」わたしは、手で四角を描《えが》くように、それぞれの場所を示した。

「それで、石はあの丘《おか》のほうから飛んできたんだな？」

わたしは、目の前の丘《おか》を見上げた。とても急な斜面《しゃめん》。根が張れるところはすっかり木々と茂《しげ》みにおおわれている。薄《うす》くはがれやすい岩が重なって、あちこち棚《たな》のように突《つ》き出ているから、すぐ下の溝《みぞ》には、はがれたかけらの小石がずいぶん落ちていた。

「きっとそうだと思う。ルースはそっちを向いていたから」

父さんは両手を腰《こし》に当てて、丘《おか》の斜面《しゃめん》をじっくり見ている。「じゃあ、馬車と馬とアナベルはみんな、ルースと丘《おか》の間にいたってことだな」

わたしはうなずいた。「そうだよ」

「ということは、石は、ただはがれ落ち、溝《みぞ》からはね返ってきたわけじゃない。それなら、ルースにぶつかる前に、馬や馬車にぶつかったはずだ。アナベルたちに当たらないで、ルースに当たったということは、ずっと高いところから飛んできたにちがいない」父さんは、ずいぶん考えながら言った。

質問ではないから、わたしは答えない。

わたしが知る限り、休み時間にはだれもこの丘《おか》にのぼっていない。ただ、ときどき放課後、男子がお山の大将《たいしょう》ごっこをするぐらいだ。枝をつかみ、突《つ》き出ている岩や木の根元を足場にしてのぼっている。ウサギや鹿《しか》や男子たちがこうしてこしらえた、くねくねの通り道が、一番楽にこの丘《おか》を上り下りする手段《しゅだん》だった。

「そのとき、あの上にだれかがいるのは、見なかったんだね」

わたしは首を横に振《ふ》った。「馬とアンセルさんを見てたから。それに、ルースを見ていたし」

わたしのくちびるが震《ふる》えだした。

父さんは片手《かたて》をわたしの頭の上に置いた。「もういい、アナベル。もういいよ。今話さなくてもかまわないんだ」けれども、父さんは振《ふ》り返り、また丘《おか》を見上げている。これで終わらないことは、わたしにもわかっていた。

8

ルースは片目《かため》を失った。

その夜遅《おそ》くに母さんから聞いた。よその母親なら、こういうことは次の日の朝まで待って子どもに知らせるのかもしれないけれど、母さんはちがう。そうであろうがなかろうが、どうせわたしが悪夢を見るとわかっている。何もかもがひどくなろうとしているのだ。それを知るのを先に延《の》ばしても変わりはしない。

「わたしだったかもしれないのに」わたしは言った。母さんがやって来て、真っ暗な中でベッドのすみにすわり、ルースの目を医者が治せなかったと教えてくれたのだ。だれにも治せない。石はルースが目で見るために必要な部分をすっかりこわしてしまった。そう母さんは説明してくれた。

そして、わたしの髪《かみ》をなでながら言った。「そうね。アナベルだったかも。でもね、たぶんねらわれたのは、アンセルさんか、アンセルさんの馬か、それどころかアンセルさんのリンゴだったかもしれない。アナベルじゃない。ルースでもない」

「なんでそう思うの？」

母さんはため息をついた。「だって、アンセルさんはドイツ人なのよ、アナベル。このあたりでもたくさんの人がドイツ人を恨《うら》んでいる。前の大戦からずっとそうだけれど、特にまた、今度の大戦がはじまってからね。アンセルさんへのいやがらせは初めてじゃないけれど、今までねらわれたのはアンセルさんの作物やトラック。あとは窓《まど》ガラスを割《わ》られたり、郵便《ゆうびん》受《う》けにネズミの死骸《しがい》を入れられたり」

「でも、アンセルさんは、昔から、ずっとここに住んでいるんだよ」わたしは言った。

「わかってる。アナベルもわかってる。でも、そんなことをかまわない人たちもいるの。一番近くにいるのがアンセルさんで、とにかくだれかに怒《いか》りをぶつけたいから」

「だれがそんな？」

母さんはくちびるをかみ、わたしを見ない。「戦争で息子や父親や兄弟を亡《な》くした人たち。今の戦争でも、前の戦争でも。それから、戦場で恨《うら》んだり傷《きず》ついたりして帰ってきた人たち。それに、ほんとうは、たいがいの人たち。みんな、アメリカの兵隊がたくさん海の向こうで危《き》険《けん》な目にあっていると知っているもの。ドイツ人のせいで」

教会にかける旗の金の星を思い出した。星のひとつひとつが、もうここに帰ってこない夫、兄弟、または息子を示している。トビーのことも考えた。あの無口さと三丁の銃《じゅう》。

「でも、ちょうどあの時間にアンセルさんが通るって、どうしてその人が知っていたの？　あのとき、もうあの丘《おか》の上にいたはずなんだよ」

母さんは肩《かた》をすくめた。「わからない。でも、だれもルースにけがをさせようなんて思わないのだけは確かよ。ルースがこんな目にあったのは、ただ運が悪かったから」

そんなのは、もっとひどいとしか思えない。運がすべてを決めるなんて、これから、いったいどうしたら、目を開けて立っていられるのか？

次の日は、はじめからつらかった。そして、どんどんつらくなっていった。

朝食は静かだった。弟たちでさえ、だまりこんでいる。わたしが考えられるのは、ルースのことと、ルースのいない学校がその日どんなふうになるのかということだけ。

思わず、泣きだしてしまった。でも、できるだけ静かに。

「おやおや、いったい今度は、なんでそんなに泣いているのよ？」とリリーおばさん。

おばあちゃんが、おばさんを見もしないで言う。「イエス様でさえ泣かれたんだよ、リリー」

すると、おばさんは答えた。「イエス様は正当な理由でね。この件について、わたしはもう言うことなし」

「ルースの片目《かため》が失明したことについて？　その件について？」母さんが、ちょっととげのある言い方をした。

「あら、それが根っこなら、どうやら、わたしは花を見あやまったみたいね」おばさんは、ぶすっとして言った。

おばさんは、いつもそんな言い方をするけれど、自分がまちがったと認《みと》めるのは、めずらしいことだった。

わたしは何も言わない。

ヘンリーとジェイムズは、子犬のように朝食を食べた。音を立てて大急ぎで。

ところが父さんは、ゆっくりコーヒーを飲んでいる。こわばった顔をして、上の空だ。

わたしと弟たちがドアから出る前に、父さんが言った。「休み時間には道や丘《おか》から離《はな》れていなさい。校舎の別の側、森に面しているほうにいるように。ルースの事件ははっきりさせるつもりだから、それまで、あの丘《おか》の近くへ行くんじゃない。わかったか？」

はい、とわたしたちはうなずいた。

「姉さんをたのむぞ」父さんは弟たちに言った。二人に月へ飛んで行けというようなものではないか。

ところが、弟たちも、わたしを驚《おどろ》かせた。二人はオオカミ谷の上の畑に着くまでかけだしもしなかったのだ。そこまで来て、やっと走りだし、わたしを置いて森の中の道へ消えて行った。道を曲がると、前のほうの切り株《きかぶ》にベティがすわっている。わたしは、しばらく続いたいじめられない日々が終わり、またねらわれるのかと、恨《うら》めしい気持ちでいっぱいになった。

ところが、そのとき、恨《うら》めしい気持ちにかわって、何か別のものがこみ上げてきた。

それは、勇気とは呼《よ》べない。恐《おそ》ろしくても困難《こんなん》に立ち向かうときに抱《いだ》くのが、勇気なのだから。それから、怒《いか》りとも呼《よ》べない。あざを作られ、おどかされ、ウズラを殺され、確かにベティに怒《おこ》ってはいたけれど。

たぶん、恐《おそ》れも怒《いか》りも感じていたはずだ。けれども、前の日にルースが片目《かため》を失ったばかりなのだ。ベティのぼけっとした顔など見ても、たいしたことに感じられない。その朝、ベティのことなんて、ほんのささいなことにすぎなかった。ベティがわたしの前に立ちはだかってきても。

「何?」わたしは、いらっとした。

ベティが、まじまじとわたしを見る。「あたしがもうあんたを放っとくと思ってた? あの頭のどうかした男があんたに手を出すな、と言っただけで? あんたの小さい友だちがけがしたってだけで？」

「ただのけがじゃない。片目《かため》が見えなくなったんだよ、ベティ。わかってるの？」

ベティは目をそらせた。「うちのばあちゃんが教えてくれた。きっと、だれかが、あのけがらわしいドイツ人をねらったんだ。あの子じゃなくて」

「アンセルさんはけがらわしくないよ。知りもしないくせに」

ベティは、驚《おどろ》いたように眉《まゆ》を上げた。「この森以外の遠くのことを、あんたはあんまり知らないんだろうけど、あたしは知ってるんだよ。あいつは愛想よくしてるかもしれないけど、ドイツ人は世界を乗っ取りたがっている意地の悪いやつらだ。あいつらは、できることなら、乗っ取るさ」

ベティのほおに、できたばかりの赤いかさぶたの長い筋《すじ》がある。イバラの中にでもいたみたいだ。それに、靴下《くつした》はセンダングサのイガイガだらけ。こんな朝早くから、やぶかどこかに入ったなんて、おかしいと思った。それも、この前ツタウルシにやられたばかりなのに。

「わたしの知っている意地悪は、ベティだけ。でも、もうわたしを放っといて。トビーが言ったからじゃない。ルースがけがしたからじゃない。とにかく、そうしてちょうだい。あんたには何もあげない。あんたのことなんか心配しない。あんたから逃《に》げもしない。しないといったら、しない。だから、わたしのことは放っておいて、とっとと別のことをしたほうがいいよ」

わたしは、まともにベティの顔を見つめ、あわてて切《き》り上げるものかと思いながら待った。ベティとのことを完全に終えたかったのだ。もしわたしを痛《いた》い目にあわせたいのなら、ベティは、すぐ、そのときそこで手を出すことができる。そうしたら、やっとわたしは、その日のうちに何か手を打つことができるだろう。

ところがベティは、ほんの一瞬《いっしゅん》考えただけで、何もしなかった。そして、すぐ、わきにどいた。わたしは、ほっとできなかった。放っておかれたのに、うれしくなかった。とくに何も感じなかった。ただ悲しくて、つかれて、そんなふうになったのは初めてだ。目をつぶり、まったく何も考えたくない。ルースのことも、アンセルさんのことも、ドイツ人のことも、そして、ベティ・グレンガリーのことも。

学校でのわたしは授業に集中した。わたしといっしょにすわる子はいない。だって、それまでいつもルースがいっしょにすわっていたのだから。そして、午前中の時間が静かに過ぎていった。

休み時間になった。わたしはほかの女の子たちと入り口の階段《かいだん》にすわり、長い草で冠《かんむり》を作りながら、ルースが何をしているのだろうと考えていた。その間もずっと、弟たちに目を配っていたのだけど、二人は学校の反対側にある道や丘《おか》には近づかなかった。いつものように、あちこちへ先を争って走りまわり、井戸《いど》のまわりの泥《どろ》でパイを作り、木の枝の間へ石を投げている。ベティは腕《うで》を組んで立ったまま、みんなを見ていた。ベティは遊ぶことがない。たいていアンディといっしょにどこかへ消えてしまう。だけど、今日はアンディがいないので、一人ぼっちで、ただ休み時間が終わるのを待っている。一度もわたしを見なかったから、わたしもほとんどかまわなかった。

ちょうどテイラー先生が教室に戻《もど》るようにと、みんなに声をかけたとき、アンディがゆっくり校庭に入ってきた。

ベティは校庭を横ぎって、アンディを迎《むか》えに行き、そこでちょっと話すと、二人でちらりとわたしを見た。そして、みんなのあとから教室へ入ってきた。わたしは、二人が何を話していたのか、何がわたしと関係あるのか、気になってしまった。

それからずっと、アンディとベティはメモを交換《こうかん》したり顔を見合わせたりしていた。先生が算数の授業のために黒板のところへ来るようにと言ったときも無視《むし》し、帰りの時間になると最初にドアを出て行った。

わたしが外に出たときには、もうどこにも姿《すがた》が見えない。

そのとき、わたしはなんの心配もしていなかった。弟たちは家へ向かって、先を争い、丘《おか》をかけのぼりだし、わたしが道なりに最初の曲がり角へ来るまでに、すっかり見えなくなっていた。

それでも、二人のたてる音は聞こえていた。最初は走り去っていく音。大きな足音。息を切《き》らした、かけ声。道の小石の小さな音。距離《きょり》があくにつれて、音があまり聞こえなくなる。そして突然《とつぜん》、叫《さけ》び声。つぎに、ヘンリーがわたしを呼《よ》ぶ声。

わたしは、二人のところへ丘《おか》をかけのぼった。平らな地面を走るような勢いで。道ばたにヘンリーがひざまずき、あおむけに倒《たお》れて泣いているジェイムズのほうにかがみこんでいる。ジェイムズのひたいは血だらけ。

わたしも二人のところでひざをついた。

「なんだかわかんないよ。ジェイムズはぼくの前を走っていた。なのに、ただいきなり、ひっくり返って泣きだしたんだ」ヘンリーが言った。

「ちがう。ただいきなりなんかじゃない」ジェイムズは声をあげて泣きながら、体をころがして腹《はら》ばいになり、ひざをついて体を上げた。そして、道の前のほうを指さした。二本の木の間に、針金《はりがね》がぴんと張られている。

ヘンリーが、もっと近くで見ようと、針金《はりがね》のそばに立った。もし先に走っていたのがヘンリーだったら、その針金《はりがね》はヘンリーの首に引っかかったにちがいない。

ヘンリーは指で針金《はりがね》をたどり、さっと身を引いた。「道の上にかかる針金《はりがね》だけ、するどくよく切《き》れるようにけずってある。だれかがやすりをかけたみたいだよ」

ヘンリーは木々の間に入り、針金《はりがね》の片方《かたほう》の端《はし》がくくりつけられている木から、針金《はりがね》をほどいて外した。そして、気をつけて針金《はりがね》を巻《ま》くと、道の反対側の木に、そのままぶらさげた。

わたしは袖《そで》でジェイムズの顔の血をぬぐった。けっこう切《き》れてかなり血が出ているけれど、そうひどいけがではない。

「だいじょうぶ。ちゃんと治るから」わたしはジェイムズが起き上がるのを助けてやった。

わたしが手を取ると、ジェイムズはそのまま手をつないだ。まだ泣きじゃくっている。ヘンリーは、頭を上げ、だまって深刻《しんこく》な顔で、わたしたちの前を牛のようにずんずん歩いて行く。そして、ときどき振《ふ》り返っては、わたしとジェイムズのほうを見る。丘《おか》の上の、作付けされていない畑を横ぎっていたとき、ヘンリーが振《ふ》り向くなり、すぐ立ち止まった。わたしも後ろを見ると、谷へ入る道の下り口にベティがいて、わたしたちを見つめている。

「今はだめ」ヘンリーはわたしの言いたいことがわかったようだ。じっと動かず、ベティを見つめている。わたしとジェイムズは先を急いだ。「今はだめ」わたしがくりかえすと、ヘンリーもわたしたちのあとから家へ歩きだした。

父さんを連れてそこに戻《もど》ると、もう針金《はりがね》はなくなっていた。

「確かにここにあったの。ちょうど、根っこがぼこっと出ているそこ。ぜったい忘《わす》れないように覚えたんだから」

父さんは道の外に出て、木に針金《はりがね》が食いこんでできた白っぽい傷《きず》に指でふれた。ちょうど道をはさんだところの木にも、同じような傷《きず》がある。「アナベルの記憶《きおく》どおりだよ。そいつはここに針金《はりがね》を結んだんだ」

父さんはめったに怒《おこ》らない。ふだんは母さんが先に怒《おこ》るから、父さんはあまり出番がないのだ。しかし、今回はちがった。

「その男の中にはヘビがいて、ヘビが目をさましたんだ」父さんが静かに言った。

父さんの言葉にしては、ちょっと変わっている。教会の牧師さんか、リリーおばさんなら言いそうだけど、ふだん父さんはそんな言い方をする人ではない。

「でも、たぶん男じゃないよ。もし男だったとしたら、女もいっしょ。きっとそう。少なくとも、わたしはそう思う。女だよ」

父さんが、いぶかしげにわたしを見た。「アナベル、ずばっと言ったほうが、かんたんだぞ」

「うん。やっているところを見たわけじゃないから、ぜったいそうだとは言えないんだけど、まず確かだと思う。ほかの人のはずないもの。アンディもいっしょっていうのはありえるけど」

あっという間に暗くなり、森の中は寒かった。やっと父さんが、丘《おか》の上の広い畑のほうへ歩きだし、わたしはあとをついて行った。畑を横ぎるとき、父さんはわたしの手を取り、歩幅《ほはば》を半分ほどにしてわたしに合わせてくれた。それから、坂道の一番上でリンゴをいくつももいだ。その夜母さんがアップルソースを作るのだ。そして、両わきの木々が頭上でアーチになっている道を、家に向かっていっしょに下りて行った。

家に入って体があたたまってから、ジェイムズのところへ行き（強い子だと、父さんはジェイムズをほめ）、母さんのところへも行き（母さんにじろじろ見つめられ）、それから父さんは、台所よりも静かなリビングにわたしをすわらせて、思っていることを話すようにと言った。

それで、最初から全部父さんに話した。ベティのこと、ベティにおどかされたこと。おしりにつけられた、キュウリみたいな形のあざ。アンディとベティがあっという間に仲良くなり、ここのところ二人で何やらこそこそしていること。ウズラのこと、そしてトビーが何をしたか。その日の朝アンディが遅《おそ》く学校に来て、休み時間に二人が校庭で身を寄せ合い、ひそひそささやきあっていたこと。

すっかり話し終えてしまうと、どれも、そのとき感じたほど悪いことのように聞こえなかった。あのウズラの首のへし折れた音は、一生忘《わす》れられないというのに。「ベティはひどいいじめっ子。でも、なんでわたしがあんなにおびえちゃったのか、今でもわからない」

「アナベル、ベティがそういうことをしはじめたときに、どうしてすぐ教えてくれなかったんだ？」

「ちょっとずつのことで、いっぺんにではなかったし、やられたときは、どうしたらいいのか、わからなかった」なんて自分は愚《おろ》かだったのだろうと思った。「それに、人に言ったら、弟たちを痛《いた》い目にあわせるって言われたんだよ。だけど、わたし、言わなかったのに、ベティはかまわず、ジェイムズにけがをさせた」

父さんは立ち上がり、手であごをこすりながら言った。「わかった。アナベル、ここからは父さんがなんとかする。母さんと父さんで。だが、これからは何かあったら、すぐ教えるんだぞ。約束できるかい？」

わたしは約束した。かんたんにできる約束だった。どんな嘘《うそ》も、父さんや母さんにつくつもりはなかった。ことがどんなに複雑になっていくのか、わたしはまったく知らなかったのだ。

9

次の日は土曜で、学校がなかった。家の手伝いはあるけれど、たいてい自分の自由にできる時間もいくらかある。

ところが、その土曜日はちがった。

「アナベルと母さんと父さんの三人で、今日の午後グレンガリーさんの家へ行こう」わたしが朝食の席に着くと、父さんが言った。いやだと言わせないときの声。

「行かなきゃだめ?」それでも聞いてみる。

父さんがうなずいた。「重要なことは、人づてに言うべきじゃない。父さんたちもいっしょにいるんだから、そのほうがすっきりするよ。何もかも明るみに出てしまったら、ベティだって、もうおどせなくなる」

そのとおりのように思えても、やっぱり行きたくない。

ジェイムズは、わたしと向かいあった席にすわり、ひたいに巻《ま》かれた白い包帯のはしを気にしながら、卵料理《たまご》をいじくっている。

「これのせいで、かゆいんだ。いやだなあ。こんなのつけてたら、何も考えらんない」

あっという間に母さんが解決した。ジェイムズの頭にバンダナを海賊《かいぞく》風に巻《ま》いたのだ。「ほうら、海賊《かいぞく》ジョン・シルバーみたいよ」

わたしたちはたくさんの海賊《かいぞく》を知っている。『宝島《たからじま》』の作者ロバート・ルイス・スティーヴンスンと、たいてい毎晩《まいばん》、夕食のあとに本を読んでくれるおばあちゃんのおかげ。

ジェイムズは、さっそく「ヨーホー！」と叫《さけ》びながら、どうかしちゃったように家じゅう跳《と》びまわりだした。木のスプーンを剣《けん》のように振《ふ》りまわし、とうとう母さんに、太陽がさんさんと照る家の外へと追い出された。ヘンリーもいっしょだ。

「遠くへ行っちゃだめよ」母さんが二人に呼《よ》びかけた。

「木の刈《か》りこみをしに連れて行くよ」父さんが、上着をはおりながら言った。おじいちゃんもいっしょだ。クリスマスの季節が近づいてきたので、そろそろ、クリスマスツリー用に出荷できるよう、小さなトウヒを剪定《せんてい》して形を整えはじめるのだ。

父さんたちが行ってしまうと、家の中はちょっと落ちついた。

わたしたちは、朝食後のかたづけをして、毎週土曜にする家の仕事に取りかかった。母さんは台所でアイロンがけ。熱くなった清潔な木綿のにおいがただよい、アイロンが台に当たる音がする。おばあちゃんは、虎柄《とらがら》の木目のある大きなテーブルのはしにすわり、靴下《くつした》をつくろい、服にひじ当てをつけている。

わたしは、パイの材料にするリンゴをむく。それぞれのリンゴから、一つながりの長いうずまき状のリボンができるように、がんばっていた。リンゴの皮を馬に食べさせてやると、わたしの努力はまったく感謝してもらえない。それでも、わたしは、できるものなら何でも、きれいなほうが好きなのだ。

リリーおばさんは、仕事も教会もないので落ちつかず、よけいなことをするばかりだ。

「そんなふうにしなけりゃ、もっと速くむけるのに」おばさんが、長い皮のはしをつまみ、うずまきをのばして振《ふ》ったので、リボンは切《き》れてしまった。

「トビーのフィルムを送ってくれた？」わたしはおばさんに聞いた。

おばさんは、ぐっとあごを上げて答えた。「もちろんよ、アナベル。郵便《ゆうびん》の管理は重要な職務。いったんわたしの手に届《とど》いたら、速やかにまちがいなく仕分けして送り出す」

「うん、わかってる。別に疑《うたが》ったわけじゃないよ」

おばさんはちょっとうなずいた。「すぐに写真が来るはずよ。だけど、なんであの男がうちのカメラを持って、フィルムとか、わたしたちの物を使う権利《けんり》があるのか、わからないわね。

フィルムを送ったり受け取ったり、そのくりかえし。うちには面倒《めんどう》なだけで、何になるっていうの？」

「わたしたちの物」という言葉に、母さんが首を横に振《ふ》った。カメラを勝ち取ったのは、母さんなのだ。そして、母さんが言った。「ルースのお見舞《みま》いに行こうと思うのだけど、アナベルもいっしょに行きたい？」

ほんとうは、行きたくなかった。考えただけでも、こわかった。でも、「うん、行きたい」と答えた。

それで、皮むきを終え、手を洗ってから、わたしは上着を着て帽子《ぼうし》をかぶり、母さんといっしょに外へ出た。

ルースはベッドに横たわり、やせた胸《むね》の上まで毛布をかけていた。黒い絹《きぬ》の眼帯をつけ、その下からほおいっぱいに緑と黄色のあざがある。それ以外の顔の部分も、まるで二月のように青ざめて生気がない。

「こんにちは、ルース。まだ痛《いた》むの？」わたしは話しかけた。うちの母さんとルースのお母さんが心配そうにルースに声をかけ、二人で話をしに居間へ移ってから、やっと。

ルースはゆっくりうなずいた。母さんが、糖蜜《とうみつ》のアメ玉を入れたパラフィン紙の包みをわたしたときに、「ありがとう、おばさん」と言った以外、ルースはまだ一言も口をきいていない。

「すぐ学校に戻《もど》ってくる？」

ルースは首を横に振《ふ》りだして止め、わたしから目をそらせた。「父さんと母さんが、もうあの学校に行かせてくれないの。スウィックリーの学校へ行かなきゃならない」

「そんな遠くの町へ？」ショックだった。

「そこで父さんが働いてるんだもの、アナベル。もともと、うちがここに住んだのは、おじいちゃんが亡《な》くなったとき、この家をうちの家族に残してくれたからだけなんだ。こんなに長く住むつもりじゃなかったの。でも、居心地よくて。静かだし。だけど、この家を売って、町に引っ越《こ》すことになっちゃった」ルースがわたしのほうに顔を戻《もど》し、泣いているのがわかった。

わたしは何年もルースと過ごして、いっしょに育ってきた。わたしが知っている人の中で、とりわけやさしくおだやかなのがルース。わたしも泣きだしてしまった。「こんなけがをして、ほんとうにかわいそう」

ルースが力をこめて言った。「自分でけがをしたんじゃない。だれかにけがをさせられたんだよ」

「何か見たの？」わたしは顔をぬぐった。

「はっきりではないんだけど、丘《おか》の上で何かが動いたんで、そっちを見上げちゃったの。だから、石がまともにわたしの目に当たったんだよ。もし、ほんの少しの間でも下を見ていたら……」ルースは両ひざを引き寄せ、手首を組んであごをのせた。「そのうち慣れるって言われるけど、そうとは思えないよ」

「帰る時間よ、アナベル。もうルースを休ませてあげないと」母さんがドアのところから言った。

わたしは、さよならを言ったとき、ルースを抱《だ》きしめなかったし、幸運を祈《いの》る言葉もおくらなかった。それっきり会えなくなるなんて、知らなかったのだ。


グレンガリーさんの家では、もっといやな思いをした。

なんだか異様《いよう》だった。グレンガリーさんの居間で、わたしは父さんと母さんにはさまれて擦《す》り切《き》れた長いすにすわった。ベティとベティのおじいさんとおばあさんは、台所のいすをわたしたちの前に並《なら》べてすわった。三人とも、わたしたちより高いところで深刻《しんこく》な顔をしていたけれど、わたしの両側にいる父さんと母さんはおだやかであたたかい。

おじいさんが話しだした。「やっとお礼を言える。アカボシツリフネソウを、ほんとうにありがとう。オハイオ州から戻《もど》ったときには、もうベティはだいぶよくなっていたよ。おかげさまで、ほんとうに助かった」

「お役に立てることなら、いつだって」母さんのくちびるの上に、「だけど」という言葉がとまっている。

「今日は、学校で起きていることで、お話ししたいことがあるんです」父さんが言った。

「わしらもだよ。ベティから聞いた。ルースがひどい目にあったって」

「ルース？　ルースのことでうかがったのではありません。うちの一番下の子、ジェイムズに起きたことで、来たんです。それから、アナベルにも」母さんが言った。

グレンガリーさんたちは、わけがわからないようだ。

ベティはただまっすぐわたしを見つめ、身動き一つしない。

この部屋のだれもが、なぜベティが田舎にやってきたのか知っている。だから、わたしが言うことに驚《おどろ》く人がいるなんて、思いもしなかった。「ベティに言われました。何か持ってきてわたさないと、わたしや弟たちを痛《いた》い目にあわせるって。それで、ほんとうにベティにやられました。最初はわたしが、枝で二回も。それからウズラをつかまえて。あと昨日は、下の弟が、するどい針金《はりがね》を学校からの帰り道に張られて。たぶん、それはアンディ・ウッドベリーも手伝ったんだと思います」

沈黙《ちんもく》が訪《おとず》れるより先に、言葉が出た。

「ベティ？」おばあさんは、半分あきらめ、半分かすかな期待をしているように聞いた。「そんなことをしたのかい？」

ベティは首を振《ふ》った。「ぜったいしてない。そんなことするもんか」

「でも、したじゃないの。わかってるくせに。わたしが一セント硬貨《こうか》をあげて、友達になろうとしたのに」わたしは言い張った。

母さんがわたしのひざに片手《かたて》を置き、わたしをだまらせた。「アナベルは、こんなことで嘘《うそ》をつく子ではありません」

「じゃあ、ベティなら嘘《うそ》をつくと？」おじいさんは、怒《おこ》っているわけではなかったけれど、これはもう、どういうことになるのか見当がついた。うちのおじいちゃんだって、わたしが何をしようと、必ずわたしの味方をするはずだ。

「わたしを信じられないのなら、トビーに聞いてください。トビーは、わたしがベティに一セント硬貨《こうか》をわたしたとき、何が起きたかを見たんです。ベティは硬貨《こうか》を放り投げて、枝でわたしをたたいたから、その証拠《しょうこ》にわたしの体にあざが残っています。それで、ベティがウズラを殺したとき、トビーは、もうわたしに手出しをするなって言ってくれたんです。でも、ベティは聞かなかった。あの針金《はりがね》を張ったのはベティ。ぜったいそうです」

「やめなさい、アナベル。もういいから」母さんが言った。

「トビー？　あの野蛮人《やばんじん》？　わしらに言ったことを話してやりなさい」おじいさんが、ベティを見て言った。

ベティがだまっていると、おばあさんがベティの体に片腕《かたうで》をまわした。「だいじょうぶ、ベティ。こわがらなくていいから」

ほんのちょっとだけ、ベティは頭をかしげ、まだわたしを見ている。「トビーがあの丘《おか》の斜面《しゃめん》にいるのを見たんだよ。ルースがやられた場所の上。だけど、ものすごくおどかされたから、トビーが恐《おそ》ろしくて話せなかったんだ」

わたしは、ルースが言ったことを思い出した。ちょうど石が飛んでくる前に、丘《おか》で何かが動くのを見たと言ったのだ。けれども、それがトビーのはずはない。

「恐《おそ》ろしい人って、ベティのほうでしょ。トビーはこのことになんの関係もない。トビーがルースを痛《いた》い目にあわせるなんて、ありえないもの」

「確かに、トビーはルースをねらったわけじゃないだろう。あのドイツ人をねらったんだ」おじいさんが言った。

アンセルさん。あのドイツ人。

ベティのおじいさんは、先の大戦で兄弟を亡《な》くし、今もアンセルさんと口をきかない人たちの一人だった。「トビーはドイツ人にされたことのせいでおかしくなったんだ。ドイツ人に石を投げるやつがいるとしたら、トビーに決まっている」

「わたしはトビーを見ませんでした。ルースといっしょに、道のあの場所にいたのに」わたしはベティのほうを向いた。「ルースに石が当たったとき、ベティはあのあたりにいなかったでしょ。なのに、なんで、ベティだけトビーを見ることができたのよ？」

「鐘《かね》の塔《とう》の上にいたんだよ。休み時間にみんなが外へ出たとき、アンディはあたしに学校の鐘《かね》を見せたがった。あそこには小さな窓《まど》があって、道も丘《おか》もよく見える。あんたがどう下から見ようと、上にいたあたしほどよく見るのは無理だったんだよ」

母さんが少し身を乗りだして聞いた。「でも、今までずっと、そのことを話さなかったの？」

トビーに友達がいるといえるとしたら、それは母さんだ。母さんがベティを信じていないのは明らか。だけど、わたしのほうも、自分より大きく強い人間をこわがって秘密《ひみつ》にしていたということを、母さんはよくわかっていた。

「話したら、トビーにやっつけられると思ったから」とベティ。

ほんとうにか弱く聞こえるのだから、わたしはあっけにとられた。ベティは、じつに楽々と立場をひっくり返せるのだ。

「アンディはトビーをこわがってないよ。どうしてアンディが何も言わなかったの？」わたしは言った。

「見たのは、あたしだけだから。そのときアンディは塔《とう》の反対側でツバメの巣をいじくっていたんだ。窓《まど》のところへ戻《もど》ってきたときには、もうトビーはいなくなっていた。あたしは、何を見たかアンディにも話さなかったよ。だって、アンディまでトビーにねらわれるんじゃないかって、こわかったから」

ほんとうにおびえているような話し方で、あやうく信じそうになるほどだ。

「じゃあ、道に張ってあった針金《はりがね》は？　トビーはジェイムズをいじめないよ」

「たぶんね。でも、あの道はあたしも通るんだよ。たぶんトビーはあたしをねらってた」

「もういいだろう。トビーは頭がどうかしている。みんな知っている。おかしな人間なんだから、当然おかしなことしかしないだろうさ」おじいさんが言った。

「ベティがトビーをこわがったところで、これっぽちも責《せ》められるもんですか」ベティのおばあさんは、ふだんは物静かな人だ。だから、その強い口ぶりに、わたしはびっくりした。もっとも、これこそ、おばあさんにとってはいいチャンスなのだろう。ベティが、青いジャンパースカートを着て髪《かみ》を後ろにたばねたふつうの女の子にすぎず、どこへ行くにも銃《じゅう》をたずさえている気味の悪い男をこわがるのだと、信じることができるチャンス。

「そうかもしれませんね」母さんは立ち上がった。「でも、もし、まただれかがアナベルをおどしたら、もう容赦《ようしゃ》しませんよ」

母さんがどういう意味で言ったのか、よくわからなかった。けれど、父さんに手を握《にぎ》られて母さんのとなりで立ち上がったとき、わたしは自分が巨人《きょじん》になったように感じた。ちょうど、うちの丘《おか》のてっぺんに立ち、オオカミ谷を見下ろすときみたいな気分。それから、手に小鳥の卵《たまご》をのせたときのような気分。

家に着くと、父さんと母さんはしばらく庭で話していた。わたしは家に入り、まっすぐ自分の部屋へ行った。

おだやかなわたしの世界が、風車《かざぐるま》のようにぐるぐる回っていた。一度回るたびに、ますますわけがわからなくなる。

トビーの頭がどうかしているなんて信じなかった。トビーは悲しい、たぶん。無口。あとはせいぜい、変わり者。一人ぼっちのくらしを選び、燻製《くんせい》小屋で寝泊《ねと》まりし、来る日も来る日もいくつもの丘《おか》を歩き続けているのだから。だけど、頭がどうかしているのではない。頭がどうかしていて危険《きけん》なのではない。

それに、なぜ、下に女の子二人と馬二頭がいるときに、トビーが丘《おか》の上から石を投げるだろう？　もしトビーがアンセルさんに痛《いた》い思いをさせたいのなら、毎日、いろんなほかの場所で、女の子も馬もいないときに、できそうなものではないか。

トビーは、眠《ねむ》っている鹿《しか》を銃《じゅう》で撃《う》つことすらしない人。かわりに、アメリカハッカクレンの茂《しげ》みの写真を撮《と》る人なのだ。それに、わざわざ、わたしに一セント硬貨《こうか》を戻《もど》してくれた。けっしてだれも傷《きず》つけない。あのひどい戦争から帰ったあとは、だれ一人。わたしが知る限りは。トビーの頭がどうかしているなんて信じない。ぜったい信じない。それに、ドイツ人であろうとなかろうと、アンセルさんをやっつけようとトビーがするというのも、信じなかった。けれども、もしベティとアンディが鐘《かね》の塔《とう》にいたのなら、二人は丘《おか》の上にはいなかったことになる。としたら、あの石を投げられなかったのだ。

わたしはベッドに横たわり、あれこれ考え続けていた。母さんに呼《よ》ばれて、夕食のしたくを手伝いだすまで。そして、そのあとも少し。

「もう、セーターを編めるぐらい羊毛があるんじゃないかい?」流しでいっしょにジャガイモを洗って皮をむいていたら、おばあちゃんがわたしに聞いた。

「なんの羊毛?」

「アナベルは、ずっと羊の毛を集めているじゃないか。ひとことも言わないけれど」

わたしは肩《かた》をすくめた。「ルースにと思って」

「ひどいことは、だれにでも起きるものだよ。ルースみたいなやさしい子でも」

「だけど、トビーがやったとは思わないでしょ? たとえ、わざとでなくても」

そのときにはもう、家じゅうのみんなが、昼間のグレンガリーさんの家での話を知っていた。

リリーおばさんが、フンと鼻を鳴らした。「あのトビーって、いつも硫黄《いおう》くさいんだけど」

「えっ？　トビーはそんなじゃないよ」ヘンリーが言った。

「こらっ、そこの子分ども」海賊《かいぞく》ジェイムズは、くさくないと言ったつもりなんだろうと、わたしたちは解釈《かいしゃく》した。

おじいちゃんは頭を横に振《ふ》りながら、人を見た目で判断するなというようなことを、つぶやいている。

母さんがどう思っているかは、もうわかっていた。でも、父さんは……よくわからない。グレンガリーさんの家からの帰り道、父さんは一言も話さなかった。そして、家に着いてからは、母さんと話しただけで、すぐ仕事に行ってしまったのだ。

「そうだねえ。わたしにはよくわからないよ」おばあちゃんは、ジャガイモを薄切《うすぎ》りにしながら言った。透《す》けるほど薄《うす》く切《き》っている。おばあちゃんの作るポテトグラタンは、この郡一番だ。

「トビーが変わり者なのは、確かだね。それに、あの銃《じゅう》も、どうかと思うよ。だけど、だれかに乱暴《らんぼう》な態度をとるところを見たことがない。アンセルさんはもちろん、ドイツ人のことを悪く言っているのも聞いたことがない」

「うん、もともと、あんまり話さないんだけどね」わたしは認《みと》めた。

「そう、話さないね。だけど、わたしはいつも、自分のことは自分の行いで人に判断してもらいたい。だから、トビーにも同じようにしたいんだよ。トビーはわたしに何も悪いことをしたことがない。うちの家族にもね」

その晩《ばん》、夕食に帰ってきた父さんは、すすみたいなにおいがした。

「夕方、ちょっとトビーといっしょにいたんだ」父さんは食事をしながら話しだした。母さんが料理したハムと、おばあちゃんのポテトグラタンと、わたしのカリフラワー。ジェイムズはカリフラワーのことを「ちっちゃな白い木」だと言って、ほとんど食べない。

みんな父さんを見て、話を待った。特にわたしは、トビーが先週の事件について何を言ったのか気になっていた。

「ほとんど、わたしばかり話していたよ。ドアをノックしたら、トビーが出て来て、中に入れてくれた。たった一つのいすしか、すわるところがないんだよ。トビーがすわれないなら、わたしもすわりたくない。それで、二人とも向かい合って立ったままさ。なんだか二匹《ひき》のヤギみたいだったよ」

父さんは、ヤギのことをあまりよく思っていない。わたしが怠《なま》けると、子ヤギと呼《よ》ぶ。ばかなことをしてもヤギ。汚《よご》れてもヤギ。家族みんなにもそうだ。

わたしたちは待った。父さんはもっとほかに話すことがなかったら、トビーのところへ行ったことを言わなかったはずだ。

「あの小屋に住むのは楽じゃない。あれこれちょっとトビーがましにはしていたけれど。あれはベッドというより、巣みたいなものだ。松の大きな枝を集めた上に粗《あら》い麻布《あさぬの》がかけてある。まくらもない。古い軍用毛布が一枚《まい》。だれかが捨《す》てたらしいいすが一つ。すみには火を焚《た》く炉《ろ》が掘《ほ》ってあって、煙《けむり》を出す穴《あな》が一つ開けてある。天井《てんじょう》のフックには、ガラクタがかかっていたよ。でも……」父さんはそこでだまると、いすの背《せ》に寄りかかり、片手《かたて》であごをなでた。「写真だらけだった。四方の壁《かべ》全部に貼《は》ってある。果樹園《かじゅえん》の写真。森の写真。空しか写っていない、日ぐれ時の写真もいっぱい」

父さんは一息ついてから言った。「すごくきれいで全部見たかったのだけど、暗くなってきたから、ずうずうしくするわけにもいかない。トビーに呼《よ》ばれて行ったのではないからね。わたしがいて、トビーはちょっと緊張《きんちょう》しているようだった。あんまり客はこないだろうからね」

父さんが、これほどいっぺんに長々と話したことは、今までなかったように思う。

「グレンガリーさんたちが言ったことをトビーに話したんだ。ベティが言ったことをね。そして、あの丘《おか》の上にいたのか聞いてみた。そしたら、ドイツ人であろうとなかろうと、だれにも石を投げる理由なんてないと言ってたよ」

おじいちゃんが言った。「ドイツ人に石を投げる理由のある者がいるとしたら、トビーかもしれん」

するとと、母さんがきつい声で言った。「向こうで家族を亡《な》くした人かもしれないわ。そんな人は山ほどいるでしょ」

「それから、トビーは妙《みょう》なことを言っていた。たぶん、正しく聞き取れたと思うんだが、『やつらは、カメ石の上に引っかき傷《きず》をつけた』と言った。そのあとはだまってしまい、写真が届《とど》いたら、できるだけすぐアナベルに持ってきてもらいたい、と言っただけだ」

リリーおばさんが、わたしに向かってフォークを振《ふ》った。「うちのカメラ、うちのフィルム、トビーの写真。こりゃいいわ」

けれど、わたしはカメ石のことを考えていた。オオカミ谷にある大きな岩で、形も、石英《せきえい》の筋《すじ》だらけで格子模様《こうしもよう》になっているのも、カメの甲羅《こうら》のようなのだ。カメ石のことはみんな知っている。森がちょっと開けたところにあり、まるで森の木が近よりたがらないように見える。石のまわりの地面は、シダや草花におおわれている。

とてもきれいな場所だけど、重々しくもある。おそらく先住民族が儀式《ぎしき》に使ったのだろうと言われていた。もしも儀式《ぎしき》のできる教会がなかったら、わたしたちもカメ石を選ぶかもしれない。

10

次の朝、教会はいつもどおり。たった一つちがったのは、三列後ろにすわったグレンガリーさんたちが、あいさつをしてこなかったこと。少し気になったけれど、たいしたことではない。ほんとうに父さんは正しかった。自分の言いたいことをはっきり言うと、じつにすっきりするものだ。たとえ、そのせいで、日曜にグレンガリーさんから笑顔を見せてもらえなくなったところで、かまうことはない。

ベティは、丸えりの白いブラウスにギンガムチェックのジャンパースカート姿《すがた》で、じつに愛くるしく見える。けれども、目だけは正体をかくせない。

わたしは、そんなことより、祭壇《さいだん》に飾《かざ》られたたくさんの紫《むらさき》と黄色の菊《きく》の花や、その上に立つ十字架《じゅうじか》をじっと見つめることにした。

いつものように聖歌隊《せいかたい》が讃美歌《さんびか》を歌いはじめた。シモンズのおじさんはものすごい鼻声。ランカスターの奥《おく》さんはずいぶんどもりながら。わたしたちは、みんなそれぞれの歌い方でいっしょに歌う。

キンネル牧師が季節の移り変わりについて延々《えんえん》と話しているのだけど、わたしはどうしても意味がわからない。ありがたいことに、前の席の背《せ》もたれについているポケットの中に、讃美《さんび》歌集《かしゅう》といっしょに小さなえんぴつと献金《けんきん》用の封筒《ふうとう》が入っていた。絵を描《か》くのはいい時間つぶしになる。説教の時間中ずっと馬の絵を描《か》いていたら、となりの席のおじいちゃんが、わたしをうらやんでいるようだった。

「いい犬だなあ、アナベル」おじいちゃんがわたしにささやいた。

母さんはその封筒《ふうとう》を手に取り、献金《けんきん》する硬貨《こうか》を入れながら、その犬馬《いぬうま》を見て、にこりとした。

「牧師さんが、アナベルの捧《ささ》げものも気に入ってくださいますように」

そんなふうで、何もかもだいじょうぶ、とわたしは思っていた。わたしたちが抱《かか》えているどの問題も、こちらが追いつくのを待っていてくれるだろうと。

ところが、なんと問題のほうがわたしたちを追いかけてきた。礼拝《れいはい》が終わって外に出たら、外で州の保安官《コンスタブル》が待っていて、いっしょにグレンガリーさんたちもいる。

うちの州の保安官はバッジもつけていないし、銃《じゅう》も身につけていない。州警察署《しゅうけいさつしょ》はピッツバーグまで行かなければないし、一番近い刑務所《けいむしょ》や裁判所《さいばんしょ》もかなり遠い。それで、保安官ができるだけ多くの用をこなす。必要なときには州警察《しゅうけいさつ》を呼《よ》ぶことになっているのだけれど、わたしが知る限り、そんなことは一度もなかった。

わたしたちはみんな保安官が好きだった。オレスカ保安官。大きな顔で、赤いほお。髪《かみ》はうすく、気さくでよく笑う。だけど、わたしは一度、郡のお祭りで、リンゴ酒を飲みすぎて大騒《さわ》ぎをしていた農家の人を、保安官が両腕《りょううで》で抱《かか》えこんだのを見たことがある。刈《か》り取られたトウモロコシの束の山みたいにじっとさせてしまい、その人はおとなしく家へ帰ったのだ。そんなだから、保安官が真剣《しんけん》になったときは、だれもがまじめに話を聞く。

そのときの保安官は、とても真剣《しんけん》そうだった。

「おはよう、みなさん。ジョン、セイラ、話があるんだ」

父さんは、うちのトラックのドアを開けて、おじいちゃんとおばあちゃんを中に入れてあげた。

弟たちとわたしには、しっしっと追いはらうような動作をする。そのとおり、わたしたちはトラックの荷台によじのぼったけれど、なるべく父さんたちが話すところの近くへと、押《お》し合いながら身を寄せた。

全部は聞こえなかったものの、トビーやルース、アンセルさんの名前は聞き取れた。ベティも少し話していたので、わたしはむかっときた。だけど、父さんと母さんがわたしにかわって話してくれるのだから、まかせておこう。

母さんの声が一番よく聞こえる。グレンガリーさんたちの言うことに、すぐ怒《おこ》りだすからだ。熱のこもった声。「なんの証拠《しょうこ》もないんですから、疑《うたが》わしきは罰《ばっ》せず。まったく無実ですよ。それに、人それぞれくらし方は自由じゃないんですか？　昔から言うじゃありませんか。風呂《ふろ》の水と一緒《いっしょ》に赤ちゃんを捨《す》てるな」母さんは、両手を握《にぎ》りしめて腰《こし》に当てている。

わたしにはわけがわからない。わたしが知る限り、この件に赤ちゃんは関係ない。もちろん風呂《ふろ》の水だって。

父さんが母さんの肩《かた》に片手《かたて》を置いたけど、母さんは無視《むし》した。「トビーは変わっているかもしれないけど、ただそれだけ。悪いことを何もしていない人でも、あなたたちが追いつめたら、変わっているだけでは、すまなくなるかもしれないんですよ。だいたい、丘《おか》にいるのを見たって子どもが言っただけで、牢屋《ろうや》に入れることはできません。それも、悪いことばかりたくらんでいる子なんですから」

たちまち全員が、勝手に大声でまくしたてだした。母さんは見るからにうんざりしたようで、わたしたちのいるトラックの荷台に上がってきた。父さんも運転席にすわり、エンジンをかけ、窓《まど》から「リリー！」と呼《よ》ぶ。

ところが、おばさんときたら、まだそこに残って保安官に話しかけている。保安官の返事を聞きながら、鳥のように何度もうなずき、それからやっと自分の車のほうへ歩きだした。わたしは、おばさんの顔に浮《う》かんだ表情が気にくわない。なんだか、やけにうれしそう。リリーおばさんにしてはめずらしいし、今起きていることと、ちぐはぐすぎる。

ふだんの日曜日の夕食は、お祈《いの》りをして、出されたものを食べるだけのもの。おしゃべりはほとんどなし。そして、食後のかたづけ。たまに、だれかがたずねてくることもあるけれど、ゆっくり静かに過ごす日曜のほうが多い。そして、小さな平和と休息に感謝する。

ところが、この日曜日はちがった。

夕食の最後に、母さんがアップルパイを皿に出し、その上にクリームをのせながら、弟たちとわたしに言った。「明日学校へ行ったら、できるだけベティ・グレンガリーから離《はな》れていてちょうだい。近づいてはだめ。話しかけるのもだめ。もしベティにいやなことをされたら、テイラー先生に知らせなさい。どんなことでもよ」

「父さんたちにもだぞ。家に帰ったら。もう秘密《ひみつ》はなし」父さんが言った。

すると、おばさんが言った。「アナベルは少々大げさに言ってるんじゃないの？　ベティはやさしくて信心深い子にみえるけどねえ。それに、トビーがしたことを人に教えるなんて、すごく勇気がある。このあたりで一番恐《おそ》ろしい男なのに」

「わたしはベティにたたかれて、おしりにキュウリぐらい大きい黒いあざができたんだよ。黒って色をどう大げさに言えるの？」

リリーおばさんはすわったまま背筋《せすじ》を伸《の》ばし、きつい口調で言った。「聖書《せいしょ》にもあるでしょ。隣人《りんじん》に対して偽《いつわ》りの証言をしてはならないって」

もうベティに枝でたたかれてから、ずいぶんたっている。それでも、わたしはすっと立ち上がり、みんなのいるその場でおしりを出して、あざを見せた。まだ、みにくい跡《あと》がじゅうぶん残っている。

リリーおばさんはすぐ目をそらした。そして、食事が終わるまで一言も話さなかった。

夕食が終わり、かたづけもすむと、母さんは、わたしの目の前にあれこれ並《なら》べて湿布《しっぷ》の準備をはじめた。家庭菜園からロシアンコンフリーの葉を一つかみ取ってくると、それを煮《に》て、すりつぶし、熱いペースト状にする。それをスプーンで清潔な布きれにのせて、きっちり正方形に折っていく。それから、寝室《しんしつ》でわたしを横向きに寝《ね》かせ、あざの上に湿布《しっぷ》をはった。

「もう痛《いた》くないよ」

「でも、まだアナベルにあざがあると思うと、母さんの胸《むね》が痛《いた》むのよ。これですっかり消えるはずよ」

母さんがベッドのはしにすわり、片手《かたて》を湿布《しっぷ》の上にのせて温めてくれた。うれしかった。

「偽《いつわ》りの証言なんてしてないよ。するわけないってば」

「わかってるわよ、アナベル。リリーは知らないことまでわかっているつもりなの。はい、この話はそこまで」

「トビーはどうなるの？」わたしは聞いた。

母さんはため息をつく。「そうね、オレスカ保安官は、いくらグレンガリーさんたちがせがんでも、今のところ、州警察《しゅうけいさつ》を呼《よ》んでトビーを逮捕《たいほ》させるだけの情報を持ってないわ。保安官はベティの言うことを却下《きゃっか》することはできない。でも、ベティの言葉だけでは、トビーを逮捕《たいほ》する力がない。そもそも逮捕《たいほ》を決めて実行するのは警察《けいさつ》で、保安官にはできないのよ。それでとりあえず、アンディと話すんですって。ベティが言っていた、鐘《かね》の塔《とう》にいたことについてね。トビーにも会いに行くそうよ。それから、たぶんアナベルの話も聞きに来る。ベティとの別件について。それで、道に針金《はりがね》を張った犯人をさがすつもりだそうよ。いろいろ、どんな順番でするのかは知らないわ。もしかしたら今夜か明日の朝、トビーと話すんじゃないかしら。母さんにはよくわからないのよ、アナベル。でも、今のところ保安官がやりたいのは、いろんな人と話して、一部始終《いちぶしじゅう》をさぐることよ」

わたしはほおづえをつき、保安官がトビーの燻製《くんせい》小屋のドアをノックするのを思い浮《う》かべてみた。ドアを開け、外にやっかいな問題がやってきたことを知ったトビーの顔を想像してみる。

「ベティたちが言っていること、信じないよ。トビーはそんな人じゃない」

「母さんもよ。でも、オレスカ保安官は公正な人。今は、話をする以外何もしないはずよ」

それだけでも、やりすぎのようで心配だった。トビーはずっと放浪者《ほうろうしゃ》だったのだ。今の今、この丘陵地《きゅうりょうち》からどこかほかの新しい場所へ去っていこうと考えていても、おかしくはない。

11

月曜日が来た。

弟たちと学校へ歩いていく途中《とちゅう》、トビーはどこにもいなかった。小雨が降《ふ》っていて、だんだん雨足《あまあし》が強まり、冷たい風が吹《ふ》いていたけれど、それでも丘《おか》の上にトビーの姿《すがた》があるようにと願っていた。どこかへ立ち去っていないと確かめたかったのだ。

学校のあと、トビーの小屋へ行こうかと思った。話しかけるつもりはなく、ただ、雨をよけて小屋の中にいるかどうか、のぞくだけ。でも、トビーはどんな天気でも、どんな季節でも歩きまわるのだから、今日もいないはずなのだけれど。

まずはとにかく、学校へ行こう。父さんと母さんはいつもわたしに、学校の勉強こそ、わたしの一番大事な仕事だと言う。弟が二人いると、わたしがこの土地で農業をすることはないだろう。しっかり教育を受けた大人になりたいし、必要でもあった。

今日わたしが学ぶのは、もちろん算数。それから、いくつかのアメリカの州都、アメリカが戦ってきた戦争の理由、赤毛のアンがつぎに何をしでかすか、そして、なぜ漂白剤《ひょうはくざい》をアンモニアと混ぜてはいけないのか。でも、その前にわたしが知りたいのは、アンディの言い分だった。

父さんと母さんは、ベティから離《はな》れているようにと言った。だけど、アンディを避《さ》けるようにとは言わなかった。アンディは確かにいじめっ子。それでも、鐘《かね》の塔《とう》と、道に張られた針金《はりがね》のことを聞くつもりだった。

「やつらは、カメ石の上に引っかき傷《きず》をつけた」とトビーは父さんに言った。ベティとアンディのことじゃないだろうか……ジェイムズのひたいを切《き》った針金《はりがね》は、やすり代わりにカメ石でけずって、するどくしたのじゃないだろうか。わたしは二人の様子を思い浮《う》かべてみる。針金《はりがね》の両端《りょうはし》をそれぞれ木の枝に巻《ま》きつけて持ち手を作り、その枝を一本ずつ持ってカメ石をはさんで立つ。そして、まるで二人挽《び》きのこぎりを使うように、引いたり押《お》したりしてカメ石の上で針金《はりがね》をするどくけずる。

わからなかったのは、そんなことを、どうやって思いつき、なぜ実際にやったのかということ。オオカミでさえ、することに理由がある。ヘビでさえ、コマドリの卵《たまご》を食べるのに理由がある。

学校に着くころには、雨は本格的な降《ふ》りになっていた。わたしたち三人は、防水布のポンチョを着てフードをかぶり、ブーツをはいていたから、ぬれずにあたたかいままだったのだけど、たくさんの子たちがずぶぬれで、震《ふる》えながらやってきた。それで、テイラー先生は、ひどくぬれている子たちが授業の前にかわくように、この秋初めて教室の前にあるストーブに火をつけた。

「まあ、いったいどうしたの？」先生がかがんで、ジェイムズのひたいの包帯を見ながら聞いた。ジェイムズがわたしのほうをちらっと見たので、わたしは首を横に振《ふ》る。すると、ジェイムズは先生に答えた。「海賊《かいぞく》だよ」

「そうだと思ったわ」先生はうなずいて、教室の前に戻《もど》っていった。

「あんまりぬれていない人たちは、こっちへ来てちょうだい」先生に呼《よ》ばれて、わたしも弟たちも、ほかの何人かの子といっしょに前へ行った。こんなに学年がばらばらの子を集めて、先生は何をするつもりなんだろうと思った。

もちろん、州都のことではなかった。

「ルースに起きたことについて話しておきたいの」先生はちらっとドアを見た。わたしも振《ふ》り返ったのだけど、閉《し》まったままでだれも来ない。それで、またアンディとベティが休んでいることに気がついた。

アンディのことは驚《おどろ》かなかった。こんな雨の日なら、家の仕事もほとんどかんべんしてもらえるはずだ。わざわざ学校へは来ないだろう。ベティのほうは、この瞬間《しゅんかん》も、トビーに罪をなすりつけようとしているのかもしれない。礼儀《れいぎ》正しくきちんとふるまい、罪のない子のふりをして。おそらく、ベティのことをよく知らない人はそのまま信じてしまう。

「アナベル？」呼《よ》ばれたわたしは先生のほうを振《ふ》り向いた。ほかの子たちもわたしを見ている。「アナベルがだいじょうぶかどうか、聞いたのよ。あんなふうに目の前でルースがけがをして、ずいぶんつらいでしょうから」

「はい、でも、だいじょうぶです」

それから先生は、人を信用することの大切《たいせつ》さについて少し話し、妙《みょう》なことや不安なことがあったら人に伝えるようにと言った。

「もし、あの日トビーか、ほかのだれかが丘《おか》の上にいたのを見たり、何か変わったことに気づいたりした子がいたら、大人に話してちょうだい。先生、お父さん、お母さん、キンネル牧師。あなたたちの正しい行いを助けてくれる人に」

わたしは手をあげた。「トビーが丘《おか》の上にいたって、だれから聞いたんですか？」

「昨日教会で聞いたのよ。グレンガリーさんたちから」

わたしは一瞬《いっしゅん》考えてから言った。「じゃあ、石を投げたのがトビーだと言っているのは、ベティだって、先生は知っているんですね？」

先生はうなずいた。「ええ、そう聞いたわ」

「それなら先生、どうか、わたしを鐘《かね》の塔《とう》にのぼらせてください。そしたら、そこの窓《まど》から何が見えるか確かめられるんです」

先生はわけがわからなかったようだ。「どうして、そんなことをしたいの？」

「ベティが言ったんです。休み時間にアンディといっしょに鐘《かね》の塔《とう》にのぼって、丘《おか》の上にトビーがいるのを窓《まど》から見たって」

「ベティは、ルースがけがをしたとき、そこにいたって言うのね？」先生がゆっくり言った。

わたしはうなずいた。ほかの生徒たちは、今までのどの授業のときよりも、注意深くこの話を聞いている。

先生は、すっと立ち上がり、教室の後ろにあるドアのところへ行った。ドアは、開けようとしても開かない。それから先生は、なにやら考えこみ、わたしたちのところへ戻《もど》ってきた。

「さあ、みんな、自分の席に戻《もど》って、先生が黒板に書いた課題を読んでちょうだい」

先生は、ストーブのまわりで体をかわかしている子たちのところへ行った。わたしの席からも聞こえる。大人を信用して、真実を伝えるようにと話していた。

わたしは、米西戦争について読みながら、教室のドアが開かないかと耳をすましていた。ベティが入ってこないかと。けれども、ベティは来ない。

休み時間になっても、まだ雨が降《ふ》っていたので、わたしたちは教室の中でビー玉遊びやあやとりをした。先生が、わたしたちを席につかせようとしたとき、ついにドアが開いた。でも、入ってきたのはアンディで、ベティではなかった。

アンディはフードをぬぐと、頭を犬のようにぶるぶるっと振《ふ》り、教室を見まわした。「ベティはどこだ？」だれも答えないと、もっと大きな声を出した。「テイラー先生、ベティはどこ？」

黒板に向かっていた先生が振《ふ》り返った。「まったく知らないわ、アンディ。ベティは今朝来なかったのよ。具合がよくないのかしら」

すると、アンディはフードをかぶり直し、何も言わずに出ていってしまった。

先生はその場で立ったまま、アンディがいたところをじっと見つめている。

そして、やっと言った。「みんな、席について。授業をはじめますよ」

帰る時間になり、弟たちがブーツをはいていると、テイラー先生がわたしを呼《よ》んで言った。

「夕食のあと、アナベルのお父さんとお母さんに会いたいのだけど、だいじょうぶだと思う？」

そんなことを聞かれて、びっくりだ。「わたし、何か悪いことをしましたか？　それとも、弟たちが？」

「ちがうわ。ぜんぜんそんなことじゃないの。ただ、ちょっとご両親とお話したいだけ」

「はい、なら、だいじょうぶです」

失礼なことは言いたくなかったけれど、どうしても気になってしまう。「先生のおうちには電話がありますか?」

「あるわよ。なぜ?」

「うちにもあるから。そのほうがよかったら、電話でも話せますよ」生意気に感じられないようにと思った。

先生はにこっとした。「それもできるのだけど……」一息ついて言葉を選ぼうとしている。「アナベルも知っているでしょう。グリブルさんは、ときどき、ちょっと……知りたがりで……電話をつなぐときに」

そうだった。

アニー・グリブルさんは、うちから市場へ行く途中《とちゅう》にある小さな家に住んでいる。わたしは一度だけ、びんづめ用の桃《もも》をたくさん届《とど》けに寄ったことがある。グリブルさんは、わたしと父さんを中に入れて、レモネードを飲ませてくれた。わたしは、居間を占領《せんりょう》している電話交換台《こうかんだい》に、すっかり見とれてしまった。機織《はたお》り機に細い黒ヘビが何匹《なんびき》もついているみたいだった。

グリブルさんはそこに一日中すわり、このあたりの家同士の電話回線をつないでいる。電話を使うときは、まずグリブルさんに電話をかけ、どこに電話したいのかを伝える。そして、グリブルさんは、ほかのみんなも知るべき話だと勝手に判断し、そのまま人の話を盗《ぬす》み聞《ぎ》きすることがよくあるのだ。

その頃《ころ》はもう、みんなよくわかっていて、グリブルさんに聞かれてしまうからと、電話でないしょの話をする人はいなかった。けれども、グリブルさんは、ほんの小さいことであっても、ここぞとばかりにチャンスを逃《のが》さない。それで、みんなは、すごくつまらない話からはじめて、その間に別の人の電話接続でグリブルさんの気がそれるようにと願うのだった。

テイラー先生が何を話すのかわからないけれど、とにかくグリブルさんに聞かれたくないことだ。

「先生がいらっしゃると、伝えておきましょうか?」

「どうもありがとう」

わたしはブーツをはき、ジェイムズのフードのひもをあごの下で結ぼうとしたのだけど、ちゃんと結び終わる前に、ジェイムズは子馬のように頭を振《ふ》って、雨の中へ飛び出してしまった。ヘンリーもあとを追い、二人は、水たまりだらけの校庭を横ぎり、森の中へかけて行った。

一人で歩いて帰るのはいやだったけれど、しかたがない。そのとき、先生がわたしを呼《よ》び戻《もど》した。「アナベル、もしよかったら、今寄ってもいいかしら。いっしょに車に乗ればいいでしょ」

先生のすてきな車に乗れることは、めったにない。それに、あたたかくて、ぬれないですむ。

「たぶん、この天気だと、父さんは家のあたりにいるはずです。母さんはきっといます。だから、今行ってだいじょうぶだと思います」

わたしは先生のあとについて車のところへ行き、後ろの座席《ざせき》にすわった。女王になったみたいだと思ったけれど、すぐ、ルースがすわった席だったことに気がついた。

先生は農場まで、ゆっくり注意深く運転した。道はあちこちで水浸《みずびた》しだったけれど、わたしたちは無事に到着《とうちゃく》した。

「アナベル、先に入って、今おじゃましてもいいかどうか確かめてきてちょうだい。ここで待っているから」

わたしがそのとおりにすると、母さんは急いでわたしの前を通ってドアを開け、中に入るようにと先生に手招きをした。

「テイラー先生、お入りください」日曜の教会のときみたいな、よそ行きの声。たいていの場合、母さんは人を苗字《みょうじ》でなく、名前のほうで呼《よ》ぶのだけど、牧師と医者と保安官と先生だけは例外だ。

「ありがとうございます」先生は、中に入る前に、帽子《ぼうし》についた水をできるだけ切《き》ろうとしている。

「先生、気になさらないで。うちはだれもそんなことしませんから。アナベル、納屋《なや》まで走って、父さんを連れてきてちょうだい」母さんは、わたしがポンチョをぬぐ前に言った。

外に出たところで、ちょうど弟たちが、泥《どろ》だらけの道をすべりながら下りてきた。わたしの姿《すがた》を見て立ち止まる。「テイラー先生が車に乗せてくれたの！」わたしは大声で笑いながら、納屋《なや》へ向かった。

わたしがそれまで学んだことの中でも、とりわけ大事なことを、うちの納屋《なや》は教えてくれた。ごくありふれたものの中に、驚《おどろ》きと感動が息づいている。

それぞれの季節で、納屋《なや》の中にある厩《うまや》も物置も、すっかりちがう世界になる。

冬は、寒い中でも、乳牛《にゅうぎゅう》や、馬車を引く馬が暖房《だんぼう》のようになり、ここにはぬくもりがある。牛や馬の体温が、床《ゆか》に敷《し》かれたわらや新しい堆肥《たいひ》にこもるのだ。

春には、高いところのすき間《ま》に泥《どろ》で作った巣から、ツバメが巣立っていく。生まれたばかりのふわふわの子ネコが、馬の蹄《ひづめ》の間をよちよち歩き、壁《かべ》の釘《くぎ》からしっぽのようにさがっているいろんな道具に跳《と》びかかる。

夏が来ると、スズメバチがわらの中に巣を作り、ずっと前にこぼれ落ちたオーツ麦の芽が床《ゆか》のすき間から伸《の》びてくる。そして、ニワトリ小屋の脱出《だっしゅつ》が得意なメンドリが、思いもよらぬ場所で卵《たまご》を産み、ひよこをかえそうとする。ほこりの舞《ま》う中に、陽の光が射《さ》しこんで作る明暗の縞模様《しまもよう》は、どこかへわたる橋がいくつも並《なら》んでいるみたいだ。

一番好きなのは秋の納屋《なや》。父さんがよくいるからだ。馬車の車輪を修理したり、部品の間に油をさしたり、それから、ときどき――ちょうどこの十一月の日のように――屋根裏《やねうら》の干《ほ》し草置き場で昼寝《ひるね》をすることもある。青くうす暗い光の中で、おだやかにいびきをかきながら。

「テイラー先生が、父さんたちに会いに来てるよ」父さんの耳元で、そっと言った。頭の上でトタン屋根の雨音が響《ひび》き、下では馬たちがオーツ麦を食べようと足を踏《ふ》み出した。

「起きて」

父さんが、突然《とつぜん》、はるかかなたの夢の国から戻《もど》ってきて目をさます。「なんだ?」干《ほ》し草の上で体を起こした。

「テイラー先生が、父さんたちに会いに来てるの」わたしはもう一度言い、ひざまずいた。

「髪《かみ》にわらがついてる」

父さんがぱっとはらっても落ちない分を、つまみ取ってあげた。それから、わたしたちは立ち上がって、はしごを下りた。父さんはせき払《ばら》いをして、頭からなんとか眠気《ねむけ》を払《ばら》おうとしている。

「一休みしていただけだ」並《なら》んでうす暗い階段《かいだん》を厩《うまや》へ下りながら、父さんが言った。両手で髪《かみ》をすいている。「テイラー先生だって？」

「父さんと母さんと話したいんだって」

父さんがはっとして、わたしを見た。「ジェイムズが何かしたのか？」

「何も。ヘンリーもね。なんの話だか知らないけど、ベティのことじゃないかと思うんだ」

父さんはため息をつきながら、フードをかぶった。「そのことは、もうたくさんだよ」そして、まっすぐ激《はげ》しい雨の中へ出て行った。

わたしと父さんはブーツをぬいで、ずぶぬれのポンチョを壁《かべ》にかけた。母さんはもうコーヒーを入れて、オートミール・クッキーを皿にのせている。テイラー先生は居間でわたしたちを待っていた。ちょこんといすに浅くすわり、両手を組み、まるでわたしたちが先生に悪い知らせを伝えるみたいだ。

けれども、その逆なのではと、わたしは心配になった。

「アナベルがいっしょにいるところで、この話をすべきかどうか」わたしたちがそろってすわると、先生がためらいがちに言った。

すると、母さんが答えた「『この話』がなんの話なのかわかりませんけれど、ルースの事件に関わることでしたら、アナベルはぜったい聞くべきです。一番はじめからこの騒《さわ》ぎの、中心にいるんですから」

先生はうなずいた。「そう思われるのなら、いいでしょう」一瞬《いっしゅん》だまって目をそらし、それから顔を上げて話しはじめた。「ベティは、鐘《かね》のある塔《とう》の窓《まど》から外を見ていて、ちょうどトビーがルースに石を投げるのを見たと言っているそうですね」

父さんがうなずいた。「ベティはそう言っています」

「けれど、それはぜったいありえないんです」先生はため息をついた。「ルースがけがをする数日前、休み時間にベティとアンディが鐘《かね》の塔《とう》にのぼっているのを見つけたので、すぐ二人を追い出して、塔《とう》に上がる階段《かいだん》の入り口に鍵《かぎ》をかけたんです。今日確かめたら、まだ鍵《かぎ》はかかったままでした。鍵《かぎ》は、ここにある、わたしが持っているもの一つしかありません」先生は、自分のハンドバッグをぽんとたたいた。

「また一つ嘘《うそ》」母さんがそっと言った。

「また一つ、大きな嘘《うそ》」みんなに一斉《いっせい》に振《ふ》り向かれて、わたしの声はだんだん小さくなってしまう。「そうでしょ？　ほんとうだもの。ベティは、トビーの姿《すがた》なんてぜんぜん見てないよ。ベティはすごいいじめっ子。わたしに手を出すなってトビーに言われて、怒《おこ》ってるだけ」

父さんがわたしの手を取った。「だいじょうぶ、アナベル。おまえはまちがっていない。ベティは、前にあの塔《とう》に上っていて、様子がわかっていたから、もっともらしい嘘《うそ》をついたんだ」

テイラー先生が、またため息をついた。「どうもそのようです」

「先生、どうかオレスカ保安官のところへ行って、話してもらえませんか？」わたしは聞いた。

先生はうなずいた。「そうしましょう。でも、まずこちらのみなさんと話し合っておきたかったから。グレンガリーさんたちはわたしの友人だし、なんの意見も聞かないまま責《せ》めるようなことをしたくなかったんです」

「責《せ》めるわけではなく、ただの事実報告ですよ。そこから先は保安官が判断されることです」父さんが言った。

ここ何日もの間、わたしは、まるでバンジョーの弦《げん》みたいに張りつめていて、新しい問題が起きるたびにポロンと音を鳴らしていた。けれど、ほっとできる瞬間《しゅんかん》もあった。このときがそうだった。これでついに、みんなもベティの正体を理解しはじめるかもしれない。

先生が立ち上がり、わたしたちも立ち上がった。「ベティは今日学校に来ませんでした。具合が悪くて家にいるのでしょう。保安官に会う前に、グレンガリーさんのお宅《たく》に行って話をするべきかもしれません」

母さんが首を横に振《ふ》った。「わたしたちも、先生と同じ立場でした、つい先日も。でも、話してもなんにもなりません。グレンガリーさんたちは、ベティが何も悪いことをしていないと思いこんでいますから」

先生はうなずいた。「きっと、そのとおりでしょうね。ベティは……妙《みょう》な子だけれど、グレンガリーさんの孫なんですもの」

わたしたちは、あとのことを話さなかった。ベティがわたしをどんなにひどくいじめたか。ベティとアンディがジェイムズをけがさせたのだろうと疑《うたが》っていること。けれども、ふたは開けられた。その入れ物の中では、たくさんのミミズがぬらぬらした小さな頭をもたげている。じきに悪だくみの秘密《ひみつ》を吐《は》くことだろう。

うれしいとまでは言えない。正確には。けれども、残念ではない。

12

その夜、家族全員ぐっすり眠《ねむ》り、家じゅう真っ暗だったときに、いきなりドアをたたく大きな音に起こされた。うちの犬はみな、たいてい薪小屋《まきごや》で眠《ねむ》るのだけど、外にいる何者かを相手にけたたましく吠《ほ》えている。そのだれかがぴしゃりと言い返すのも聞こえてきた。

雨はもう止んでいたけれど、ドアの外は、湿《しめ》った空気のただよう深い夜の闇《やみ》。オレスカ保安官は、黒いレインコートの上にクモの巣をまとっているように見える。まだ、保安官に吠《ほ》える犬もいたけれど、父さんの一声で静かになった。父さんはパジャマ姿《すがた》で戸口に立ち、その後ろで母さんがローブの前を押《お》さえて立っている。わたしは母さんのわきからのぞき、その後ろに弟たちがいた。それから、リリーおばさんもいっしょに加わろうと、勢いよく歩いてくる。髪《かみ》を巻《ま》いたカーラーだらけの頭で、怒《おこ》っている顔だ。

「いったいぜんたい、なんなのよ?」

たぶん、おじいちゃんとおばあちゃんはベッドで体を起こし、この騒《さわ》ぎに巻《ま》きこまれまいとしているのだろう。

「起こしてしまって、たいへん申しわけない、ジョン、セイラ……すまない、リリー。遅《おそ》い時間は承知のうえなんだが、ちょっと中に入ってもいいかね？」

「もちろんだ」父さんはあとずさって、保安官を中に入れた。

「こんな遅《おそ》くにすまんが、どうしても朝まで待てない。ベティ・グレンガリーが行方不明になったんだ」

「行方不明？」と父さん。

「中に入って、すわってください」母さんが言った。

「クマに食べられたにきまってるさ」ジェイムズが言った。寝《ね》ぐせのついた髪《かみ》がありとあらゆる向きに立っている。

「ヘンリー、ジェイムズ、ベッドに戻《もど》りなさい。今すぐだ」父さんが言った。

「ベッドよ。父さんが言ったでしょ」弟たちがぐずぐずしていると、リリーおばさんは二人をつかんできつく言い、言うことを聞かない羊をつつくように、部屋から連れ出していった。

わたしは、どうやら残っていいみたい。

ここしばらく、この手の話に加わってきて、自分が大人になったような気がしていた。でも、そのときは、また十一歳《さい》の自分に戻《もど》って、弟たちみたいにベッドに行ってしまいたかった。またさっきみたいに、気持ちがバンジョーの弦《げん》のように張りつめてくる。チューニングをしてくれるだれかが、かわいそうだと思ってくれますように。こんなこと、ちっとも楽しくない。

「どうぞ、入ってすわってください」母さんが言った。

保安官が泥《どろ》だらけのブーツを見下ろすと、帽子《ぼうし》のくぼみから水が流れ出した。「でも、汚《よご》れているから、セイラ」

けれど母さんは、保安官の腕《うで》を取り、台所のテーブルのところへ連れて行った。

「体じゅう冷えきって、ずぶぬれじゃないですか。それっぽっちの泥《どろ》なんてかまいませんよ」

母さんは、夕食の残りのコーヒーをコンロであたためだした。

わたしたちはみな、いすにすわり、リリーおばさんも台所に戻《もど》ってきた。「アナベルもベッドへ戻《もど》って。子どもが聞く話じゃないわ」おばさんがわたしに言った。

「いいんだ、リリー。この件はアナベルのほうがよく知っているかもしれない」父さんが言った。

保安官は帽子《ぼうし》をとり、ひざの上にのせ、髪《かみ》をなでつけながら話しだした。「テイラー先生が、鐘《かね》の塔《とう》の件について話しに来てくれた。じっくり話し合い、どういうことなのかわかってきたんで、朝になったらグレンガリーさんの家へ行こうと決めたんだよ……ところが、ちょうどそのとき、ドアをたたく音がして、グレンガリーさん夫婦が来た」保安官は、両手をこすりあわせてあたためようとした。「もう暗かった。なのにベティが学校から帰ってこなくて、二人は心配だったんだ。そのうえテイラー先生から、ベティが学校に来ていなかったと聞いたんで、ますますたいへんなことになった」

わたしはうなずいた。「みんな、ベティは病気なのかと思ってました」

保安官は首を横に振《ふ》った。「いや、雨だったが、ふだんどおり学校へ行くために家を出たんだ。おばあさんは雨具を着せてやり、ベティがオオカミ谷のほうへ下りていくのを見たそうだ。いつもと同じように」

母さんが立ち上がって、保安官のためにコーヒーをついだ。「どこへ行ったのか、何も手がかりがないんですか?」

「この天気の中で? どこもかしこも泥《どろ》と水浸《みずびた》しだよ」

「それで? わたしたちに何か……?」父さんが聞いた。

「トビーがいなくなった。まず、トビーの小屋へ行ったんだ。トビーがベティを見たかどうか聞くためだ。別に――」保安官はいきなり、両手を上にかかげた。「トビーが何か悪いことをしたと考えたからじゃない。ルースがけがをしたあと初めて会いに行ったとき、トビーは小屋の外で薪《まき》を割《わ》っていた。ベティがトビーについて言ったことを話したら、妙《みょう》な顔をした。はっきり言って……いやな気がした。ちょうどトビーが手に斧《おの》を持っていたのも、あんまりいいものじゃなかった。でもとにかく、トビーは何も言わず、何もしないで、また薪割《まきわ》りを続けただけだった」

保安官は首を横に振《ふ》った。「そのときわたしにできることなど、たいしてなかったよ。ただ、パズルの一つ一つを集め、できるだけ偏見《へんけん》を持たずに公正に見るぐらいだ。それで、今夜またあの小屋へ行ったときも、ほんとうに、トビーが今日ベティを見たかどうか教えてもらいたいと思っただけだった。トビーはだれよりもあちこち歩きまわっているから。いくつもの森や果《か》樹園《じゅえん》、グレンガリーさんの家と学校の間の何もない、あまり人の行かないところも。ところが、トビーはいなかった」

「どうして、ほんとうにトビーがいなくなったってわかるんです？」母さんが聞いた。

「確かには、わからないかもしれない。でも、とにかく、トビーは小屋にいなかった。火もなく、冷たい石炭だけで、銃《じゅう》もカメラも何もない」保安官はため息をつき、わたしを見て、目をそらした。

「トビーは壁《かべ》じゅうに写真を貼《は》っていた。わたしのトラックに懐中《かいちゅう》電灯があったんで、しばらく時間をかけて、その写真を見てきたんだ。一枚《まい》はがそうとしたんだが、しっかり松脂《まつやに》で貼《は》りつけられていたよ」

保安官はくしゃくしゃの写真をポケットから出し、父さんにわたした。父さんはしわを伸《の》ばしてちょっと見ると、母さんにわたした。

「それで？」

「トビーみたいな男が、ことわりなしに娘《むすめ》の写真をこそこそ撮《と》っていたというのに、妙《みょう》だと思わないのかい？」

わたしは母さんの後ろに行って、母さんの肩越《かたご》しに写真を見つめた。学校へ行く道を下りていくわたしが写っている。顔は木漏《こも》れ日に照らされているけれど、あとは影《かげ》になって、ぼんやりとしか見えない。自分一人しかいないと思っていたときのわたしを見るのは、不思議な感じがした。トビーがいたなんて、まったく気づかなかった。すぐ近くの林の中でわたしを見ていたんだ。

「それが妙《みょう》なのは、トビーが妙《みょう》なのと同じ。妙《みょう》だからって悪くはありません」母さんが言った。

そのとき、突然《とつぜん》リリーおばさんが立ち上がった。「今日の郵便《ゆうびん》で、現像された写真が送られてきたわ」そう言って、自分の部屋へ急いだ。

おばさんが戻《もど》ってきたので、わたしは手を差しだした。「写真が来たら、できるだけすぐ持ってきてほしいって、トビーにたのまれたよ」

「だけど、逃《に》げられたんだから、それは無理でしょ」と言いながら、おばさんは写真を封筒《ふうとう》ごと保安官にわたした。

保安官は封筒《ふうとう》を開け、写真を取り出すと、一枚《まい》一枚《まい》ぬれたコートからできるだけ遠くにかかげて見た。だんだん顔がけわしくなってくる。

それから、一枚《まい》だけ手元に残し、残りの写真を父さんと母さんにまわした。二人はいっしょに見ている。テーブルをはさんでいるリリーおばさんは、早く見たくてそわそわしていた。

「何？ こっちにまわして」

「黄色くなった林、かぼちゃ畑」父さんは一息ついて、保安官のほうを見た。「でも、そっちの写真には、別のものが写っているんですよね」

保安官はうなずいた。そして、その写真を父さんにまわしたので、わたしは父さんの後ろに移った。

高いところから学校の前の道を写した写真だ。いくつもの木の枝越《ご》しからの眺《なが》めだけれど、アンセルさんの馬や、リンゴでいっぱいの馬車がある。ルースが道に倒《たお》れ、アンセルさんが馬車から降《お》りかけている。そして、わたし。

「なんてこと」母さんが小さな声で言った。

「でも、こんなのなんの意味もないよ。この写真を撮《と》ったからって、石を投げたわけじゃない」

わたしは言った。

「あいにく、大きな意味があることだよ、アナベル。とりわけ、ベティが行方不明で、トビーもいなくなってしまったのだから。それも、ルースをけがさせた犯人はトビーだとベティが言ったあとで、わたしがトビーに知らせに行ったあとだ――おそらく、いずれこの写真をわたしたちが見ることになると、トビーはわかっている――このすべてを考えあわせると、ひどく心配な結論《けつろん》になってしまう。でも、とにかく、今一番重要なのは、ベティを見つけることだ」

「あの、ひどい男もよ」リリーおばさんが言った。頭にカーラーを巻《ま》いてローブ姿《すがた》なのに、まったく無邪気《むじゃき》に見えない。

保安官はわたしのほうを向いた。「テイラー先生から、今日アンディがベティをさがしに学校へ来たと聞いた。何か知っているかい、アナベル?」

わたしは肩《かた》をすくめた。「アンディとベティはすごく仲がよくて」一瞬《いっしゅん》考えてから話しつづけた。「休み時間はいつも二人でどこかへ消えてしまうんです。もう鐘《かね》の塔《とう》のことは知ってますよね。それから、たぶんベティとアンディは針金《はりがね》をするどくして道に張り、わたしの弟のひたいを切《き》ったんです」わたしは自分のひたいに指で線を引いた。

保安官は首を横に振《ふ》った。「その話もまた聞かなくてはならんが、今はすぐアンディの話を聞きに行くよ。アンディの言うこと次第では、人を集めて捜索隊《そうさくたい》を出すようだ。手伝ってくれるかい、ジョン?」

「じゃあ、トビーは? おかしな男がこのへんをうろついているなんて、たまらないわ」おばさんは強い口ぶりで言い、胸《むね》の前でローブのえりをきつく合わせた。

「おそらくトビーはとっくにいなくなっている。もうずっと遠いところだろう。でも、いちおう州警察《しゅうけいさつ》に知らせておくよ。どこか別のところに現れるかもしれないから」

保安官はゆっくり腰《こし》を上げた。「とにかく今は、ベティをさがすことだけに集中すべきだ。ほかのことはあと」おばさんをにらみつけた。

すると、おばさんはあごを上げて言った。「じゃあ、ベティが見つかったら?」

「その件も調べると約束しよう。だが、今はまかせてほしい」保安官は、さっきの写真をポケットに入れた。

そして、父さんのほうを向いた。「お宅《たく》の犬は、追跡《ついせき》が得意かい?」

「だめだ。ミートローフが逃亡者《とうぼうしゃ》でない限りは」父さんが言った。

「でも、念のため、連れて来るといいかもしれない。とにかく、まずはアンディだ。あの子の言うことを聞いてくるよ」

13

その夜、もう一度眠《ねむ》るのはなかなかむずかしかった。

アンディの家の農場には、何度も父さんといっしょに行って、農作物を乳製品《にゅうせいひん》に交換《こうかん》してもらった。だから、どうしても思い描《えが》いてしまうのだ。暗く静かな中で、突然《とつぜん》、保安官がドアをたたくと、ポーチの明かりがつき、アンディのお父さんがくしゃくしゃの髪《かみ》とパジャマで現れる。そして、アンディを起こし、階下で質問に答えさせようとする。

わたしは、アンディがベティの居場所を知っているようにと願った。もしかしたら、嘘《うそ》がすっかりばれそうだと気づいて逃《に》げたのかもしれない。そうでなければ、何か見たいものがあって歩きまわっているのかもしれない。けれども、この雨では、ちがうだろう。アンディなしでは、ちがうだろう。

トビーが関わっているとは思えない。それでもやっぱり、もうずっと遠くにトビーが行っているようにと、心のどこかで願ってしまう。とはいえ、いつもどおりトビーが現れてくれたら、という気持ちのほうが強かった。

もしも、小屋にカメラを残してトビーが出て行ったのなら、もう帰ってこないと思っただろう。トビーはぜったいにうちのカメラを持っていきはしない。ほんとうにもうトビーの物であっても。

とうとう考えつかれ、わたしはベティの夢を見た。だけど、ぼんやりしていて、よく覚えていない。目がさめたとたんに消えていった、暗いうず巻《ま》き。

朝ではない。朝にしては暗すぎる。なのに、何かの気配。まだ夜のようなのに、下の階で何かが動いている。

さっそく下へ行ってみると、すっかり身じたくをすませた父さんと母さんがいて、テーブルの上に朝食が並《なら》んでいる。まだ四時。この時期の農家にさえ早すぎる時間だ。オレスカ保安官がすわって卵《たまご》とソーセージを食べていた。

「ベティを見つけたの？」わたしは部屋の入り口で、まぶしい明かりに目をぱちぱちさせながら聞いた。

「アナベル、何をしているの？　まだ寝《ね》ている時間よ。ベッドに戻《もど》りなさい」母さんが言った。

「もう完全に目がさめちゃったよ。ベティは帰ってきたんですか、保安官？」

「いや、残念ながら帰っていない。夜明けとともに捜索《そうさく》をはじめるところだ。ベティのおじいさんと近所の何人かは、もうさがしまわっているが、こう真っ暗では何も見つけられないだろう。わたしたちのほうも、じきに出発だ。元気いっぱい、服もかわいたから、ベティがいれば、見つけられるよ」

でも、保安官は、元気いっぱいにも、服がかわいているようにも見えない。たぶん一晩《ひとばん》じゅう起きていたのだろう、とわたしは思った。「アンディはなんと言ったんですか？」

「君のお父さん、お母さんとちょうどその話をはじめたところだよ」保安官は、よほどおなかがすいていたようで、食べながら話している。「アンディはちょっと態度のでかい子だから、生意気なことを言うだろうと覚悟《かくご》して行ったんだが、かなり取り乱《みだ》していた。アンディとベティは学校をさぼって、一日中いっしょに農場をほっつきまわるつもりだったようだよ。アンディが言うに、『羽をのばす』つもりだったんだと」

保安官は首を横に振《ふ》った。「アンディは、ベティのことになるとデレデレで、乱暴《らんぼう》な態度がすっとんでしまうんだな。昨日は朝一番にカメ石で待ち合わせていたらしい。でも、ぎりぎりになって、親父さんから、家にいてフェンスを直すように言われてしまい、やっとカメ石に行ったときには、もうベティはいなかった。それで、ベティをさがしまわったんだ。学校にも行ったが、来ていなかったから、グレンガリーさんの家へ行った。ところが、家にはだれもいなかったたんで、てっきりグレンガリーさんたちがベティをどこかへ連れて行ったんだろうと思い、家へ帰ったらしい」

「鐘《かね》の塔《とう》のことなんかは聞いたんですか？」わたしは言った。

「それはあとまわしよ、アナベル。ベティを見つけてから話せることでしょ」母さんが言った。

理屈《りくつ》はわかるけれど、関係ない話ではない。思うに、ロープのようなもので、どれもこれも全部の細いひもがより合わさって、一本になっている。けれど、わたしはだまっていた。

母さんが保安官のコーヒーをあたため、三人は捜索《そうさく》の話をしている。わたしは自分で朝食のしたくをして、食べながら聞いていた。

そのとき、リリーおばさんが部屋の入り口に現れた。すでにカーラーをはずし、ゆるい巻《ま》き髪《かみ》が肩《かた》にかかっている。まだローブとスリッパ姿《すがた》で、両目の下にはナイトクリームの筋《すじ》が残っている。「あの男を見つけたの？」

「だれ？」全員が聞いた。

「トビーよ」おばさんが、当たり前だというように答える。

「トビーのことはさがしていない。アンディのことかと思ったよ」保安官が言った。

「アンディは行方不明でないし、さがす必要がないでしょうに。また別の女の子がさらわれる前に、とっととトビーをさがすべきよ」おばさんが言った。

「リリー！」母さんが、きつい声をあげた。「こんな話をアナベルに聞かせるべきじゃないっていうんでしょ？　そのとおりよ、セイラ義姉《ねえ》さん。でも、大人との話に加わらせたのは、あなたたち。それから、ぜひ保安官に聞きたいのだけど、あの二人がどこかでいっしょにいて、ベティがトビーに監禁《かんきん》されているとは考えないんですか？」

保安官がため息をついた。「もちろん考えたよ、リリー。もう州警察《しゅうけいさつ》に捜索《そうさく》をはじめてくれと連絡《れんらく》した。トビー、あるいは二人をだ」

わたしは、その話にがくぜんとした。そんなことになっているなんて考えもしなかった。それで、少なくとも一つだけ、おばさんの意見にしたがおうと思った。

「ベッドに戻《もど》るよ」わたしは言った。

母さんが悲しそうにちょっとほほえんだ。「おりこうさん。それから、今日は三人とも学校を休んで家にいなさい。つかれているでしょ。こんなことが起きていたら、どうせ勉強が手につかないわ」

またびっくりだ。母さんがそんなことを言うなんて、それまで一度もなかった。ひどく具合が悪いか、吹雪《ふぶき》が吹《ふ》き荒《あ》れているのでない限り、わたしたちは学校を休めなかった。

わたしはうなずいた。「わかったよ」

もう一度眠《ねむ》ろうとした。ほんとうに。けれども、リリーおばさんの言ったことが頭から離《はな》れない。トビーがベティを連れ去って監禁《かんきん》しようとするなんて、どう考えてもありえない。ベティはおぞましい子で、トビーはよくわかっている。それなのに、どういうわけか、リリーおばさんは、そして保安官までも、二人がいっしょかもしれないと考えている。

ぜったいにまちがっている。

不安でたまらない。だって、ベティをさがすだけでなく、トビーも助けなくてはと気にしているのは、わたし一人だけなのだ。

父さんと母さんはトビーが好き。確かにそう。でも、女の子が行方不明なのに、トビーのことを先に考えようとする人はいない。

わたしはベッドに横たわったまま、トビーがこのあたりからいなくなったと思おうとした。けれど、カメラを持って行くだろうか？　別れのあいさつなしに出発するだろうか？　まったくわたしたちに一言も言わず……わたしに、出て行くのは残念だと伝えもせずに？

そんなことは信じられない。それで、やっぱりトビーはぜったいに出て行っていないと思った。いつもの場所にいるにちがいない。警察《けいさつ》がさがしはじめたら、すぐ見つかってしまう場所に。

そして、わたしは自分に問いかけた。こういう場合、何をする覚悟《かくご》が自分にはあるのか。

真っ暗な中で服を着替《きが》え、寒いところに長くいられるよう何枚《なんまい》も重ね着をした。そして、階《かい》段《だん》をそっと下りる。台所をのぞくと、父さんと保安官はもう出かけたあと。母さんが流しで洗い物をしている後ろ姿《すがた》が見えた。リリーおばさんはいないようだ。

マッドルームへしのびこむと、昨日からみんなが持ちこんだ泥《どろ》のせいで、まさに名前どおりの「泥の部屋《マッドルーム》」。わたしはブーツをドアのところへ運び、敷居《しきい》のところではき、ぬれている外に出てドアを閉《し》めた。

あたたかく明るい場所から、寒い真っ暗な場所へ行ったことのある人なら、そのときわたしがどう感じたか、よくわかるだろう。後ろには、完全に安全な場所。前には、まだかなり暗い闇《やみ》が広がっている。頭の上の空は高く澄《す》み、闇《やみ》を白くする雲一つない。月はなく、ほんの少しの貴重な星あかりだけ。木々は、まるでダンスをはじめる前のように、おたがいお辞儀《じぎ》をしあいながら、自分たちだけの悲しい音楽を奏《かな》でている。いきなり、わたしは不安でいっぱいになった。

夜、外に出たことは、それまでに何度もあったけれど、うちの敷地《しきち》の外で、一人だけになったことはない。

わたしはためらいながら進む。やがて目は夜に慣れ、闇《やみ》もやや薄《うす》らいできた。もうすぐ夜が明ける。向かう場所はわかっていた。

トビーの小屋はカップ谷にある。グレンガリーさんの家のほうだ。うちの丘《おか》から、オオカミ谷や学校とは反対側の森の中にある。遠くはない。ここからそこまで、あるのは森ぐらいだ。クマのことは考えたくなかった。でも、見たのは一度だけだったし、クマはわたしを見たとたん、あわてて逃《に》げて行った。もうオオカミはこのあたりにいない。そもそも、わたしは完全に一人というわけではない。この闇《やみ》の中には、ベティをさがしている男の人たちもいるのだ。その人たちに近づかないよう、用心しなくてはならなかった。もしわたしをベティだと誤解《ごかい》させてしまったら、みんなひどくがっかりすることになる。それに、わたしはうんと叱《しか》られることだろう。

それで、わたしは鹿道《ししみち》をたどり、ぬれた落ち葉にすべらないよう気をつけながら、森から離《はな》れないように歩いた。丘《おか》を下りて平らなところまで行き、サイラス・カップさんの住んでいた家のほうへ土の道を進んだ。まったく人に出くわさなかったけれど、一度か二度、遠くでだれかが呼《よ》び交《か》わす声が聞こえた。カップ家の焼け跡《あと》は林の奥《おく》にあって、道からは見えないのだけれど、今でも小道が続いている。

小道はぬかるみ、両わきから伸《の》びる木々の枝が、頭上のかなり低いところで重なり合ってトンネルを作り、風にゆれてしずくを落としている。カップ家が建っていた場所は、森が開けていたはずなのに、今やその跡《あと》はみじんもない。小道の片側《かたがわ》はすっかりイバラにのみこまれ、焼け跡《あと》の中にまで木々が育っている。けれども、空をおおいかくすほどには葉が生《お》い茂《しげ》っていないので、黒い空に青みがかっているのが見え、もうすぐ日の出だとわかった。

そのとき、何か新しい音が聞こえて、わたしは立ち止まった。

風ではない。ずっと遠くの捜索隊《そうさくたい》の音でもない。むしろ、動物の音のよう。何かの鳴き声だと思った。フクロウではない。キツネでもない。

地面の上でくらす動物や、森に巣を作る鳥のほとんどは、夜おとなしくして、敵におそわれないようにする。だから、そんな心配をしない何かが、この妙《みょう》な音をたてているのだ。

前に一度か二度、ヤマアラシの鳴き声を聞いたことがある。歯がぶつかる音と鼻を鳴らす音が合わさり、空気がもれた自転車のホーンのなさけない音と、混ざったような感じ。

この音は、そんなふうだったので、わたしは急にこわくなった。前にヤマアラシの針《はり》に鼻を刺《さ》された犬を見たことがあり、ヤマアラシとは関わりあいたくなかった。

ところが、そこに立っているうちに音が止んだ。耳をすましても、聞こえるのは風だけ。

トビーの小屋は、あとちょっと先の、うっそうと茂《しげ》る木々とツタの向こう側だ。小屋のまわりはいつもトビーがやぶを刈《か》って手入れをしている。斧《おの》が刺《さ》さったままの切《き》り株《かぶ》が見え、思わず、アーサー王が聖剣《せいけん》エクスカリバーを岩から引き抜《ぬ》く伝説を思い浮《う》かべた。

小屋のドアの前で、「監禁《かんきん》」という言葉を思いだし、一瞬《いっしゅん》ためらってからノックした。

なんと、中で何かが動き、音をたてた。
わたしがあとずさると、ドアが開いた。
トビーだった。

14

トビーは軍用毛布を体にまとい、はだしだった。

「アナベル」事実を言いながら、質問しているみたいな呼《よ》び方だった。

「おはよう、トビー」わたしは、トビーの苗字《みょうじ》を知らないことに気がついた。ほかの大人にあいさつをするときのように、苗字《みょうじ》にさんづけで呼《よ》べない。

トビーはわたしの後ろに目をやった。暗がりから父さんが出てくると思ったのだろう。「何かあったのか?」

「保安官がうちに来て言ってたの。トビーがどこかへ行ってしまったって。もしかしたらベティを連れ去ったか、ベティのいどころを知っているかもって。それで、保安官は州警察《しゅうけいさつ》に知らせたから、もうすぐ州警察《しゅうけいさつ》がトビーをさがしにくるはずよ」言うことはもっとあったのだけど、もう息が続かない。

トビーはしばらく考えこんだ。「ぼくがあのドイツ人に石を投げた、と言った女の子」

わたしはうなずきながらも、頭の中がむずむずするように混乱《こんらん》しはじめていた。「そう。ベティは昨日の朝から行方不明なんだけど、トビーは知らなかったの？　みんなあちこちベティをさがしまわっているんだよ」見ただけで、トビーが初めて知ったのだとわかった。「昨日の夜、保安官がトビーに会いにここに来たんだよ。でも、いなかったでしょ。だから、てっきりトビーが出て行ったと保安官は思ったの。もしかしたらベティといっしょじゃないかって」声がだんだんかすれてしまう。トビーの白い顔が、より真っ白になっている。

「ベティが行方不明だって知らなかったの？」

トビーは首を横に振《ふ》った。「小川の橋の下で釣《つ》りをしていたんだ。ターナーさんのところで魚をビーフジャーキーと交換《こうかん》してもらった」

ターナーさんは食用の牛や豚《ぶた》を育てている。ターナーさんのビーフジャーキーは父さんも大好きだ。

「雨があがるまで、ターナーさんの納屋《なや》にいて、夜遅《おそ》くにここへ戻《もど》ってきた。そしたら、写真が一枚《まい》だれかに盗《ぬす》まれていたよ」トビーは振《ふ》り向いて、燻製《くんせい》小屋の中をのぞきこみながら言った。

トビーがいっぺんにこれほど話すのは、それまで聞いたことがなかった。

「オレスカ保安官が取っていったの。わたしが学校へ行く途中《とちゅう》の写真。それから、ちょうど郵《ゆう》便《びん》で届《とど》いた写真も見ていた。ごめんなさい。でも、リリーおばさんがわたしちゃったの。ルースがけがをした日に、丘《おか》の上で、アンセルさんの馬車の上のほうから写真を撮《と》ったんだね」

トビーはわたしをじっと見ている。

「ぼくは石を投げていない」

トビーの口から聞けてうれしかった。それまでずっと自分で気づかなったけれど、どうしても本人から聞きたかったのだ。

「トビーを信じてるよ。でも、もう保安官たちはトビーが丘《おか》の上にいたと知っているし、ベティは、トビーが石を投げるのを見たって言ったあと、行方不明になった。だから、トビーが何か悪いことをしたと思われてるんだよ」

トビーは深く息を吸《す》ってから言った。「ぼくは悪いことをした」

「何をしたの?」わたしは腕《うで》を組んだせいか、自分が大きくなったような気がした。

トビーは体に巻《ま》いた毛布をさらにきゅっと引き寄せる。

わたしは待った。

「でも、トビーは石を投げなかった」こう言っても、まだなんだか問いただしているように聞こえてしまう。

トビーは首を横に振《ふ》る。「あの子がやった」

そうではないかと疑《うたが》ってはいたものの、それでも、わたしは驚《おどろ》いた。

「ベティが投げるのを見たの？」

「あの子の写真を撮《と》ろうとしたんだけれど、あっという間に石を投げて、茂《しげ》みにもぐってしまった。あの男の子もいっしょだ。そのあと、二人よりちょっと上にいたぼくを、女の子が見たんだ。ぼくに見られたことに気づいた」

「じゃあ、父さんが話しに来たときに、どうしてそれを言わなかったの？」

トビーは目をそらした。「世の中は、正しくいくときもあれば、そうでないときもある」

「何それ？　トビー、何が起きたのか父さんに話すべきだったのに。今じゃもう、だれもトビーを信じないよ」

「しかたない」

世の中をそんなふうに見ているなんて、あまりの変わり者ぶりにあきれた。だけど、わたしはトビーじゃないし、トビーはわたしじゃない。

わたしたちは、長いこと立ちつくしていた。二人のまわりのいたるところで、小鳥たちがさえずり、空を目ざめさせている。

そのとき、遠くのほうから、捜索隊《そうさくたい》がベティの名前を呼《よ》ぶ声が聞こえてきた。

トビーは燻製《くんせい》小屋の中にあとずさる。それで、わたしは決心した。

「じゃあ、今すぐわたしといっしょに来てちょうだい」有無を言わさぬ声。

トビーの口元がぴくっと動いた。今まで見たトビーの表情の中で、笑顔に一番近い。「お母さんの言い方そっくりだ」

わたしは、ほめ言葉にとった。「よかった。だって、母さんがここにいたら、きっと同じことをいうはずだもの。お願いだから、今すぐ着替《きが》えていっしょに来て」

トビーはわけがわからないようだ。「どこへ？」

「どこか安全なところ。いろいろ解決するまで」

トビーは首を横に振《ふ》った。「ぼくには、どうでもいいことだ」

「わたしには、どうでもよくないよ。ほんとうにトビーにはどうでもいいんだったら、わたしのやり方でやってもいいでしょ？」

また、トビーの口元がぴくっとする。

再び、遠くのほうから、捜索隊《そうさくたい》がベティの名前を呼《よ》ぶ声が聞こえてきた。

それから数分後、トビーは、燻製《くんせい》小屋の外で待つわたしのところに現れた。いつもと同じ服で、首からカメラを下げ、背中《せなか》に銃《じゅう》を背負《せお》っている。

帰りは丘《おか》をのぼるので、来たときよりたいへんだ。けれども、トビーはわたしの後ろを歩き、すごく急なところでは、わたしを待ってくれた。ぬれてすべりやすくなっているから、ふだんよりのぼりづらい。明るさが増してきたせいで助かったけれど、かえって心配でもあった。遠くで呼《よ》び声が続いているから、わたしたちはうんと用心して、できるだけ音をたてないようにした。まちがって銃《じゅう》で撃《う》たれることを心配していたら、わたしは真っ赤な服を着てきたことだろう。でも、二人とも茶色や黒の服を着ているから、じっとして顔をかくせば、見えなくなるはずだ。

丘《おか》のてっぺんまでのぼり、家のほうへ向かいながら、わたしは気がついた。もしうちの牧場を横ぎったら、家の窓《まど》から丸見えになってしまう。それで、納屋《なや》の裏《うら》のほうまで森の中を歩き、さっと走り出て、納屋《なや》の裏口《うらぐち》にもぐりこんだ。先にわたしが入り、声を出して、だれもいないことを確かめた。犬たちが、捜索隊《そうさくたい》といっしょに行ってしまってほんとうによかった。

けれども、馬が一頭、大きな頭を振《ふ》りながら、厩《うまや》の扉《とびら》の上からわたしを不思議そうに見ているのには、心臓《しんぞう》が飛び出るほど驚《おどろ》いた。

「ビル、外に出る時間よ」わたしは、掛《か》け金《がね》を外して上下二段式《にだんしき》の扉《とびら》を開いてやった。ビルはわたしに向かって鼻を鳴らすと、牧場へ向かう大きな出入り口に向かって通路を歩いて行く。次にダイナも出してやると、しっぽをふるわせながら、朝日の中へビルを追って行った。次は乳牛《にゅうぎゅう》のモリーとデイジー。うちの場合、子牛はすぐ人手にわたしてしまうから、名前をつけることもない。けれども、乳《ちち》を出す牛たちは、役目を終えるまでうちで飼っている。

牛たちがのっしのっしとわたしの前を通りはじめ、わたしは手を差しだした。あとから行く牛が、大きな四角く黒い鼻をわたしの手のひらに押《お》しつける。牛の毛がちょっとチクチクした。

もし父さんがベティをさがしまわっていなければ、もうとっくに馬と牛を外に出してやったことだろう。だから、わたしは思ったのだ。牛と馬をみんな牧場に出してしまえば、その役目をしに、ほかの家族が納屋《なや》にやってくることがないだろうと。でも、もしかしたらその逆で、だれが外に出したのかと、見に来るかもしれない。

わたしがいないことに、家族は気づいただろうか。

「ついてきて」わたしは小声でトビーを呼《よ》びながら、納屋《なや》の真ん中へ行き、脱穀場《だっこくじょう》へ上がる階《かい》段《だん》のドアを開けた。

うちの納屋《なや》は丘《おか》の斜面《しゃめん》にあり、上の階からも下の階からも外に出ることができる。下の階には馬や牛の入る厩《うまや》や牛舎が長い通路に並《なら》んでいる。納屋《なや》の裏側《うらがわ》は、給水タンクが分厚い板の上をどっしり陣取《じんど》り、そのとなりに細長いトウモロコシの貯蔵庫《ちょぞうこ》がある。

上の階にある大きな二つの扉《とびら》の出入り口は、外がすぐ道と荷物の積み下ろし場になっている。だから、干《ほ》し草用の馬車を道から納屋《なや》の中に入れ、大きな器材を冬の間保管し、天気の荒《あ》れているときに作業をすることができる。オーツ麦を入れる巨大《きょだい》な桶《おけ》がいくつか並《なら》び、そのとなりにある落とし樋《どい》は、階下の家畜《かちく》たちのかいば桶《おけ》にまっすぐつながっている。納屋《なや》の屋根はとても高い切妻屋根《きりづまやね》だ。屋根裏《やねうら》の一部には、俵のように丸めた干《ほ》し草を、ロープと滑車《かっしゃ》で吊《つ》り上げて入れる干《ほ》し草置き場が作られていて、広い空間が無駄《むだ》なく使われている。

古い納屋《なや》で、板のはがれているところもあるし、床《ゆか》には長い間の土やわらがこびりついている。けれども、じゅうぶん乾燥《かんそう》しているし、屋根裏《やねうら》の干《ほ》し草置き場は心地よい場所で、雨の日に父さんが昼寝《ひるね》をするお気に入りの場所だ。雨の降《ふ》らない日がしばらく続くようにと願ってしまう。

屋根裏《やねうら》に上がる長いはしごの下で、トビーは立ち止まった。はしごを見て、わたしを見て、またはしごを見る。わたしはのぼりはじめ、振《ふ》り向いて言った。「こっちだよ。すっかり解決するまで、トビーは屋根裏《やねうら》で待っていればいいでしょ」

でも、トビーはじっと立ちつくしている。「高いところはきらいなんだ」

あたしは、もうちょっとで、はしごから落ちそうになった。思わず笑ってしまったら、トビーがいやそうにしている。それで、笑うのをやめて床《ゆか》に降《お》りた。

目の前にいるのは大の男。黒い防水布のコート、ななめに背中《せなか》にかけた銃《じゅう》三丁、長く伸《の》ばした黒い髪《かみ》とひげ、黒い帽子《ぼうし》、そのつばの影《かげ》でほとんど見えない白い顔。恐《おそ》ろしい戦争をくぐりぬけてきた男。野生の生き物とベリーばかり食べて森の燻製《くんせい》小屋に住んでいる男。

「屋根裏《やねうら》へ上がるのがこわいの？」

トビーは首をすくめる。そして、背中《せなか》の銃《じゅう》を引き寄せた。

わたしはくちびるをかむ。「丘《おか》だらけの場所に住んでいるんだよ。トビーはたいてい高いところにいるじゃないの」

トビーは首を横に振《ふ》った。「同じじゃない」

「そう。干《ほ》し草置き場にのぼるか、ネズミといっしょにトウモロコシの貯蔵庫《ちょぞうこ》に身をひそめるか、どっちかなんだけど」今度は、わたしでさえ、母さんの声を感じた。

わたしが「身をひそめる」なんて言葉を使ったせいか、貯蔵庫《ちょぞうこ》いっぱいのトウモロコシの上によじのぼることを想像させたせいなのか、とにかく、これはうまくいった。ネズミと聞いて、袋《ふくろ》のネズミになってしまうと覚悟《かくご》したのかもしれない。トビーは何も言わない。けれども、一《いっ》瞬《しゅん》、間を置いてから、行けと手で合図をした。そして、わたしが、またはしごをのぼりだすと、あとからついてきた。

はしごの一番上まで来て下をのぞくと、トビーが一段《いちだん》ずつ両足をそろえ、しっかり両手ではしごにしがみつきながら、ゆっくりのぼってくる。傷《きず》のある節くれだった左手にも汗《あせ》がにじんでいた。のぼることだけに集中して、一度も下を見ない。一番たいへんだったのは、最後のところだった。トビーは、傷《きず》のないほうの手を開いて、ぴしゃりと屋根裏《やねうら》の床《ゆか》を打ち、爪《つめ》をくいこませた。わたしはトビーの手首をつかんだ。ほとんど気持ちの支えにしかならなかっただろうけれど。そして、トビーははしごから屋根裏《やねうら》の床《ゆか》へはい上がり、カップ谷から丘《おか》をのぼってきたときよりも、はあはあと息を切《き》らしていた。それを見て、下りるほうがたいへんだと教えるのは、やめておいた。

少なくとも、しばらくトビーはこのままそこにいるだろう。それに、トビーがはしごを下りる最初の一歩におびえてじっとしているうちに、わたしは次にどうしたらいいか考えることができる。

「できるだけすぐに、食べ物と水を持って戻《もど》るからね。あと、バケツもいるよね」言いながら、顔が赤らんでしまった。「もしだれか納屋《なや》に入ってきたら、干《ほ》し草の奥《おく》に入って、静かにしていて。弟たちが来るかもしれないけれど、あの男の子たちは、たぶん屋根裏《やねうら》のほうには来ないから」

トビーは、俵のように丸められた干《ほ》し草の上にすわった。銃《じゅう》をわきに下ろし、帽子《ぼうし》をぬぐと、トビーまで男の子のように見える。もちろん、ずっと年上なのだけど、若《わか》く見えた。

「心配しないで。何もかもうまくいくから」わたしは言った。

15

家の中へ戻《もど》る前に、わたしは牧場のフェンスの外を歩きまわり、トウワタのさやを集めてポケットをいっぱいにした。

「アナベル、どこへ行ってたの？」マッドルームのドアから家に入るなり、母さんに聞かれた。「行方不明の子が一人でも、こんなに困《こま》っているのに。アナベルのベッドが空っぽで、母さんがどれだけ心配したと思うの？」

わたしは母さんに嘘《うそ》をつきたくなかったから、できる限り、ほんとうのことになるように話した。「わたしが起きたとき、母さんは地下にいたんでしょ。馬と牛を牧場に出してやらなくちゃと思って、出してやってから、兵隊さんのためにトウワタのさやを摘《つ》むことにしたの。でも、袋《ふくろ》を持って行ってなくて」わたしはポケットから、ぬれたさやを引っぱり出した。

戦争のためにわたしたち子どもができる奉仕《ほうし》など、たいしてないのだけど、トウワタのさやを集めるように言われていた。さやにつまった綿毛は、コルクよりよく水に浮《う》く。海軍が救命胴衣《どうい》に使うのだ。「ヘンリーとジェイムズも連れて行って、手遅《ておく》れにならないうちに集めてくるよ」

トウワタの種は綿毛のせいで、ふわふわあちこちへ飛んで行き、牧場に根をおろすと、家畜《かちく》の具合をおかしくしてしまう。

母さんがわたしを横目で見た。「どうして上着を着ないで、そんなに重ね着しているのよ？」

わたしは肩《かた》をすくめる。「知らない」

なぜか、母さんはそれで満足したようだ。

「とにかく、騒《さわ》ぎがおちつくまでは、必ずどこかへ行く前に知らせてちょうだい」

「みんなはどこにいるの？」

「ヘンリーとジェイムズはお日さまといっしょに起きて、捜索《そうさく》に連れて行けってずっとせがんで、ついに父さんをうんと言わせたの」母さんはため息をついた。「目に見えるようよ。父さん、あの二人、四匹《ひき》の犬。かわいそうに、おじいちゃんはなんとか役に立てないかと、トラックでぐるぐる同じところを走りまわっている」

これは、わたしに都合がよかった。とにかく、みんなが納屋《なや》から離《はな》れているのだから。

それから、母さんは家の仕事に戻《もど》り、わたしはパン入れからロールパンを取り出して、コンロの上のコーヒーポットからコーヒーをマグカップに入れると、地下へ行った。

壁《かべ》と床《ゆか》は石でできていて、四つも部屋がある大きな地下だ。一つは洗濯《せんたく》用の部屋で、年がら年中湿《しめ》っているけれど、とても清潔だ。すみには手絞《てしぼ》り器のついた洗濯機《せんたくき》があり、壁《かべ》から壁《かべ》に物干《ものほ》しロープが張られている。長いテーブルの上にはバスケットがある。洗濯《せんたく》用の水を井戸《いど》からくみあげるためのブリキのバケツがいくつかあり、その水をあたためるコンロも一つ、それから床《ゆか》の排水口《はいすいこう》。

別の部屋には、新聞紙を敷《し》いた棚《たな》がたくさんあり、びんづめが並《なら》んでいる。ジャム、ピクルス、とうがらし、豆、トマト、桃《もも》、エンドウ、トウモロコシ。

石炭部屋の天井《てんじょう》近くには、父さんが外の道からシャベルで石炭を落とし入れられるように、小さな窓《まど》がある。汚《よご》れた、すすだらけの場所で、冬が来て暖炉《だんろ》に石炭をくべるまで、だれも行くことがない。

四つ目の部屋は、上の階でいらない物が、みんなつっこまれる場所。穴《あな》をふさがないとならないバケツ。からっぽのびん。庭仕事の道具。泥炭《でいたん》の中で保存《ほぞん》している球根。

この地下には裏口《うらぐち》があり、丘《おか》の斜面《しゃめん》の低いところへ出ることができる。そこから外に出ると、すぐわきに貯蔵庫《ちょぞうこ》の入り口がある。ジャガイモ、玉ねぎ、ビーツ、ニンジンなどが、いろいろ保存《ほぞん》される場所だ。

わたしは、だいぶ使い古されたブリキのバケツをつかみ、食料で満杯《まんぱい》にした。ロールパン、いちごジャムの入ったびん、ニンジン、からっぽの大きなびんとふたを二つずつ。片方《かたほう》のびんにマグカップのコーヒーを移し入れた。もう片方《かたほう》は納屋裏《なやうら》の給水タンクでいっぱいにするのだ。

バケツを地下のドアの外に置いて、階段《かいだん》をのぼった。

上に行くと、母さんは、おじいちゃんとおばあちゃんのベッドからシーツをはがしているところで、おばあちゃんは、ゆりいすにすわって、靴下《くつした》をつくろっていた。

「もっとトウワタを集めに行ってくるね」わたしは言った。

そのとき初めて、新しい秘密《ひみつ》を作る悲しさが、どっと押《お》しよせてきた。でもたぶん、この日の終わりまでにはベティが見つかり、トビーも燻製《くんせい》小屋に帰ることができ、何も損《そこ》なわれることはないだろうと思った。

もしそうでなかったら、母さんに話すことにしよう。永遠に秘密《ひみつ》にすることはできない。それに、トビーを野良ネコのように干《ほ》し草置き場にこもらせて、長い間かくすこともできない。

「今度は袋《ふくろ》を持っていくのを忘《わす》れないように」母さんが、汚《よご》れたシーツを枕《まくら》カバーにつめこみながら言った。

「わかってるよ」わたしは、働いている二人をちらっと見た。とってもちがうのに、ものすごく似ている。二人の手作りの物だらけの部屋。どれもみな、長い間使われて、やわらかくなっている。

そのとき、二回目の悲しさがどっと押《お》しよせた。今度はトビーに対してだ。トビーは、こういうここちよい物のないくらしが長すぎる。恵《めぐ》まれたくらしが一度でもあったのかどうか知らないけれど。


学校なしで、じゃまな弟たちもいないと、わたしには自由な時間がたっぷりある。こんなことにならなくても、どうせほとんど納屋《なや》で過ごすことになっただろう。本とハトといっしょに。でも、今日はトビーといっしょだ。

「わたしよ」はしごの下から、ささやき声で呼《よ》びかけた。返事はない。

気をつけてのぼる。バケツは重く、金属製の取っ手が指に食いこんでちょっと痛《いた》い。一番上でバケツをわきに置き、はしごから屋根裏《やねうら》によじのぼった。「トビー？」

トビーは、干《ほ》し草が壁《かべ》のように積んである後ろから現れた。コートをぬいでいる。コートなしだと、冬眠《とうみん》明けのクマみたいにやせている。帽子《ぼうし》もぬいでいるから、顔をかくす影《かげ》もない。青い目だ。

「自分でかくれ場所を作ったんだね。かしこいよ。おなかすいてる？」わたしはバケツを指した。

トビーは肩《かた》をすくめる。「ジャーキーがある」

「うん、それに、パンとジャム、ニンジンと井戸《いど》の水もあるよ。コーヒーもあるけれど、今飲まないと冷めちゃうね。夕食のあと、もっと持ってこられるから」

トビーはまだ、わたしの立っている床《ゆか》のへりのほうへは近づこうとしない。へりには手すりの横棒《よこぼう》が一本とりつけられているだけで、縦棒《たてぼう》がない。高所恐怖症《こうしょきょうふしょう》の人には、何もないのと同じだろう。

「もっと水を持ってくるね。でも、さっき納屋《なや》へ入ってきたところに、手動ポンプの給水タンクがあるよ。体を洗《あら》うのなら、暗くなってからね。それから、牧場の中をもうちょっと行くと、水飲み場がある。湧水《わきみず》から流れこんでいるから、きれいないい水なんだ。冷たいけど」

おそらくふだんトビーは、燻製《くんせい》小屋の近くの小川で、体を洗ったり洗濯《せんたく》をしたりするのだろう。それでも、いつもコートがごわごわしているから、清潔に見えたことはなかった。今、そのコートなしで立っているトビーは、髪《かみ》とひげが長くもつれあっているものの、なかなかの見かけだ。「でも、下におりたくなかったら……」

わたしはバケツをトビーが腰《こし》かけに使える干《ほ》し草の俵のとなりに移した。トビーが近よってきた。なんだか、野良犬が初めて農場にやってきたときのよう。

「あっ、いやだ。ジャムに使うナイフを忘《わす》れちゃった」

すると、トビーがポケットからジャックナイフを出した。

そして、干《ほ》し草の上にすわって、ロールパンを半分に切《き》った。ジャムのふたの輪をねじってはずし、ふたをナイフの先でこじあけると、その片方《かたほう》にジャムをぬり、わたしに差し出した。

「トビー、それはトビーの分だよ。わたしは家で食べられるんだから」

けれども、トビーはわたしが取るまで、手を引っこめない。

それから、トビーは自分の分にもジャムをぬり、それをひざにのせ、ナイフを指でぬぐってきれいにしてから、元どおり閉《と》じてポケットにしまった。コーヒーのびんも開けた。

「冷めちゃっていたら、ごめんね」とわたし。

トビーは何か考えながらロールパンを食べ、びんからコーヒーを飲んでいる。

わたしは一口食べて、やっと、自分がどれだけおなかがすいていたのか気がついた。目がさめたらテーブルに保安官がいて、州警察《しゅうけいさつ》が来ると聞いたのが、もう何年も前のことみたいに思える。

わたしたちはだまって食べた。トビーはコーヒーを飲みほした。

「何か読む本を持ってきてほしい？」聞いてしまったけれど、もしかしたらトビーは字を読めないかもしれないと心配になった。

トビーはわたしをじっと見つめる。

「うちにはいっぱい本があるの。いろんな本。弟たちはロバート・ルイス・スティーヴンスンが大好きで、わたしもそう。もし読みたいなら持ってくるよ。でも、昼間明るいときに読むようにね」わたしは肩《かた》をすくめた。

トビーは考えるそぶりもなく答えた。「なんの本でも」

わたしは床《ゆか》の上に足を組んですわった。トビーにいくつか聞きたいことがあったのだけど、聞いてもいいかどうか迷っていた。

二つの手のひらに一本のわらをはさみ、くるくる回してみる。「トビー、ちょっと聞いてもいい？」

トビーは指を重ねて両手を組む。「もう聞いてるじゃないか」

また口をぴくっとさせている。ほほえみが育っている合図みたい。

わたしは、「もう一つ聞いてもいい？」と言いそうになった。でも、それもまた一つの質問になってしまう。それで、「名前はなんていうの？　苗字《みょうじ》は？」と聞いた。

けれども、トビーは答えないで、目をそらした。それで、わたしはすぐに言った。「ううん、もっといい質問がある」わたしは知りたいことがいろいろあった。どこの出身なのか、兄弟はいるのか、犬を飼ったことはあるのか、その犬は何という名前だったのか、何歳《なんさい》のときに戦争に行ったのか、どうしてけがをしたのか、今何歳《なんさい》なのか（四十四歳《さい》か四十五歳《さい》にちがいないと母さんはいつも言っていたけれど)、それから、「悪いこと」をした、と言ったのはどういう意味なのか。

「好きな食べ物は何?」わたしは思わず言った。小さい子みたい。

今度はトビーもわたしをまっすぐ見て、一息おいてから答えた。「ヒッコリーナッツ・パイ」

「ほんとに? うちの母さんのヒッコリーナッツ・パイはすごくおいしいよ。知ってた?」

トビーはうなずいた。「前に一切《ひとき》れもらったことがある。あんなにおいしいものは食べたことがない」

トビーの声が変わった。前よりやわらかい。「お母さんは、パイの上にクリームがなくて申しわけないと言っていたよ。あれ以上おいしかったら、ぼくはどうなったことやら。死んでしまったかも」トビーが首を振《ふ》りながら言った。

わたしたちは、しばらくそんなふうにしていた。わたしのちょっとした質問に、トビーはだんだん長く答えるようになり、いつの間にかトビーもわたしに質問をしはじめて、二人でただのおしゃべりをしていた。そうして、わたしは、トビーがめったに会ったことのない、おばあちゃんのことを話した。それから、リリーおばさんのことも、ほんのちょっと。「あとうちには、リリーおばさんもいるの。郵便局長《ゆうびんきょくちょう》だよ」「うん、見たことがある」トビーがぱっと口をはさみ、それだけ言った。

けれども、わたしはもっとむずかしいことも聞かなくてはならなかった。やっぱりわたしが聞かなくてはならない。「父さんに、やつらはカメ石の上に引っかき傷《きず》をつけたって言ったそうだけど、どういう意味？」

トビーはちょっと体を後ろへ引き、しばらく前までのように体をこわばらせ、少し考えた。

「やつらは、針金《はりがね》をするどくしていたんだ」

「ベティとアンディ」

トビーはうなずいた。

「二人がその針金《はりがね》で何をしたか知ってる？」

トビーはまたうなずいた。「もしやつらが針金《はりがね》をあそこに張るのを見ていたら、君の弟がけがをする前に取りはらえたのに」

「だれかに聞いたの？」

「君たち三人がオオカミ谷から出てくるのを見たんだよ。ジェイムズは血を流し、あのベティって女の子は、君たちが畑を横ぎるのを見ていた。君たちが行ってしまってから、ぼくが下りて行ったら、あの子は木から針金《はりがね》をはずしているところで、ぼくを見るなりあわてて逃《に》げて行ったよ」

「父さんに見せようと連れて行ったときには、もう針金《はりがね》はなかったの」

「あの子が持って逃《に》げた。悪い子だった」トビーはまっすぐわたしを見た。

わたしには、「だった」と言ったのはどういうことか、わからなかった。

立ち上がって、ほこりをはらった。「トウワタを集めに行かなくちゃ」

「どうして？」

「海軍が救命胴衣《どうい》に使うから」

トビーは何も言わない。

「あとで本を持ってくるよ」わたしはトビーを残して外に出た。

16

今度は、ほんとうにトウワタのさやで袋《ふくろ》をいっぱいにしなくてはならなくて、意外と時間がかかってしまった。でも、トビーがわたしの助けを必要としているように、兵隊さんも助けが必要なのだと、自分に言い聞かせた。少年兵が嵐《あらし》の海で遭難《そうなん》し、救命胴衣《どうい》のおかげで浮《う》かびつづけて、救助される様子を思い浮《う》かべてみた。うちの農場で摘《つ》んだトウワタの綿毛のつまった救命胴衣《どうい》。もしかしたら、今わたしの肩《かた》にかかっている袋《ふくろ》から。

指が痛《いた》くなり、袋《ふくろ》がいっぱいになるまで、摘《つ》みつづけた。

納屋《なや》と家をむすぶ草の生えた小道のわきに、荷車を入れる物置があり、わたしはその中の作業台にトウワタのさやを広げて乾燥《かんそう》させた。荷車で昼寝《ひるね》中のネコにあいさつして、いつもの家事にとりかかる。この日はいろいろありすぎて、だいぶ遅《おく》れてしまった。

まず、ニワトリ小屋で卵《たまご》を集めた。すずしい時期には居ごこちがいいけれど、暑いときはひどい場所だ。うちのニワトリはみんなわたしに慣れていて、メンドリがあたためている最中の卵《たまご》を体の下から取られても、まったく怒《おこ》らない。卵《たまご》は必ずいくつかそのまま残す。また、若《わか》いニワトリが育ち、卵《たまご》を産んでくれるように。

わたしがまかされる仕事の中で一番いやなのは、母さんがしめて、沸騰《ふっとう》した湯につけたニワトリの羽をむしることだ。卵《たまご》を十二個バスケットに入れ、お礼にトウモロコシと乾燥《かんそう》マリーゴールドのえさをあげてから、そっと出た。

家のすぐ外の井戸《いど》で卵《たまご》を洗い、家の中へ運んだ。

「いい子だ」わたしが卵《たまご》をコンロのそばのボウルに入れると、おばあちゃんが言った。

わたしは自分の部屋へ上がった。寒くないよう重ね着した服を何枚《なんまい》かぬぎ、ぬれた靴下《くつした》をかわいたものにはきかえ、髪《かみ》にブラシをかける。

それから台所に戻《もど》り、母さんとおばあちゃんが大きななべにスープを作るのを手伝った。いったい、いつ捜索隊《そうさくたい》が戻《もど》るのか、何人父さんといっしょにあたたかい食事を食べに来るのか、まったく見当がつかなかった。それで、玉ねぎを炒《いた》め、牛肉を煮《に》こみ、野菜と、母さんが八月にびんづめにしたトマトジュースを加え、そのままなべに入れて火にかけておくことにしたのだ。

母さんは、わたしの手がきれいかどうか確かめた。それから、大きなボウルをテーブルの上に置き、ボウルにかかっている湿《しめ》った布をとると、やわらかく白いおなかのようにふくらんだパンの生地を、わたしにバンバンたたかせてくれた。三人みんなで、パン生地をつかんでねじりとり、ロールパンの形に丸めた。そして、油をぬった天板に並《なら》べ、するっとオーブンに入れた。たちまち台所は、ことこと煮《に》えるスープと、こんがり焼けたパンの香《かお》りでいっぱいになり、わたしはまた、おなかがすいてきてしまった。トビーもそうかもしれない。

「もうここはいいから、自分の部屋をかたづけてらっしゃい、アナベル」母さんが言った。

あっという間に、ベッドを整えて、ぬいだ服をしまって、かたづけを終わらせた。でも、考えが変わり、枕《まくら》カバーをはずして、枕《まくら》の上にまたキルトをかぶせた。それから、いろいろ集めだした。

弟たちの部屋からは、『宝島《たからじま》』の本を持ってきた。おばあちゃんが三度も読んでくれたばかりだから、もう当分読まないだろう。枕《まくら》カバーの中に入れる。

父さんと母さんの部屋からは、父さんの古いズボン、どれも似たようなやわらかなフランネルのシャツ、ぶあつい靴下《くつした》をいくつか、それから、下着を何枚《なんまい》か。前に母さんが、トビーにあげていたことがあるから、サイズはぴったりのはずだ。母さんの裁縫箱《さいほうばこ》からは、一番よく切《き》れるはさみを借りた。

そして、洗面所《せんめんじょ》から石けんときれいなタオルを持ってきて、どれも全部枕《まくら》カバーの中に入れた。

何を取りに行っても、母さんとおばあちゃんのすぐ近くだったけど、二人とも忙《いそが》しくしていた。わたしは忍《しの》び足で地下へ下り、裏口《うらぐち》のすぐ外にある茂《しげ》みの裏《うら》に枕《まくら》カバーを置いた。

台所に戻《もど》ると、母さんはパイを作っていた。

「わたしもさがしに行きたいよ」わたしは言った。

母さんは手を止めて振《ふ》り返った。両手は小麦粉で真っ白だ。「まあ、アナベル、いい考えに思えないわ。でも、父さんと男の子たちが帰ってきたら、聞いてごらんなさい。たぶんヘンリーもジェイムズも、午前中ずっとぬれた森の中を歩きまわったあとだから、家にいたがるはずよ。もしかしたら、かわりに行けるかも」

ほんとうは、びんに入れたスープとロールパンを持って、また外に出る口実がほしかっただけ。でも、こんなことを言ったせいで、みんなに迷惑《めいわく》をかけている子の捜索《そうさく》を午後じゅうずっとするはめになってしまいそうだ。

わたしはゆっくり言った。「わかった。でも、このあたりはだれもさがしてないよね。だから、納屋《なや》の裏《うら》の森をちょっと歩いてくるよ。ランチも持っていけばいいし、遠くへは行かないから」

しばらくの間、母さんはわたしをじっくり見た。「アナベル、母さんに教えてくれたこと以外に、もっと何か知っているの？」

「もっと何かって？」わたしは、なんとか母さんの目を見つめ続ける。

「ベティがいなくなったことについてよ」もう母さんは、体ごとすっかりわたしのほうを向いている。粉だらけの両手は宙《ちゅう》に浮《う》き、まるで聖歌隊《せいかたい》の指揮《しき》をはじめるようなかっこうだ。また嘘《うそ》になるけれど、ほんとうのことを都合よく変えるしかない。長いこと秘密《ひみつ》にしていられないだろうと、あらためて感じた。

「知らないよ。ベティがいる場所なんて見当もつかない。でも、さがすのを手伝いたいから」

母さんは考えこみながらうなずいた。「わかったわ。ほしいものを持って行きなさい。でも、うちの丘《おか》から出てはだめ。わかった？」

「わかりました、母さん」

わたしは、深いポケットのある上着を選んだ。そして、熱いスープでいっぱいにしたびんを布きんでくるみ、スプーンといっしょに一つのポケットに入れた。焼きたてのロールパンの中にコイン大のバターをほじり入れ、その穴《あな》をつまんで閉《と》じ、パラフィン紙で包み、別のポケットに入れた。

わたしがドアの前で外に出ようとしていたら、母さんが言った。「そんなにポケットがふくらむと、乗馬用のジョッパーズ・パンツをはいているみたいに見えるわね」

「ジョッパーズって何？」

「なんでもない。とにかく気をつけるのよ、アナベル。あんまり遠くへ行かないで。父さんが帰ったら、ベルを鳴らすからね」

「わかりました、母さん」

「それから、その卵《たまご》用のバスケットをニワトリ小屋に戻《もど》しておいてちょうだい」

「わかりました、母さん」

同じ返事をくりかえしすぎた。

母さんがちょっとかがんで、わたしの顔を真正面からのぞきこんでくる。「何を秘密《ひみつ》にしているの?」怒《おこ》ってはいないけれど、とても真剣《しんけん》だ。

わたしはじっと母さんの顔を見た。「こわいんだよ」

どこからその言葉が出てきたのか、わからない。ただ口から出てしまった。そして、ほんとうだった。

母さんは体を起こした。「何が?」

わたしは肩《かた》をすくめる。「何もかも。ベティ、ベティがいなくなったこと、トビーがいなくなったこと、トビーがベティを監禁《かんきん》してるってリリーおばさんが言ったこと、警察《けいさつ》が来ること。警《けい》察《さつ》の人なんて今まで見たことないよ」

そして、わたしは泣いていた。

自分が泣いているというのに、母さんよりわたしのほうが驚《おどろ》いていた。母さんは、またかがんで、両腕《りょううで》をわたしの体にまわし、わたしの耳元でそっとささやいた。

「だいじょうぶよ、アナベル。だいじょうぶ。何もかもうまくいくから」

わたしが、自分がそう信じているかどうかかまわずに、トビーに言った言葉と同じ。

母さんはそう信じているようにと、わたしは願った。

だけど、わたしはこの数週間で知ったことがある。物事《ものごと》は信じたからといって、必ずそのとおりになるものではないのだ。

わたしは涙《なみだ》をぬぐい、帽子《ぼうし》をかぶった。「なんで泣いちゃったのかわからないよ。ほんとうは、そんなにこわくないの。ただ、ベティが見つかって、いつもどおりに戻《もど》ればいいなって思うだけ」

母さんがにこりとした。「母さんもよ。さあ、外に出て、きょろきょろしていらっしゃい。でも、うちの近くだけだって忘《わす》れないのよ」

家の仕事に戻《もど》ろうとする母さんに、わたしは言った。「ヒッコリーナッツのパイを作ってってたのんだら、作ってもらえる？」

うちにはヒッコリーの木が何本かあり、自分たちで食べる分のナッツはじゅうぶん収穫《しゅうかく》してある。でも、ナッツは貴重で、ふつうはクリスマスなどの特別の日のためのものなのだ。

母さんはめん棒《ぼう》をつかんだ。「そういうのは、あとちょっと先に食べられると思うんだけどね」

「みんなが帰ってきたら、ベルを鳴らすのを忘《わす》れないでね」

わたしは外に出て、斜面《しゃめん》を少し下りて家の裏《うら》へまわり、枕《まくら》カバーをつかんで肩《かた》にかついだ。放浪者《ほうろうしゃ》になったような気分で、木々の中へ下りていき、納屋《なや》の下の木がたくさんある斜面《しゃめん》を通り、家や道から見られないようにして、納屋《なや》の裏《うら》へまわって中へ入った。

牧場のずっと離《はな》れたあたりから馬たちがそろって、わたしがリンゴを持っていないかどうか、じいっと見ている。けれども、わたしがかまわないので、すぐまた草を食べだした。

「また、わたし」干《ほ》し草置き場へはしごをのぼりながら声をかけた。

今度は、トビーもわたしを迎《むか》えに、かくれていた場所から出て来てくれた。「こんなにすぐ戻《もど》ってくるとは思わなかったよ」

「もっと食べ物を持ってきたの。捜索《そうさく》しているみんなが帰ってきたら、わたしは戻《もど》らなくちゃならなくて、しばらくここには来れないかもしれないから。ランチだよ」わたしはポケットからスープとパンを出し、スプーンをトビーにわたした。

トビーがスープを飲みパンを食べている姿《すがた》は、祈《いの》りを捧《ささ》げている人のように見えた。ゆっくりスプーンをびんに入れて、時間をかけて味わい、残りわずかになったら、びんをかたむけてすっかり口の中に注ぎこんだ。パンをかじり、中にバターがあるのにびっくりして、ほんの一《いっ》瞬《しゅん》だけ笑った。

わたしが驚《おどろ》いたのと同じぐらい、トビー本人も、はっとしたようだった。それまでトビーの笑い声を聞いたことはなかったし、笑顔を見たこともなかった。

トビーはパンを食べ終えると、びんのふたを閉《し》めて、わきに置いた。「どうもありがとう」

「どういたしまして」

トビーは枕《まくら》カバーを指した。「何を持ってきたんだい？」

わたしはひざまずいて、枕《まくら》カバーを開き、本をつかんで差し出した。「はい、『宝島《たからじま》』」

ずいぶん読まれた本だから、やわらかくなって、角もつぶれている。それでも、トビーは両手をズボンの内側でていねいにぬぐってから、受け取った。

「どうもありがとう」

「どういたしまして。そこの後ろに、干《ほ》し草を外に降《お》ろすときに使う大きな開き戸があるの。片方《かたほう》の戸を開ければ、明るくなって本を読めるはず」

トビーはうなずいた。

「ちょっと聞いてもいい？」

トビーは眉《まゆ》を上げた。「今聞いたじゃないか」

わたしはにこっとして、こぶしで自分のおでこをコツンとたたいた。「そうだね」そこでわたしは一息つき、急にちょっと心配になった。「わたし、トビーの髪《かみ》とか、みんな好き。大好き。とてもすてきな髪《かみ》だよね」

「どうもありがとう。それって質問かい？」トビーはわけがわからないようだ。

「わたしも前はそういう長い髪《かみ》だったんだけど、からまるのがいやだったんだ。母さんが無理やりくしでとこうとして、わたしの首が折れそうになったんだよ」

トビーはだまって聞いている。

「それでね、ある朝わたしがニワトリ小屋から卵《たまご》を集めて、羽だらけのおさげ髪《かみ》で戻《もど》ったら、リリーおばさんに短く切《き》られちゃった。母さんは心臓《しんぞう》が止まりそうなほどびっくりしたけれど、しばらくしたら、短いほうがいいって気に入ってくれた。女性飛行士のアメリア・イアハートみたいだって」

「そのとおりだ。ちょっと似てる」トビーはうなずいた。

「それで、できたら、わたしに少しトビーの髪《かみ》を切《き》らせてもらえるかな？　いちおう、はさみも持ってきたんだ。でも、トビーの髪《かみ》の毛はすごく好きだよ。とってもすてき」なんだか、自分がばかみたいな気がした。

トビーは髪《かみ》をつかみ、どれだけ長いか見ている。「これのおかげで、冬もあたたかいんだけど」

わたしはうなずいた。「かわりにマフラーを編んであげるから」

まず、編み方をおぼえないとならないのだけど、それはないしょだ。

「なぜ？」

「なぜ髪《かみ》を切《き》るべきかって？」

トビーがうなずいた。

「同じ理由で、ひげも短くしたほうがいいと思うのだけど、さっぱりするから。さっぱりすると気持ちいいよ。身が軽くなって大好き」わたしは頭を振《ふ》った。「ぜんぜん目に入らない。さっぱり気持ちいいよ」

ほんとうのこと。でも、トビーの髪《かみ》とひげが顔をかくしすぎていることは言わなかった。まるでトビー本人がずっと奥《おく》のほうから、外をのぞいているような感じなのだ。

「それから、ポンプの水で体をよく洗《あら》って、きれいな服に着替《きが》えるといいよ」勇気があるうちにと、わたしは言い足した。枕《まくら》カバーから石けんとタオルと服を出して、干《ほ》し草の上に並《なら》べた。

そして、ちょっとあとずさって待った。

「ぼくは、きたなすぎるかい？」トビーは両手を前に差し出した。わたしは、傷《きず》のあるほうの手を見るのがつらかった。引きつれて盛《も》り上がっている傷跡《きずあと》。

「ううん、ぜんぜん。ねっ、ごめんなさい、トビー。そんなつもりじゃなかったの。ただ、気持ちいいだろうと思って、その……」

「さっぱりする」

「そう、さっぱりするのよ」

これ以上「さっぱり」という言葉を口に出したら、トビーにつまみあげられて、屋根裏《やねうら》から放り出されるかもと思った。

ところが、そのすぐあと、トビーはうなずいた。「アナベルがそう思うのなら」

まず、髪《かみ》の毛からはじめた。最初は、大ざっぱにどんどん髪《かみ》の毛を切《き》り落とし、あとで森にうめるためにまとめた。その一番の大仕事が終わってから、ちゃんと切《き》りそろえた。こぎれいに、さっぱり。わたしは不慣れすぎ。でも、母さんが弟たちの髪《かみ》を切《き》るのを見たことがあるから、どうすればいいのかはだいたいわかっていた。とはいえ、鏡を持ってこなくてよかったと思った。

髪《かみ》を切《き》り終えたら、なんとトビーは、驚《おどろ》くほどトビーっぽくない。

「トビーったら、トビーの弟みたいに見えるね」顔はそのままでも別人みたいだ、という意味。

トビーは、ずいぶん真剣《しんけん》にわたしを見つめている。「ぼくには兄弟なんていないよ」

「お姉さんや妹は？」

トビーは首を横に振《ふ》った。

わたしはちょっとだまって、好奇心《こうきしん》をこらえる。

「今度は、ひげよ」

トビーは、思わず頭を後ろにのけぞらせた。「あまり短くしないでくれ」

わたしはうなずく。「心配しないで」

ところが、わたしが取りかかる前に、家のほうからベルの音が聞こえてきた。

「あーあ、父さんが帰ってきちゃった。ひげは自分でやってね」わたしは、はさみをトビーにわたした。

すると、トビーは、さっと立ち上がった。「あの子が見つかったかどうか知らせてくれるかい？」

「うん。でも、用心して。次はここにだれが来るかわからないからね。ここにあるもの全部、干《ほ》し草の後ろにかくしておいて。いい？　できるだけすぐ戻《もど》ってくるから」わたしはスープのびんとスプーンをポケットに入れた。

脱穀場《だっこくじょう》に下りて、上を見ると、今度はトビーが屋根裏《やねうら》の手すりの上から見下ろしている。

もともと知っていなければ、わたしを見下ろしている人がトビーだとはわからないだろう。それほどまでに、髪を切《かみき》ったトビーは別人のようだった。

17

おじいちゃんと父さんと弟たちが帰ってきていて、もしかしたらおなかをすかせた近所の人たちもスープにつられて来たかもしれないと思っていた。

それはあたっていたけれど、もっとずっとたくさんの人も来ていた。

庭からマッドルームに入るドアの外には、大小さまざまな、ありとあらゆる色の犬がいて、からっぽのえさのボウルと、まわりがびちゃびちゃになった水のボウルがいくつも置いてある。中に入ると、名前どおり、まさに泥の部屋《マッドルーム》。すみには泥《どろ》のこびりついたブーツがぎっしり並《なら》び、床《ゆか》は泥《どろ》の足跡《あしあと》だらけ。

台所に行くと、びしょぬれでつかれきった男たちが大勢テーブルをかこんでいた。立ったままの人も多い。ひざまで泥《どろ》だらけで、一人をのぞいてみんな、靴下《くつした》だけの足。

なんと、うちの台所に、州の警察署《けいさつしょ》からやってきた警察官《けいさつかん》がいた。その人だけは部屋の中でもブーツをはいたまま。ひざまであるブーツはほとんどきれいなので、ほかの人たちのように午前中ずっと森の中にいたわけではないのだろう。州警察官《しゅうけいさつかん》が動くと、皮のきしむ音がする。ベルト、ブーツ、銃《じゅう》を入れたホルスター、帽子《ぼうし》のあごひも。ベルトにずらりと並《なら》ぶ筒状《つつじょう》のポケットには、長くとがった銃弾《じゅうだん》がさしてある。拳銃《けんじゅう》の手で握《にぎ》る部分は美しいほどになめらかな木製だった。頭の先からつま先まで、ぴしっときまった制服姿《せいふくすがた》なのだけれど、ズボンのもものの両わきから、へんな袋《ふくろ》がつきだしている。ああ、そうか。これがジョッパーズっていうズボン。

オレスカ保安官が話していた。

「……うちの郡のまわりのどの郡にも。だが、だれもあの男を見ていない。もちろん、どこかの森の中にいるのだろうから、猟《りょう》に行く人か農場の人が見かけるはずだ。もうふれまわってあるから、どんどんうわさが広まる。そのうちだれかが見かけたら、われわれが話をすることができるだろう。だが、コールマン州警察官《しゅうけいさつかん》が応援《おうえん》に来られたのは、ベティの捜索《そうさく》だ。トビーじゃない」

わたしは、大勢の人の間を、体を横にして進み、おばあちゃんのとなりに行った。おばあちゃんがなべからスープを取り分け、その熱いスープ皿を母さんが一人一人にくばっている。州警《しゅうけい》察官《さつかん》の脚《あし》の間から、テーブルの下に弟たちが目を丸くしてもぐっているのが見えた。

コールマン州警察官《しゅうけいさつかん》は低い声。思ったとおり。角ばったあごと広い肩《かた》にぴったりだ。まるで本から出てきた人のよう。

「保安官が言ったとおり。だが、なぜベティがいなくなったのかわからないと、適切《てきせつ》な捜索《そうさく》をすることができない。もしトビーが連れ去ったのなら、このあたりで、さがしまわってもまったく意味がない」

また言っている。あの、あまりにもひどい考え。わたしは叫《さけ》びだしたかった。トビーはやってない！　納屋《なや》で『宝島《たからじま》』を読んでいる！　そうしたら、少しはわかってもらえるだろう。

「あの男を見つけるまで、もちろん見つけるが、とりあえずは、ベティはただけがをして助けを呼《よ》べないでいるだけだと考えて、動かなくてはならない。もしかしたら茂《しげ》みや泥《どろ》の中にいて、すぐ近くを歩いたのに、見過ごしていることもありえる」

「昨日家を出たときは、黄色いポンチョを着ていたそうだ」保安官が言った。

「それはありがたい。だが、採油ポンプの小屋の中や井戸《いど》の底にいたら、それも見えやしない」州警察官《しゅうけいさつかん》が言った。

わたしは、どきっとして、凍《こお》りついた。

だれかが手をのばして、わたしの肩《かた》をたたいたような感じ。記憶《きおく》のどこかから、小さなささやき声。

「オオカミ谷には、古い落とし穴《あな》がいくつもある。だいたいうめてあるんだが、うめそこなったところに、落ちてしまったのかもしれん」おじいちゃんが言った。

「オオカミ谷のあたりは全部さがしたんだが」とアンディのお父さん。

アンディはどこにいるのだろう。まださがしまわっているのかもしれない。

「さがし続けよう。その男に連れて行かれたのなら、見つかるまい。けれど、その男がベティを痛《いた》めつけただけなら、見つかるかもしれない……何かしら」州警察官《しゅうけいさつかん》は振《ふ》り返って、肩越《かたご》しに母さんを見た。そして、わたしをも。

それから、話し続けた。「何か見つかるかもしれない。もし、まだこのあたりにいて、けがをしているだけなら、意識を失っているのかもしれない。落とし穴《あな》の中で、みんなの呼《よ》ぶ声が聞こえないのかもしれない。それでも、呼《よ》び続けてくれ。答えられなくても、聞こえて元気づけられるかもしれないから」

「犬なら見つけられるんじゃないか？」たずねたのは、アンセルさんだった。ドイツ語のくせが、ここにいる人たちの中だと、なおさら強く聞こえてしまう。

州警察官《しゅうけいさつかん》は首を横に振《ふ》った。「残念だが、ここの犬には無理だ。警察犬《けいさつけん》が到着《とうちゃく》するのは、早くても今日遅《おそ》くで、もしかしたら明日になる。今ウェインズバーグで忙《いそが》しくしているから。だが、応援《おうえん》がすぐ来るはずだ。こういう捜索《そうさく》になると、あちこちから大勢応援《おうえん》に来てもらえるものだ。とにかく、今はさがし続けよう。それから、お宅《たく》の息子さんと話したいんだが」州警察《しゅうけいさつ》官《かん》がアンディのお父さんに言った。

アンディのお父さんの顔の表情が変わった。「あいつは何もしていないぞ」

「だれも息子さんが何かしたとは言っていないが、あの子と親しかったと聞いた。行方不明になる前にいっしょにいたとも。となると、本人が気づいている以上に、いろいろ知っているかもしれない」

男の人たちはみんな、スープとロールパンの食事中で、静かに食べて体を休めることに専念《せんねん》しようとしていたが、州警察官《しゅうけいさつかん》のほうはさらに話を続けた。「オレスカ保安官から、こちらで起きたほかの事件についても聞いた。片目《かため》を失明した女の子のこと」その言葉に、アンセルさんが手を止めた。口に入れようとしていたスプーンも宙《ちゅう》で止まっている。「お宅《たく》の息子さんは、道に張られた針金《はりがね》でけがをした」州警察官《しゅうけいさつかん》は父さんに向かって言った。テーブルの下のジェイムズときたら、手をひたいにのばし、かさぶたを指さしている。

「トビーの燻製《くんせい》小屋で、よく切《き》れそうな針金《はりがね》が巻《ま》いてあるのを見つけた。寝床《ねどこ》の下につっこんであったよ。血もついていた」とコールマン州警察官《しゅうけいさつかん》。

母さんの動きが止まった。わたしのとなりに立っていたから、変化がよくわかる。すっかり凍《こお》りついている。

また、わたしは叫《さけ》びだしたくなった。ベティが針金《はりがね》を持って行ったんだ。トビーは人にけがなんてさせていない。

けれども、叫《さけ》ばなかった。全体を考える時間が必要だったのだ。気にかかっている、わたしの心の裏《うら》からささやきかける声を聞かなくては。

わたしはマグカップにスープを入れ、立ったまま食事をした。ゆっくりとトビーがしていたようにスープを飲み、男の人たちがどこへ行って何を見たか話しているのを聞いていた。そして、そのとき初めて、いったいぜんたいベティはどこへ消えてしまったのかと、真剣《しんけん》に考えだしたのだ。

それまでは、トビーがベティに危害《きがい》を加えたという意見と闘《たたか》うことばかりに集中していた。きっとベティはまた、くだらないゲームのつもりで楽しんでいるのか、どこかへ遊びに行ったのだろうぐらいに思っていた。けれども、ここまでくると、いったいぜんたい、どこにいて、なぜだれも見つけられないのだろう。

男の人たちは、おなかがいっぱいになると、また捜索《そうさく》に戻《もど》っていった。わたしもいっしょに行きたくてたまらなかった。だけど、家に残って皿洗いの手伝いをした。家の仕事をすると、いつもわたしの気持ちは落ちつくのだ。それで、あのささやき声を、もっとはっきり聞けるかもと思ったのだ。

「アナベル、そのお皿、それ以上ふいていたら、ボロボロになっちゃうよ」おばあちゃんが言った。

わたしは下を向き、同じ皿をずっと長い間ふいていたと気づき、驚《おどろ》いた。

「ごめんなさい、おばあちゃん。気が散ってたよ」

「とにかく、もうその皿はいいから。そっちのにとりかかって」おばあちゃんは、水切《みずき》りラックでふいてもらうのを待っているいくつもの食器のほうに向いて、うなずいた。

わたしはマグカップをつかんではふき、また別のマグカップをつかんではふいた。そのままどんどん、手は勝手に動き続けていたけれど、わたしはひたすら考えていた。針金《はりがね》、警察《けいさつ》、そして、このすべてのごたごた。

皿洗いを終えると、台所の床《ゆか》にたまってしまった泥《どろ》を、ほうきではきとる手伝いをした。でも、とりわけひどかったのはマッドルーム。「ほうきではけるだけで、ごしごしこすったりしないでいいわ。どうせまた夕食のときにみんなが戻《もど》ってきたら、泥《どろ》だらけになっちゃうんだから」

汚《よご》れをそのままにするなんて、ぜんぜん母さんらしくない。それで、そのとき気がついた。母さんもすごくつかれている。それに、とっても心配なんだ。

「きっと、もうすぐベティは見つかるよ」わたしは言った。

母さんがため息をつく。「そうよね。いずれにしろ」

また、何かもっとひどいことが起こるっていう考え。

わたし以外は、みんなそう思っているみたい。

わたしはそう考えずにすんでいたのだけれど、たぶん、考えるべきなのかもと思いはじめていた。

「外に出て、もうちょっとさがしまわってもいい？」

「いいけれど、みんなといっしょにさがしに行かせてくれってたのまなかったから、驚《おどろ》いたわ」

わたしは、ほうきをクローゼットにしまった。「少しつかれちゃったから」ほんとうのこと。

「でも、ちょっとさがしに行ってみるよ」

かあさんはうなずいた。「さっきも言ったけど、遠くに行かないで。問題を起こさないように」

「うん。すぐ帰るから」ほんとうにそのつもりで答えた。


わたしが納屋《なや》の屋根裏《やねうら》に戻《もど》ると、トビーはまた干《ほ》し草の山にかくれていた。わたしはそっと声をかけ、トビーの姿《すがた》を見るなり足を止めた。

トビーが、おずおずと言った。「はしごを下りてみたよ。みんなランチを食べに中に入ったようだったから、アナベルに言われたとおり、給水タンクのところで体を洗うことにしたんだ」

トビーはひげを短く切《き》りそろえ、体をごしごし洗い、髪《かみ》も洗ったから、頭のあちこちで髪《かみ》の毛が、羽のように立っている。

トビーの姿《すがた》は……すっかり変わった。

父さんの服を着て、ほんとうに、まったく別人に見える。どこにでもいそうな男の人。やせすぎで、ちょっとみすぼらしく、手の傷《きず》以外はなんの特徴《とくちょう》もない。

とてもみごとな変身ぶり。見た目と同じようにトビー本人も変わってしまったのだろうか。

でも、そのとき思いついた――考えながら、小さな太陽がのぼってきたように、ほてってしまったのだけど――ほかのだれも、こんなに変わってしまっては、トビーだとわからない。

「すごい。ずいぶん変身しちゃったね」

トビーは自分の姿《すがた》を見ている。「見知らぬ人になったみたいだ」

わたしはうなずいた。「見知らぬ人みたいに見えるよ」

トビーは干《ほ》し草の俵の上にすわり、わたしの様子をうかがっている。「何？」

「何って何？」

「心配しているようだが」

「うん、心配してるよ。いろんなことを心配してる。でも、もう一つ新しいことを心配しはじめちゃって」

「何？」トビーがまた聞いた。

妙《みょう》なことに、大人になったような気分。屋根裏《やねうら》で立ち上がり、自分の四倍もの年齢《ねんれい》の男に話しながら、そんな感じがしていた。

「この方法なら……トビーは……解決できるかもしれないんだけど、つまり、ベティの言ったこととか……やってみる？」

トビーは、しばらく悩《なや》んでいた。「それによりけりだ」

「何に？」

「何を考えているのかによりけり」トビーは、短くなった髪《かみ》にさわった。なんだか、ぴたっと合わない新しい帽子《ぼうし》をかぶっているみたい。「何もかも進んでいくのが、ぼくにはちょっと速すぎて、好きじゃないよ」

けれど、たぶん、まったく動かないよりは速いほうがいいと思った。おそらく、わたしがいなかったら、トビーは動かなかったことだろう。

そこで初めて、わたしは考えた。なんとか助けになろうとしたせいで、もしかしたら、ますます、ことをむずかしくしてしまったのだろうか。

「あのね、ここに好きなだけいて待つこともできる。そのうち、みんながベティを見つけて、トビーは何も悪いことをしなかったって気づくかもしれない」

トビーは傷《きず》のあるほうの手をこすり、続きを聞きたそうにわたしを見ている。「もしくは？」

「もしくは、トビーからなんとかすることもできる」

トビーは眉《まゆ》を上げる。「たとえば？」

わたしは、どこから話しだしたらよいのか、一瞬《いっしゅん》考えた。

「去年、夕ぐれどきに、うちのすぐ上の丘《おか》を静かにのぼったんだ。前にそこで見た鹿《しか》の親子に会えないかと思って。丘《おか》のてっぺんまで行って、ずっとそこに立って、きょろきょろしていたんだけど、どこにも見つからない。でも、ハエをたたいたら、すぐ近くで鹿《しか》が驚《おどろ》いて動いたの。畑のへりにある木の前に立っていた。丸見えのところに、ひそんでいたんだよ」

トビーはわたしを見つめている。「いい話だ、アナベル」

「そう言ってもらえてよかった」トビーが気づいてくれるのを待つ。

でも、トビーもわたしといっしょに待っている。

それで、とうとうわたしは言った。「トビーはその鹿《しか》だよ」

「ぼくがなんだって？」

「トビーはその鹿《しか》。丸見えのところにかくれている」トビーは鏡を見ていないのだ。どんなに自分が変わってしまったのか、知るわけがないのだと思いだした。「こんな見かけになったら、もうだれもトビーだってわからないよ」

けげんそうな顔。「たとえそうだとしても、それがどう役に立つんだい?」

そこで、わたしは説明した。

ちょっと言い聞かせなくてはならなかった。けれど、トビーは、だれも自分の姿《すがた》から正体に気づけないと納得《なっとく》したとたん、うまくいくかもしれないと思いはじめたようだ。

トビーは、日がくれるまで、もしくは朝までこの納屋《なや》にいて、それから捜索隊《そうさくたい》に加わることになった。もしだれかに聞かれたら、ホープウェルの町から応援《おうえん》に来たことにする。ベティが行方不明になったことを聞き、役に立てないかとやってきた、とかなんとか言う。

「これじゃ、ゲームをしているみたいだ。気に入らない」

「わたしも気に入らない。全部ばかばかしい大きな誤解《ごかい》なんだもの。だけど、今のトビーはほんとうにあのときの鹿《しか》。それで、大勢の男の人たちはみんな猟師《りょうし》。永久にかくれていることはできないし、わたしだって、もうあまり長いこと秘密《ひみつ》にしているのは無理。体の中に重い石を抱《かか》えこんでいるみたいだよ」

トビーはうなずいた。「どんな感じだかわかるよ」

傷《きず》のある手を顔になすりつけ、ひげがあんまり短くて、はっとしたみたいだ。

わたしは、思わず傷《きず》を見てしまった。すぐ近くで見る、ひどい傷《きず》。

トビーはわたしが見ているのに気づき、ゆっくり手を下ろし、わたしのほうに差し出した。

「かまわない」

わたしにさわらせるつもりではなかったはずだ。わたしは長いこと見つめていた。傷《きず》ついた肌《はだ》は、でこぼこ盛《も》り上がり血管が浮《う》き出て、まるで十月のキャベツみたい。その手を、わたしは両手で取り、裏返《うらがえ》し、また元に戻《もど》した。わたしの手は、トビーの手と比べて、ずっと小さくやわらかい。

トビーが手をひっこめかけ、わたしはぱっとつかんだ。

見上げると、トビーは泣いていた。

そして、わたしも泣いていた。


その昼下がりにトビーが話してくれたことを、わたしは一度もほかの人に話したことがない。たぶん、ずっと長いこと、だれにもふれられたことがなかったにちがいない。それで、トビーの手がわたしの両手の中にあったのは、ほんのちょっとの間だったのに、トビーの心の殻《から》にひびをいれるのにはじゅうぶんだったのだろう。

その割《わ》れ目から現れたのは、あまりにも悲しいことばかりで、いったいトビーがどう生きながらえてきたのか不思議に思うばかりだ。

トビーは戦争の話をした。

「今の戦争ではなく、その前の戦争。最後になるはずだった戦争」

トビーの話は、わたしにはわからないことだらけだった。ほとんどは、べつにわたしに向かって話していたのではなかった。そうなのだ。

ただ話していた。ときどき両手を使い、ゆっくり歩きまわり、語っていた。

トビーがした「悪いこと」について。

弾丸《だんがん》が頭蓋骨《ずがいこつ》に貫通《かんつう》したときの音のことを話した。

血のまじった土の味。そのにおい。爆弾《ばくだん》の衝撃《しょうげき》でゆれる泥《どろ》だらけの塹壕《ざんごう》の中でうずくまり、マスタードガスという恐《おそ》ろしい毒ガスが、刻一刻《こくいっこく》と地面の上をうねりくるのではないかと恐《おそ》れている。それがどんなものなのか。

ある人は、ずたずたに切《き》りきざまれるとき、牛のようにうめき声をあげ、ある人は、汽車のようにヒューヒュー音をたてるのだということ。

野原の草を食べたこと。まるで馬のように。それから、木の上で眠《ねむ》ったこと。ガンベルトを命綱《いのちづな》にして。そして、もう永遠に木の上でそのまま動きたくなくなったこと。そこで飢《う》え、残された胸《むね》の骨格《こっかく》に鳥が巣を作り、やがて重力によって骨《ほね》が一つ一つ落ちていく。枯《か》れ枝のように。

トビーが銃《じゅう》で撃《う》った兵士たちのことも。「大勢だ。すごく大勢」
それから、赤《あか》ん坊《ぼう》のことも話した。生まれたばかりで、まだ母親とへその尾《お》でつながってい
た……そのあとはもう、トビーが言うことは、ほとんど意味がわからなかった。そもそも意味
があったのかどうか。
わたしは、一度か二度口をはさみ、トビーは自分で責《せ》めたてるほどひどい人間ではない、神
様は必ずわかってくれるはずだと伝えようとした。けれど、そんなのは、ハトが頭の上から、
トビーには通じない言葉でクークー鳴いているのと同じ。
それで、わたしは全部聞かないようにしながら、じっと静かに待った。まだ、十二歳《さい》の誕《たん》
生日《じょうび》が近づいている、十一歳《さい》にすぎなかったのに、わたしは、将来《しょうらい》けっして息子はほしくな
いと思った。

18

トビーはつかれはて、干《ほ》し草の上に横たわると、すぐ眠《ねむ》ってしまった。ぬれた長いまつ毛がほおにふれ、信じられないほど子どものような寝顔《ねがお》。なんの音もたてずに眠《ねむ》っている。動きもしない。わたしがコートを体にかけてやり、トビーを残して離《はな》れても気づかない。

わたしは、ゆっくり屋根裏《やねうら》から下りた。一度はしごから落ちそうになったのだけど、なんとか無事に下り、牛や馬のいるところを通りぬけて、家畜《かちく》用の出入り口の外に出た。

不思議なことに、あたりのすべてが、それまでとちがう色に見えた。ほんの少し。すべてがくっきりして、明るくなったのだ。

ニワトリ小屋の前を通ると、網戸《あみど》のはまった小さな窓越《まどご》しに、一羽がわたしに向かって鳴き声をあげた。わたしは、思わず、とがった黄色いくちばしにキスしたくなった。

もし、わたしを迎《むか》えに、犬が薪小屋《まきごや》から鳴き声をあげて飛び出してきてくれたら、きっと、その犬を枕《まくら》にして落ち葉の中に寝《ね》ころがったことだろう。そのまましばらく、犬の毛だけの世界にひたりきったはず。

けれども、そのときわたしの目に入ったのは、うちの道にとまっている見たこともない車だった。州警察《しゅうけいさつ》の車。わたしは、かたく心を閉《と》ざし、息を深く吸《す》い、自分自身にひと仕事あたえることにした。

わたしは仕事が得意。

家に入ると、いくらか気が楽になった。すべて出て行ったときのままだ。

「コールマン州警察官《しゅうけいさつかん》はどこにいるの？」わたしはマッドルームから母さんに聞いた。母さんとおばあちゃんは、おじいちゃん風に言えば、フン族の大軍をもまかなえるほどのコールスローを作っていた。わたしにはよくわからない、おじいちゃんの好きな表現の一つ。おばあちゃんが答えた。「ここに車がとめてあるだけで、警察官《けいさつかん》はいないよ。ウッドベリーさんちへの行き方を教えるより、おじいちゃんがトラックで連れて行っちゃうほうが楽だから」

わたしは台所の入り口から二人の作業を見ていた。「じゃあ、ここに戻《もど》ってくるんだね？」

「もうすぐ戻《もど》るんじゃないかね。出かけてからずいぶんたってるよ」

「アナベル、手を洗って、このジャガイモの皮をむいてちょうだい。ベティさがしの応援《おうえん》に来てくれた人たち全員の食事が必要だし、きっと父さんといっしょに何人かやってくるはずよ」母さんが言った。

わたしが立ちすくんで返事もしないでいると、母さんは振《ふ》り返ってわたしを見つめた。「アナベル？」両手をエプロンでぬぐってわたしに近づくと、わたしのほおに手を当てた。「だいじょうぶ？　真っ青よ」

わたしはうなずいた。「だいじょうぶだよ」

母さんは、いぶかしげにしている。「そう。じゃあ、手を洗って手伝ってちょうだい」

わたしは、弟たちが納屋《なや》のほうへ近づかないように見張っているつもりだった。だけど、二人は捜索《そうさく》について行って、くたくたになり、居間の床《ゆか》に寝《ね》ころがっているだけ。

弟たちを見て、自分がぐっと大人になったような気がしてきた。

ところが、ちょうどそのとき、コールマン州警察官《しゅうけいさつかん》がおじいちゃんといっしょに帰ってきたので、たちまちわたしは、不安でたまらない女の子に逆戻《ぎゃくもど》り。

州警察官《しゅうけいさつかん》の大きな声を聞くと、弟たちは、さっきのように台所にしのびこみ、テーブルの下にもぐりこんだ。

コールマン州警察官《しゅうけいさつかん》がアンディから何を聞いてきたのか、きっちり聞こうとがんばってみても、なかなかかんたんではなかった。トビーの声や、干《ほ》し草の上で寝《ね》ている姿《すがた》を思い出し、すべてがくぐもってしまう。

熱いコーヒーを飲み、パイを食べながら、コールマン州警察官《しゅうけいさつかん》は話しつづけた。それで、アンディがなぜしりごみしていたのか、やっとよくわかった。

「アンディは、すでに保安官に言ったことをわたしにも言った。ベティといっしょに学校をさぼるつもりで、森で待ち合わせていたと。だが、それだけではなかった。さらに問いただしてみたら、カップ谷へ下りていこうと決めていたと白状した。もしトビーが燻製《くんせい》小屋にいたらよそへ行き、もしいなかったら、中に入るつもりだった」

「えっ、いったい、なんだってそんなことを？」母さんが言った。

州警察官《しゅうけいさつかん》は首を横に振《ふ》りながら言った。「当然そう思われるはずだ。少々しつこくつつかなくてはならなかったが、アンディの親父さんはなかなか厳格《げんかく》な男で、まあ、協力するよう、息子にいっしょうけんめいすすめてくれたわけですな。そうしたら、なんと、あの日二人はトビーを困《こま》らせてやろうと決めていたとアンディが言うんですよ。火でもつけて、トビーを追いはらおうかと」

「ベティはそういう子だって、言ったでしょ」わたしは、すぐ母さんに怒《おこ》られた。

「アナベル、静かにできないのなら、ジャガイモの皮をむきだしてちょうだい」

州警察官《しゅうけいさつかん》は、ちらっとわたしにほほえんだ。「いったいどう考えればいいのか、わからんのですよ。オレスカ保安官ができるかぎりの情報を説明してくれたが、何やらいろんなことがごちゃごちゃの大騒《さわ》ぎのようで、ほかの事件も起きている。わたしがやりたいのは、その女の子を見つけることだけなんですが」

「アンディはもっと何か知らないんですかね？」おばあちゃんが聞いた。

「あまり知らないですな」州警察官《しゅうけいさつかん》は皿を押《お》しやり、残っていたコーヒーを飲みほした。「行方不明になった日はたいへんな大雨でしたから、ベティが学校か家以外にいるなんて、アンディは思いもしなかったそうですよ。聞いてみたら、一人だけでベティが燻製《くんせい》小屋に下りて行くことはないと思ったと言うんです。でも、そもそもトビーに悪さをして追い出そうと考えたのはベティですからね。なんとしてもやってやると決めていたらしい。それが行方不明になり、トビーも行方不明。そろそろ、ベティでなくトビーを真剣《しんけん》にさがさなくてはならないかと考えています」

州警察官《しゅうけいさつかん》は立ち上がり、帽子《ぼうし》をかぶった。「ご親切《しんせつ》にありがとうございました、奥《おく》さん」と母さんに。「お世話になりました」とおじいちゃんに。「君も、ありがとう」とわたしに。「……それから、君たちも」腰《こし》をかがめて、テーブルの下のヘンリーとジェイムズに言った。「ここから先は、必ず保安官がしっかり捜索《そうさく》をやりとげるはずです」

そして、行ってしまった。あっさりしたものだ。

もちろん、わたしはほっとした。州警察《しゅうけいさつ》は、どこか別のところでトビーをさがすのだ。それに、オレスカ保安官が次に何をするか、しっかり考えてくれるというのも信用できる。けれども、保安官は、わたしが知っていることの全部は知らないのだ。

保安官は、石を投げたのがベティだということを知らない。あんな写真やベティが自分で言ったことなど、かまうことはないのに。

トビーがベティをさらっていないということも知らない。

燻製《くんせい》小屋で見つかった血のついた針金《はりがね》にはなんの意味もない、ということも知らない。ベティが置いたのだ。そうに決まっている。

ということは、ベティは行方不明になった日にまぎれもなく燻製《くんせい》小屋まで下りて行ったのだ。トビーが小川の橋の下で釣《つ》りをしていた間に。どしゃぶりの雨であたりがよく見えなかった間に。

そのとき、頭の中のあのささやき声が、いきなり大声になった。そして、わたしは、ベティがどこにいるのか気がついたのだ。

「ジャガイモよ、アナベル。もう父さんが帰ってきてもおかしくない時間だし、大勢いっしょに来るだろうから」母さんが言った。

「わかりました、母さん」

流しは、すごく大きなジャガイモでいっぱいだった。小さいのよりも、ずっと楽にむける。両手がどんどん皮をむきつづける間に、あのささやき声は、ますます強くなってきた。

わたしは、自分の心当たりには穴《あな》があるのではないかと、あれこれ考えてみたのだけれど、何から何までかたい地面のように、穴《あな》のあきそうなところが見つからない。自分で問いかけたことには、すべて答えられた。何を疑《うたが》ってみても、正しい裏《うら》づけがある。ベティはあそこにいるにちがいない。理屈《りくつ》に合っている。

すぐその場で、だれかに言ってしまいそうになった。もうこれ以上時間をかけたり、混乱《こんらん》を起こしたりしないで、まちがいを直してしまいたかった。

けれども、ベティが見つかっても、トビーの疑《うたが》いは晴れないのだ。

ベティは前にも嘘《うそ》をついたし、また嘘《うそ》をつくだろう。まちがいだとだれにも証明できないことを言い張るにきまっている。トビーは、ルースやジェイムズやベティに何も悪いことをしていないのに、その真実をどうやって証明できるのだろう？　何も悪いことをしていないのに、なぜかくれていたのか、どう説明したらよいのだろう？

わたしは、トビーを燻製《くんせい》小屋にそのまま残すべきだったのだ。なにもかもそのままにしておくべきだった。もし今トビーがこのあたりから逃《に》げ出さなくてはならなくなったら、冬が来るというのに、どうしたらいいんだろう?

「アナベル、ジャガイモが終わったら、地下に行って桃《もも》のびんづめを持ってきてちょうだい」

「わかりました、母さん」

まずは家の仕事。それから、父さんが家に帰ってきて何か教えてくれる。そのあと、もしかしたら、わたしはみんなに話すかもしれない。

それから一時間後に父さんがドアから入ってきた。ぐったりつかれはてているようだ。「ベティがどこにいるんだか知らんが、もしこのあたりだとしたら、外から見えないところで、声も届《とど》かないところなんだろう」ブーツをぬぎながら言った。

すぐ続けて、四人の男の人が入ってきた。みんな同じようにつかれている。二人は見たことのない人たちで、あとはアールさんとジムさん。苗字《みょうじ》は思い出せないけれど、アールさんは修理工で、ジムさんは食料品の店をやっている。父さんが、新しくかけつけてくれた二人を紹介《しょうかい》してくれた。アリクイッパからやってきたセオドア・レスターさんと、はるばるニューキャッスルから来てくれたカール・アンダーソンさん。

それぞれあいさつをすませると、母さんはみんなにコーヒーを入れ、わたしはテーブルに食器を並《なら》べた。

父さんが言った。「セイラ、これ以上何をしたらいいのかわからないよ。グレンガリーさんたちは、どうかしてしまいそうに取り乱《みだ》している。ベティの母親がやってきたんだが、これがもう、二人のせいだと責《せ》めるばかりで」

「それはおかしな言いがかりだよ」おばあちゃんが言った。

「まったく、今度のことは、おかしなことばかりだ」と父さん。

だんだんと夜の気配がにじんできた。じきにリリーおばさんが帰ってくる。納屋《なや》へ行く必要があるのなら、口実を今すぐ考えなくては。

「もう保安官が、ウェインズバーグからブラッドハウンドの警察犬《けいさつけん》二匹《ひき》を連れて戻《もど》ってきているはずだ」父さんはそう言って、ほかの人たちといっしょにすわり、牛肉と、オーブンで焼いたジャガイモとニンジンの夕食を食べている。腹持《はらも》ちのいい食べ物だ。まさにトビーにも必要なもので、できるだけすぐ納屋《なや》に持って行こうと、わたしは決めていた。「その警察犬《けいさつけん》は、小さい男の子を見つけてきたばかりなんだ。古い炭鉱の穴《あな》の中で猟師《りょうし》のわなにはさまって、二日間行方がわからなかった。これからは、その犬たちを使えるから、きっとすぐ何とかなるだろう」

わたしは喜ぶべきだった。もしわたしが思う場所にベティがいるのなら、警察犬《けいさつけん》が見つけるはずで、それが重要なのだ。もちろん、一番重要なこと。そして、もし、ベティが見つかったら――きっと見つかるはずだとわたしは思っている――この事件の最悪な部分は、いずれにせよ、じきに終わることになる。

でも、今わたしがすくっと立ち上がって、言うこともできる。「ベティがどこにいるか知っています」

やりそうになった。その言葉が口元まで来ていて、もうちょっとで飛び出すところだった。だけど、まずはトビーに言ったほうがいいと思った。

少なくとも、トビーは、次にどうするか何か言うだろう。

空には、まだほんのり明るさが残っている。

もうじき、男の人たちは警察犬《けいさつけん》を連れて捜索《そうさく》に戻《もど》る。

わたしはマッドルームに急いで入り、上着を着てブーツをはき、クローゼットをひっかきまわして、ウールの格子柄《こうしがら》の古いハンティングジャケットを見つけた。しばらくおじいちゃんは着ていない。そのポケットに手袋《てぶくろ》をつっこみ、マッドルームからすべり出た。後ろから母さんがわたしを呼《よ》ぶ声が聞こえたけれど、わたしはそのまま進み、できるだけ急いで家の下をまわって森へ入った。

馬たちも牛たちも、みんなわたしを待っていた。わたしは納屋《なや》の裏《うら》から真ん中の通路に入る。

「みんないい子だね」乳牛《にゅうぎゅう》たちに声をかけ、網《あみ》の中から新しい干《ほ》し草を引っぱり出してかいば桶《おけ》に入れてやる。馬たちは、しんぼう強く待っていた。オーツ麦をダイナにあげ、ビルも厩《うまや》の中に入れて、えさを食べさせてやる。

屋根裏《やねうら》に上がると、トビーは起きていた。暗いところにすわって、両手で頭を抱《かか》えている。トビーがわたしを見るのを待った。そして、やっとトビーが顔を上げたとき、あまりにも悲しそうで真っ白い顔なのに、驚《おどろ》いてしまった。

「なぜ、あんなことをしてしまったのかわからない。そんなつもりはなかったんだ、アナベル」

「何をしたこと？」

「あんな話を聞かせるべきじゃなかった」

わたしは両手を腰《こし》に当てた。「わたしが女の子だから？」

トビーは肩《かた》をすくめた。「そう。アナベルが女の子だからだ。でも、ヘンリーだったとしても同じだし、ジェイムズだったらもっとまずいと思っただろう。あんな記憶《きおく》、忘《わす》れられるものなら、忘《わす》れてしまいたい。でも、できないんだ。そして、君の頭に積み上げたところで、それは変わらない」

わたしは笑みを浮《う》かべようとした。「わたしは母さんに石頭だって言われているから、だいじょうぶよ。それに、知らなすぎるより、知りすぎるほうが好きだし」

トビーには言わなかった。でも、わたしは、トビーの恐《おそ》ろしい話を箱につめて、心の奥《おく》の棚《たな》に積み上げたのだ。それでもまだ、ちょっとおとなしめに変わったその話が聞こえてくる。暗いところから、わたしの頭の中を占領《せんりょう》しているほかのいろんな問題を通りぬけて。でも、わたしはその箱のふたを開けやしない。トビーの話を再び聞く覚悟《かくご》ができ、話のほうも聞いてほしがるようになるまでは。そして、そんなことは、これから当分起こらないだろう。

わたしはおじいちゃんの古いハンティングジャケットをトビーに差し出した。「これを着て」

トビーは受け取った。「なぜ?」

「わたしに考えがあるの。それで、ばかばかしいってトビーが思わなかったら、今すぐ試してみよう」

わたしは、アンディが言ったことをトビーに伝えた。ベティが燻製《くんせい》小屋で悪さをたくらんでいたと。トビーの住むところを燃やしてしまうつもりだったかもしれないと。

トビーは、傷《きず》のない手で、傷《きず》のある手をこすった。「どうしてあの子はそんなにぼくが憎《にく》いんだろう?」

「トビーが憎《にく》いんじゃないと思うよ。ただ、罪をなすりつけるのに、ぴったりなだけ。ベティは石を投げて、トビーがやったことにした。針金《はりがね》を張って、それもトビーがやったことにした」

州警察官《しゅうけいさつかん》が血のついた針金《はりがね》を燻製《くんせい》小屋で見つけたことも教えた。

「ぼくを憎《にく》んでいるみたいだが」

「そうだよね。わたしもそう感じたもの。でも、憎《にく》んでいるんじゃないと思う。ベティの場合、そんな理由なしに、ただ、やってしまうんじゃないかな」

それから、ベティがいるかもしれないとわたしが思う場所と、そのことでどうするべきかを説明した。

「わたしは今まで、あんまりよく考えてこなかったかも。目の見えないカエルみたいに跳《と》びまわってた。それでも、ベティを救い出す人は、トビーじゃなくちゃって思うんだ」

トビーはいくつかわたしにたずね、だまって考えこんだ。それから、またいくつか聞いた。

「ばかばかしいとは思わない。でも、ベティを見つけても、すべては解決しない。ベティはもっと嘘《うそ》をつくだろう」

「そうだよね。ベティの言うことを聞いて、みんなはトビーを責《せ》めるかもしれない。トビーを逮捕《たいほ》するかもしれない。もしくは、ただ歩き続けて、まっすぐここから出て、まったく別の場所でやり直さなくてはいけないかもしれない。だけど、たとえベティを救うことでトビーの汚《お》名挽回《めいばんかい》ができなかったとしても、救助はいい行いになるんだよ、トビー」

トビーはうなずいた。

おじいちゃんの格子柄《こうしがら》のハンティングジャケットを着て、トビーはますます別人のようだ。黒い防水布のコートは干《ほ》し草の上にかけてあり、巨大《きょだい》なコウモリみたいに見える。トビーの古い帽子《ぼうし》は、わたしが切《き》ってやった髪《かみ》で満杯《まんぱい》になっていて、燃やしてしまうしかなさそうだ。この新しい姿《すがた》なら、トビーは、その夜救助を手伝った人とだけしか思われない。

ところが、トビーは銃《じゅう》に手をのばした。

「何してるの？　そんなのしょって行ったらだめ。みんな台なしになるよ。一つしょってるだけでも、けっこう変なのに、三つもしょったら、また今までのトビーに戻《もど》っちゃう」

トビーは両手を組んで握《にぎ》りしめ、あんまりかたく握《にぎ》ったので、傷《きず》がミルクのように白くなった。

「クマがこわいの？」少なくとも、それなら、わからなくもない。

「ちがう」

「じゃあ、なんで、どこにでも銃《じゅう》を持って行くの？　ものすごく重いんじゃないの？」

トビーは両手を離《はな》し、冷たいのか、こすりあわせている。「重いよ」

「じゃあ、どうしていつも持っているの？」

わたしはトビーが話すのを待った。

「持っているから、持っているんだ」

「なんだか、ジェイムズが話してるみたい」

トビーは、そんなふうにたとえられてもかまわないようだった。そして、それ以上の説明はなかった。

きっと、あのトビーの恐《おそ》ろしい話のなかにその理由があり、箱の中で待っているのだろう。いつの日か、しっかり聞いてみよう。

今はただ、わたしは、はしごを下りていく。

トビーは、はしごの上で立ち止まりもしないで、わたしのあとから下りてきた。その背中《せなか》に銃《じゅう》は一丁もない。

19

家に戻《もど》ると、ちょうど男の人たちが出て行くところだった。

「アナベル、どこに行ってたんだ？　母さんは手伝いが必要だぞ」父さんが言った。

「牛と馬を納屋《なや》の中へ入れに行ってたの」

おじいちゃんがトラックのエンジンをかけ、ほかの人たちは荷台に乗りこんでいる。何匹《なんびき》かの犬もいっしょだ。

「そうか、ありがとう。じゃあ、中に入って母さんを手伝いなさい」父さんは歩きだした。

「待って。父さん、ちょっと待って」わたしは、父さんを追って小道を横ぎった。

「アナベル、行かなきゃならないんだ。もうほとんど暗くなってしまったし、教会の外で警察《けいさつ》犬《けん》が、準備万全で待っている」父さんは助手席のドアを開けながら言った。

「父さん、ベティがどこにいるかわかったの」

父さんは驚《おどろ》いて立ち止まり、トラックのドアを閉《し》めた。

「どこにいるかわかった？　いきなり？」疑《うたが》っているようだけど、無理もない。

「馬のバケツに水を入れていたんだけど、給水タンクのところで、そしたら思い出したんだよ」

ほかの嘘《うそ》に比べたら、とっても小さな嘘《うそ》。「アンディは州警察官《しゅうけいさつかん》に言ったんだよね。ベティはトビーのところに下りて行って、悪さをするつもりだったって。だから、もしかしたら、アンディがカメ石に来なかったから、ベティは一人で行ったんじゃないかって考えてみたの」

父さんは、じれったそうに首を横に振《ふ》った。

「アナベル、あそこへはオレスカ保安官がトビーをさがしに行った。ベティはいなかったんだよ。それに、州警察官《しゅうけいさつかん》も自分で下りて行って、よく見てきたけれど、いなかった。あそこにはいないんだよ、アナベル」

「でも、二人ともトビーをさがしに行ったんでしょ。だから、ベティをさがしてこなかった。だって、ベティがトビーへのいやがらせをしに行ったかもしれないって、聞く前だったんだから」

父さんは、またトラックのドアを開けた。「アナベル、何を言おうとしているのか、わからないよ。あの小屋の部屋は一つだけ。地下もない。屋根裏部屋《やねうら》もない。クローゼットもない。それに、ベティがいた跡《あと》もぜんぜんないんだよ」

「針金《はりがね》をのぞけばね」

「アナベル――」

「父さん、ベティは鐘《かね》の塔《とう》から見てなんかないんだよ。トビーは何も悪いことをしていない」

父さんはトラックの席に上がった。「アナベル、もう行かないと」

「父さん、ベティは井戸《いど》の中」

父さんは首を横に振《ふ》る。「トビーのところに井戸《いど》はない」ドアを閉《し》めかけた。

わたしは父さんの腕《うで》をつかんだ。「あるってば。カップさんちの焼け跡《あと》がある森の裏《うら》のほうに」

「アナベル」母さんが戸口から呼《よ》んだ。

「地面に穴《あな》が開いているだけだから、かんたんに通り過ぎちゃうんだよ」

父さんは動かなくなった。「あのあたりは、だれかがすみずみまでさがしたはずなんだが」

「ベティは、トビーがこわいって言ってたんだよね。だから、燻製《くんせい》小屋のすぐ近くへ行ったなんて、だれも思わなかったんだよ。ベティがあの日あそこへ行きたがっていたことを知っていたのは、アンディ一人だけだった」わたしは父さんに説明した。

けれども、暗闇《くらやみ》の中で聞こえた、あの奇妙《きみょう》な音のことは話せなかった。おびえた動物のような音。

「アナベル！」母さんがまた呼《よ》んだ。

「父さんといっしょに行く」と答える。

「いいから、家に戻《もど》りなさい。井戸《いど》の中は見てくるから」

「お願い、いっしょに行かせて。じゃましないって約束するから」

父さんは一瞬《いっしゅん》わたしを見つめてから、だいじょうぶだと、母さんに手を振《ふ》った。

わたしはトラックの席によじのぼり、父さんとおじいちゃんの間にすわった。ありがたいことに、おじいちゃんは、ゆっくり安全運転を心がける人だ。

わたしたちが教会に着くころまでに、トビーはもうカップ谷に近づいているはず。

父さんが訓練士に、とりあえずは警察犬《けいさつけん》をつないでおいてほしいと言う頃《ころ》までに、トビーは燻製《くんせい》小屋への坂を下りているはず。

父さんが保安官に、カップ谷へついてきてほしいとたのむ頃《ころ》までに、トビーは森の中で、あっという間に訪《おとず》れた夜とともに、わたしたちを待っているはず。

そして、わたしたちが井戸《いど》を見つける頃《ころ》には、トビーはわたしたちの捜索《そうさく》に飛び入りできるはず。応援《おうえん》にかけつけた見知らぬ人が一人ふえるだけ。カメレオンのようにまわりに溶《と》けこんでしまう。

トラックがカップ谷へ下りはじめ、わたしはまた、あのとき聞いた音を思い出していた。ヤマアラシ、そう思ったのだ。

二日間冷たい井戸《いど》の奥《おく》深くに閉《と》じこめられてしまったベティを、思い浮《う》かべてみた。上からは雨が降《ふ》りそそいでいる。いくらあれほど悪いことをしたとはいえ、これほどの罰《ばつ》が必要なのか、わたしにはわからない。けれども、ルースなら、ちがう意見だろう。

カップ家の敷地《しきち》の小道を走り、トビーの燻製《くんせい》小屋のそばで、おじいちゃんはトラックをとめた。すぐ後ろで、保安官の運転するトラックもとまった。保安官のほかに、男の人たちが五人乗っている。

みんなすぐ降《お》りて、森の開けているところに集まった。

「この森の中に井戸《いど》がある。小道をちょっと戻《もど》り、左へ入ったあたり

だ。足元に気をつけてくれ」父さんが大声で言った。

そして、わたしの袖《そで》をつかんだ。「父さんといっしょにいるんだぞ、アナベル。わかったな?」

よくわかる。わたしも父さんといっしょにいたかった。もしベティが井戸《いど》にいなかったら、もしわたしがまちがっていたら、どうしていいのかわからなかった。それに、どこかすぐそばで、トビーが様子をうかがいながら待っている。わたしは近くにいなくてはならないのだ。もし必要となれば、トビーを助けなくては。それで、父さんといっしょにいたかった。

男の人たちは、散らばって木々の間に入った。もうかなり暗く、それぞれがつけはじめた懐《かい》中《ちゅう》電灯の明かりがゆれて進み、わたしたちを導いていく。

カップ家の焼け跡《あと》はかんたんに見つかったのだけど、井戸《いど》をさがすのには時間がかかってしまった。井戸《いど》といっても、それはただ地面の上が暗くなっているだけだった。井戸《いど》を囲む平たい石は、もうずっとコケとくさった落ち葉にうずまっていた。

となると、当然、長いこと井戸《いど》の穴《あな》のほうも落ち葉におおわれていたはずだ。中をのぞかなくても、よくわかる。ベティは、すっかり落ち葉にかくれていた井戸《いど》に気づかず、その落ち葉を踏《ふ》んだ。ベティの体といっしょに葉も落ちたから、わたしたちが穴《あな》を見つけられたのだ。

みんなは井戸《いど》のまわりに集まり、わたしはあとずさった。むごい。なんてむごい。あの中にベティがいるとしたら、むごすぎる。だれだろうと、あんなところに。

そのときまで、わたしはそう思わなかったのだ。ほんとうに。もし思っていたら、叫《さけ》び声をあげて、ベティを見つけに走っただろう。

保安官が井戸《いど》のふちに立ち、穴《あな》の中をまっすぐ懐中電灯《かいちゅう》で照らした。

「何も見えないよ、ジョン」

父さんもいっしょに照らし、ほかの二人も加わった。ぐるりと井戸《いど》を囲み、四人とも自分の懐中電灯《かいちゅう》の光を穴《あな》の奥《おく》へ向けた。

「ああっ、下にいる。ベティ！」保安官が言った。

男の人たちは、あわてて手さげランプやロープやシャベルを取りにトラックへ行き、一気にあわただしくなった。

わたしは、じゃまにならないよう下がって、木に寄りかかっていた。

そのとき、トビーが暗闇《くらやみ》から現れ、だまって仲間入りをした。ベティを井戸《いど》から引っぱりあげる手が二つふえたということ以外、だれも何も気づかない。

トビーはおじいちゃんの古い手袋《てぶくろ》を両手にはめていた。

農家の人のように見えた。父さんみたいに。そして、いつかヘンリーやジェイムズがなるみたいに。

それから、ベティが引き上げられるまで、ずいぶん時間がかかった。

これは掘《ほ》り井戸《いど》で、もともと井戸《いど》の掘《ほ》りはじめは、シャベルを持った大人がじゅうぶん入れる広さだったはずだけど、掘《ほ》った穴《あな》の壁《かべ》がくずれないように石で補強《ほきょう》されるから、出きあがった井戸《いど》はもっと狭《せま》い穴《あな》になってしまう。ベティは，底まで落ちずに、約六メートル下にいた。ポンチョの前が、さびた古いパイプに引っかかっている。コウノトリにくわえられ、赤ちゃんが布に包まれてぶらさがっているように、ポンチョのおかげで、井戸《いど》の底まで落ちないでいられたのだ。けれども、ベティの胴《どう》から下がっている両足が見えない。十一月の水に浸《ひた》っているのだろうか。

いったいどうベティを動かしたらよいのか、みな悩《なや》んでしまった。へたをしたら、さらに奥《おく》深いところへ落としてしまう。けがをさせ、おぼれさせてしまうかもしれない。それでも、できるだけ早くに引っぱり上げなくてはならないのは、わかりきっている。

何度もくりかえし呼《よ》び、ロープを下ろしてやっても、ベティはなんの反応もしない。これではどうしたって、自分の体にロープを巻《ま》いて結ぶのは無理だ。

トビーはほかの人たちと、わたしと父さんが立っているところから井戸《いど》をはさんで反対側に立ち、見つめている。おぞましい穴《あな》の上を越《こ》えて、トビーと目が合った。手さげランプの光の中で、トビーはより若《わか》く見えるのだけど、長いひげに黒いコートと帽子姿《ぼうしすがた》だったときには見たことがないほど、深刻《しんこく》そうにしている。

「だれかがあそこまで下りて、ベティを連れてこないと」父さんが言った。

「ああ、だが、三脚《さんきゃく》と滑車《かっしゃ》で引きあげられる救助器具をつかうべきだ。一つまちがったら、下りた人もベティといっしょに落ちてしまう」保安官が言った。

「だれかに救助器具を取りに行かせて、待てというのか？」と父さん。

「いや、そうじゃない。ベティは、できることなら、もう一分だって、あそこにいたくないに決まってる」

わたしは、トウワタのさやを摘《つ》み、トビーの髪《かみ》を切《き》り、オーツ麦をやりながら馬にしゃべっていた長い時間を思い出した。おじいちゃんがゆっくり安全運転なのを喜んだことも思い出し、胸《むね》がむかむかしてきた。

井戸《いど》のそばのナラの木から、太く頑丈《がんじょう》な枝が井戸《いど》の上にのびている。わたしたちはみんな後ろに下がった。父さんはロープのはしに大きな結び目を作ると、それが枝の上を越《こ》えて保安官のほうに届《とど》くように放り上げた。保安官は結び目をつかんでロープを引き下ろすと、輪にして結び、手早く命綱《いのちづな》を作った。

「わたしが行こう」父さんが、上着のボタンをはずしながら言った。

しかし、保安官のとなりに立っていたトビーが、そのロープを父さんの手からつかみ取った。

「ぼくが。やせてはいるが、力はある」手袋《てぶくろ》をはめたまま、おじいちゃんのハンティングジャケットをぬいだ。

「知らない顔だな」保安官は、ただ、だれだか知りたいだけのようだ。

「このあたりの者じゃないけれど、応援《おうえん》に来た。やらせてもらえると、ありがたい」

わたしは、やっと止めていた息をはきだした。思わず両手を握《にぎ》りしめていた。父さんと保安官がトビーの体に命綱《いのちづな》をつけている。ベティをしっかりくりくりつけられるように、その分のロープが長いしっぽのようにたれている。

保安官がトビーに聞いた。「ほんとうにいいのか？　あのあたりの壁《かべ》にはベティの体重がかかっている。丸ごとくずれて、君もいっしょに落ちてしまうかもしれないんだぞ」

ほかの人たちは井戸《いど》をぐるりと囲んだ。その間から見えた。トビーが命綱《いのちづな》を体にぴったり合わせながら、保安官を見てうなずいている。

すると、保安官が言った。「わたしの懐中電灯《かいちゅうでんとう》を使ってくれ。ここからでは、君の体の下を照らせないからな。もっとも、手が三つか四つない限り、どうやって自分で照らしながらベティをくくりつけられるのか、わからんが」

「なんとかする」トビーはポケットに手をつっこみ、ジャックナイフを父さんにわたした。「これを持っていてくれ。脚《あし》を上にして頭から下りるから……」

「財布も持っているか？　鍵《かぎ》は？」

トビーは一瞬《いっしゅん》口ごもってから答えた。「上着に」

トビーが井戸《いど》のふちにひざをつくと、父さんが言った。「名前を聞いてないんだが」

トビーは肩越《かたご》しに振《ふ》り返り、「ジョーダン」と答えた。ほんとうのように聞こえた。


そのとき、グレンガリーさんたちがだれかに連れられ、あわてふためいて到着《とうちゃく》した。驚《おどろ》いたことに、ベティのお母さんは都会の服装《ふくそう》でピンカールまでしている。男の人たちが全員並《なら》んでロープをつかみ、逆さになったトビーをゆっくり井戸《いど》の中に下ろしていく。ベティのお母さんが小さな叫《さけ》び声をあげた。ナラの木の枝はいくらか下にたわんだけれど、しっかり持ちこたえている。ロープのほうも、トビーの体重に引っぱられて樹皮《じゅひ》とこすれても、だいじょうぶなほど太く頑丈《がんじょう》だ。

男の人たちはトビーを下ろしていく。やがて、トビーのしゃがれた声が聞こえた。「止めろ！」保安官も同じ言葉を叫《さけ》び、片手《かたて》を上げた。「着いたぞ。下ろすのをやめて、しっかりつかんでいてくれ」

わたしたちが待つ間も、ロープは震《ふる》えている。トビーがあごの下に懐中《かいちゅう》電灯をはさみ、ベティの体にロープを巻《ま》きつけているのが、目に見えるようだ。

トビーが何かどなった。

保安官が言った。「ロープをベティの腕《うで》の下に通せないんだ。ベティはポンチョにくるまれている。ポンチョをずらして通そうとしたら、パイプから外れてしまうかもしれん」

父さんが懐中電灯《かいちゅう》を井戸《いど》の中へ向け、もう片方《かたほう》の手で手さげランプを高くかかげた。「ベティをつかんで、自力で引っぱり出すしかない」

「ベティの体に両腕《りょううで》をまわせるか？」保安官が井戸《いど》の中へ叫《さけ》ぶ。

だいぶたってから、ロープがもっと震《ふる》えだした。ロープをつかんでいた人たちは、体を後ろにかたむけて全力で引っぱる。

そのとき、ベティがひどく痛《いた》がっていることがわかった。

井戸《いど》の奥《おく》深くで、ベティが叫《さけ》んでいる。

今まで、こんなものを聞いたことは一度だってない。

ベティのおばあさんは下を向き、両手をこぶしにして口に当て、小さな輪を描《えが》くように、ぐるぐる歩きつづけている。

わたしはお祈《いの》りをとなえ、気がついた。あのささやき声が「おまえに聞こえたのは、ヤマアラシじゃない」と言ったのだとわかったとき、わたしはすぐ父さんに教えなかった。それは、ぜったいしてはならないことだったのだ。

そして、ほんのわずかで、うっすらとなのだけど、なぜトビーがどこにでも銃《じゅう》をいくつもかついで行くのか、わかってきた。

ロープが、下に引っぱられて音をたてた。「しっかりつかんでいてくれ！」保安官がまたみんなに大声で言い、ひざをついて井戸《いど》の中をのぞきこむ。トビーが何かどなっているのだけれど、わたしには聞き取れない。

保安官が父さんを見上げた。「引っかかっていて出てこられない。ポンチョがパイプに引っかかったとき、反対側の壁《かべ》に背中《せなか》を打ちつけたんだろう。ちょうどそこに飛び出ていた別のパイプに背中《せなか》がぶつかり、引っかかってしまった」

父さんは、かがんで穴《あな》の口に顔を近づけた。「引っかかったって、どういうことだ？」

「パイプが突《つ》き刺《さ》さった。肩《かた》をぶち抜《ぬ》いている」保安官が言った。

わたしは目を閉《と》じた。その瞬間《しゅんかん》、その場で、小さなつまらないことなどもうぜったい、二度とかまわないと思った。

ベティが悲鳴をあげた。そして、また悲鳴をあげた。

「ベティをパイプから引き抜《ぬ》いているんだ」保安官はそう言うと、並《なら》んでロープをつかんでいる男たちに大声で言った。「みんないいか！　すぐベティの体重もかかってくるぞ」

そうわかっていても、急にふえた重みにロープが耐《た》えようとし、頭の上の枝がしなるのと同時に、男たちは一斉《いっせい》にたじろいだ。保安官がどなった。「ゆっくり引っぱり上げてくれ!」また立ち上がり、みんながそろって引くように、腕《うで》を振《ふ》って合図をしている。そしてついに、トビーの足の先、両脚《りょうあし》、それから全身がランプの光の中にゆっくりと現れた。トビーが胸《むね》と首に当てて両腕《りょううで》でしっかり抱《かか》えているベティ。びっしょりでぼろぼろになった服、もつれきった髪《かみ》、青いくちびる、血がしたたるポンチョ、ずぶぬれでぐったりたれている両脚《りょうあし》、生きているとは思えないほど真っ白な顔。

保安官のトラックの荷台に何枚《なんまい》も上着を重ね、その上に、ベティはそっと寝《ね》かされた。意識はあるけれど、かすかだ。震《ふる》えて歯が音をたてている。わたしは、また野生の動物を思い浮《う》かべてしまった自分に驚《おどろ》いた。犬に追いつめられたウッドチャックは、あんなふうに歯で音をたてるのだ。

わたしは、自分のあごの下のやわらかい肌《はだ》を思いっきりつねった。

ベティのおじいさんが自分の上着をベティにかけた。そのとき、わたしは気がついた。ベティはポンチョを裏表《うらおもて》に着ているのだ。表が黒い裏地《うらじ》で、黄色い生地は裏《うら》になってかくれている。ベティがカップ谷を下りてトビーの燻製《くんせい》小屋にしのび入り、寝床《ねどこ》の下に針金《はりがね》をつっこむ様子が目に見えるようだ。

わたしは、また自分をつねって、そこから離《はな》れた。

ベティのけががどれだけひどいものなのかわからなくても、すぐ病院に行かなくてはならないのは一目でわかった。パイプが突《つ》き刺《さ》さっていたところは、すでに肉が緑色にはれている。指を動かすことはできたが、両脚《りょうあし》は動かせないようだった。

「ずっと長い間、冷えきって身動きもとれなかったんだ。まずは、あたためてやるのが先かもしれない」父さんが言った。

ベティの母親は保安官のトラックの助手席によじのぼり、ベティのおじいさんとおばあさんは、ロープを引っぱっていた人たちのうちの二人といっしょに、荷台でしっかりベティをおさえている。

べつの男の人が、自分がかわろうと申し出たけれど、おばあさんは手を振《ふ》ってことわった。

「ありがとうございます。でも、けっこう」

ゆっくり急ぐということがありえるとしたら、それはまさに、保安官がトラックを走らせてベティを運んだときのことだ。

残されたわたしたちは、手さげランプの明かりのもとで、立ったまま顔を見あわせ、一息ついて落ちつこうとした。

「わたしはジェド・ホプキンズ」ある男が手を差し出し、トビーが握手《あくしゅ》するまで待った。「ほんとうに、君はすごいことをやりとげたものだ」

「まったくだ」別の男も手を差し出して名乗っている。そして一人一人、かわるがわるにトビーのしたことに礼を言った。

父さんが言った。「ジョーダンのおかげで、みんな悪夢にうなされないですんだよ。その全員分を、ジョーダンが見ることにならないといいんだが。わたしはジョン・マクブライドだ。それから、娘《むすめ》のアナベル」

「はじめまして、お二人とも」トビーは、わたしをまっすぐ見ないよう気をつけて言った。

しばらくみんなでロープを巻《ま》き、井戸《いど》を木の枝でおおった。きちんとふたをするまでの、とりあえずの策《さく》だ。

それからやっと、「家に帰れそうだな」と、父さんが言った。

「たぶんね」わたしは答えながら、トビーをさがして見まわした。トビーは、わたしに背《せ》を向けて、燻製《くんせい》小屋の近くに立っている。

父さんはほかの人たちに言った。「みんなが家に帰れるように、それぞれのトラックのところまで乗せていくぞ」

「あの人は？」わたしは、あごでトビーを示しながら、ささやいた。

「ジョーダン？　あの、会ったこともない女の子を救いに井戸《いど》の中へ下ろしてくれと言った、よそから来た男のことかい？　あの人なら、いっしょにうちに来る」

20

トビーはトラックの荷台に乗った。いっしょにいるのは犬とほかの四人の男たちで、このあたりの人もいれば、遠くからやってきた人もいる。その人たちは教会で降《お》り、それぞれ自分のトラックへ歩いて行った。父さんが窓《まど》から大きな声で礼を言うと、四人は手を振《ふ》り、にっこりして、それぞれの家へ帰って行った。孫の代はもちろん来世紀まで語りつがれそうな物語とともに。

そこからうちの農場まで、トビーはどうしても、と言い張って一人で荷台に乗った。わたしが振《ふ》り向いて後ろの窓《まど》から見ると、トビーはその窓《まど》ガラスの外によりかかって犬と身を寄せあっていた。手袋《てぶくろ》をはめたまま、おじいちゃんの古いハンティングジャケットをまた着こんでボタンをかけている。この夜風にあたり、井戸《いど》の中であれだけのことを経験したあとなのだから、ぜったい骨《ほね》までこごえきっているはずだ。

うちに着いたとき、トビーは遠慮《えんりょ》していたのだけど、父さんとわたしは小道に立ち、トビーがついてくるまで待っていた。その間に犬はみんな薪小屋《まきごや》に向かいだしている。「中に入って、何か食べていってくれ。あれほどのことをしてもらって、空っぽの腹《はら》のまま帰すわけにはいかないよ」父さんが言った。

弟たちは、大急ぎで玄関《げんかん》へ来て迎《むか》えてくれた。風呂《ふろ》に入ったばかりで、バラ色にあたたまり、ぬれた黒っぽい髪《かみ》が顔のまわりにはりついている。二人を抱《だ》きしめて泣きたかったけれど、やめておいた。そんなことをしたら、そのまま床《ゆか》の上に倒《たお》されて、やっぱり女の子だと言われてしまう。

けれども、わたしは二人が大好きだ。疑《うたが》いようもないほどに。

父さんがトビーのハンティングジャケットをクローゼットにかけた。もともと、その朝まで、ずっとそこにあった物だ。

「手袋《てぶくろ》は？」父さんが言った。トビーは組んだ腕《うで》の下に両手をはさんだまま、下を向いて、そっと言った。「まだすごく冷たいんで、すまんが、もうちょっと手袋《てぶくろ》をはめているよ」理屈《りくつ》にかなっている。

「手袋《てぶくろ》をしたままじゃ食べにくいだろうが、冷えきった手はつらいものだからね」父さんが、にこっとして言った。

わたしたちが入っていくのを聞きつけて、家族が全員台所に集まってきた。父さんが言った。「みんな、こちらはジョーダンだ。ジョーダン、わたしの両親、ダニエルとメアリーだ。それから、妹のリリー」

リリーおばさんは、前に出て片手《かたて》を差し出した。めずらしく、笑みを浮《う》かべている。「はじめまして」やさしい声。おばさんがこんな声を出せるなんて知らなかった。

トビーは一瞬《いっしゅん》ためらってから、手袋《てぶくろ》を片方《かたほう》はずし、おばさんと握手《あくしゅ》をした。「はじめまして」と言うと、また手袋《てぶくろ》をはめた。

「ヘンリーとジェイムズだ」父さんは二人をあごで示した。「ジョーダン、子どもたちになんと呼《よ》ばせたらよいだろう？　苗字《みようじ》は――」

「ジョーダンでけっこう」とトビー。

弟たちが続けざまに聞いた。「ベティは見つかった？」「死んでた？」

「ちょっと、静かに」リリーおばさんが言った。

「それから、妻のセイラだ」

トビーは、昔の銃士《じゆうし》のような仰々《ぎようぎよう》しいおじぎをして言った。

「はじめまして」

トビーの声を聞き、母さんは、はっとして立ちすくんだ。そして、この妙《みよう》なあいさつに答えるため、両手をエプロンでぬぐって近づいた。「ジョーダンというお名前なのね?」

「はい」

母さんはじっと目の前の顔を見つめている。ばれたのかもしれないと、わたしは思った。

「入って、すわってくださいな」母さんはトビーをテーブルへ連れて行った。


母さんは夕食の残りをあたためため、その間父さんはみんなに一部始終《いちぶしじゅう》を語った。

わたしもちょっと手伝った。

トビーはまったく何も話さなかった。トビーを井戸《いど》の中に下ろした様子を父さんが説明したときも、リリーおばさんが「ジョーダン、すごい勇気だわ」と、またやさしい音楽のような声で言ったときも……そして、弟たちが勢いよく質問をあびせかけたときでさえもだ。井戸《いど》の中はどんなのか? ヘビやムカデはいたのか? 井戸《いど》の奥《おく》は中国まで続いているのか?

いよいよ父さんがベティのことを話しはじめると、さすがの二人もおとなしくなった。

父さんがそのときの様子を説明していた間、だれも一言も話さなかったけれど、父さんが語り終えると、おばあちゃんは静かに席を立ち、ベッドへ行ってしまった。

「わたしも、もう寝《ね》かせてもらおう」と言い、おじいちゃんはトビーのほうを向いた。「うちのリンゴを、たくさん持って行ってください」

「ありがとうございます。そうさせてもらいます」

母さんがトビーと父さんに、もっとコーヒーを入れた。

「わたしももらえる?」わたしがたのんだのに、母さんは無視《むし》している。

「ベティは元気になるのかしら?」母さんが聞いた。

「わからない。だが、保安官が病院へ連れて行ったから、きっと、まもなく何か知らせてくるはずだ」

「それじゃあ、あのトビーのほうは? トビーはもう見つかったの?」リリーおばさんが聞いた。

わたしはちらっとトビーを見て、目をそらし、わたしを見ている母さんと目が合ってしまった。

「見つかってないはずだ。だが、ベティは、トビーのところへ悪さをしに行って、カップ家の古い井戸《いど》に落ちてしまっただけということで、まちがいないようだ」と父さん。

「じゃあ、トビーはどこにいるのよ?」おばさんが言った。

「もういいでしょ」母さんが、父さんとトビーとわたしの分の食器を並《なら》べながら言った。「とにかく、ベティが見つかってよかったじゃないの」そして、牛肉とジャガイモとにんじんののった大きな皿をテーブルに置いて、トビーに言った。「どうぞ、めしあがれ」

トビーが、またさっきのように遠慮《えんりょ》していると、母さんはトビーの皿をつかんで、たっぷり取り分けた。「はい、冷めないうちに食べてください」

わたしは息をこらした。でも、トビーは右手の手袋《てぶくろ》だけはずして食べはじめた。手袋《てぶくろ》をしたままの左手をひざの上に戻《もど》し、右手だけでフォークのはしを使って肉を切《き》っている。だれも気づかないとよいのだけれど。

リリーおばさんが席を立った。「さてと、わたしもそろそろ寝《ね》かせてもらいますよ。明日の朝早いから」そして、トビーのほうを向いて、またにっこりした。「お会いできてうれしかったですよ、ジョーダン。またどこかでお目にかかれますように」

トビーはちょっと腰《こし》を浮《う》かせた。「こちらこそ」

「そういえば」おばさんは何か思い出したようだ。「兄さん、どうやってベティが井戸《いど》にいるのを見つけられたのか説明しなかったじゃないの。警察犬《けいさつけん》が見つけたの？」

父さんは、フォークでわたしを指して言った。「この警察犬《けいさつけん》だよ。うちのシャーロック・ホームズが推理《すいり》したんだ」

片方《かたほう》の眉毛《まゆげ》だけ上にあげられる人なんて、わたしはリリーおばさんしか知らない。それをすると、おばさんは、疑《うたが》い深くて賢そうに見える。「アナベル、いったいどうしてわかったの？」

わたしは肩《かた》をすくめた。「ただ、アンディが言ったことを、一日じゅう考えていただけだってば」そして、おばさんをまっすぐ見つめた。「ぜったいトビーは悪いことをしなかったってわかっているもの。そのおかげで、ほんとうは何が起きたのか、考えやすくなったんだよ」

おばさんは口をすぼめて、あごを上げた。「アナベルが、なんであんな男を信用しているのか、わたしにはまったくの謎《なぞ》。二人も女の子に痛《いた》い思いをさせたのよ。ルースとベティ。もしかしたら、もっといるかも」

「ヘンリーもジェイムズも、もう寝《ね》る時間だぞ」父さんが言うと、二人はいつものようにいやがった。そして、やっぱり、これもいつものように、おばさんにやられてしまう。

「とっとと行きなさい」おばさんはどなりつけて、二人をテーブルから追いはらった。おばさんに追いかけられて、二人は逃《に》げていく。

やっと、わたしたち四人だけになった。母さんは自分のコーヒーを入れて、テーブルにつき、わたしたちが食べるのを見ている。

「ジョーダンは、どちらからいらっしゃったの？」母さんがトビーに聞いた。

トビーはわたしをちらりと見て、それから母さんを見た。「メリーランド州の出で、今はホープウェルに」

「ベティが行方不明だと聞いて、来てくださったのね？」

トビーはゆっくりうなずいた。「そういう知らせは、すぐ広まるもので」

「なんのお仕事をされているのかしら？」母さんの声に、いどむような気配を感じた。心の中のからんだ糸をほぐし、疑《うたが》いを解こうとしているようだ。その糸は、わたしの行いが生んだのかもしれない。わたしにとって、トビーは、はっきりトビーで、なぜほかの人たちが気づかないのか不思議なくらいだった。

「大工です」

「ジョーダン」や「メリーランド」と同じように、これもほんとうのように聞こえる。

「今頃《いまごろ》きっと、奥様《おく》が心配されているはずよ」母さんはテーブルにひじをのせ、両手をコーヒーカップにあてていた。コーヒーから上がる湯気を通して、じっとトビーを見つめている。

トビーの左手は母さんに見えない――だから、結婚《けっこん》指輪を見たわけではなかった。

「もし電話をしたかったら、使ってくれ」父さんが言った。

「結婚《けっこん》してないんで」トビーが小さな声で言った。なんだかとても気まずそうに答えたので、母さんは質問するのをやめた。だけど、まだずっとトビーから目を離《はな》さない。

「まだデザートもあるから、お腹《なか》いっぱいにしないでくださいよ。ヒッコリーナッツ・パイを焼いたんですよ」

そのすぐあと、電話が鳴った。わたしたちは、もうあまり驚《おどろ》かなかった。

「きっと保安官だ。何かわかったら電話すると言っていたから」父さんが言った。

居間に行って何か話しているのは聞こえたのだけど、聞き取ることはできなかった。

母さんがため息をついた。「ベティがたいしたことないといいのだけどね。どんな人でも、この仕打ちはあんまりすぎるわ」

「あんなことをした子でも」トビーが言った。

わたしは、はっと顔を上げた。

母さんが首をかしげて、ふしぎそうにトビーを見つめている。「それって、ベティは何をしたんです？」

そのとおり口に出さなくても、母さんがたずねていることは、はっきりしていた。いったいぜんたい、ホープウェルからやって来たよそ者が、どうしてベティが何をして何をしなかったか知っているのか？

ところが、父さんのおかげで、トビーは答えないですむことになった。父さんは、またテーブルの前のいすにどかっとすわり、髪《かみ》を手でなでながら話しだした。「どうやら、やっとベティのどこが悪いのか、わかりはじめたところらしい。だが、もう、いくつかわかったこともある。パイプが刺《さ》さったほうの肩《かた》はずたずたで、破傷風《はしょうふう》と感染症《かんせんしょう》の治療《ちりょう》をはじめるそうだ。まだ体をあたためているようで、輸血もしている」

母さんが大きく息をする。「骨《ほね》は折れてないの？」

父さんは首を横に振《ふ》った。「驚《おどろ》いたことに、骨折《こっせつ》はしていないんだが、右足が壊疽《えそ》を起こしている。ポンチョで脚《あし》がきつくしめつけられていたせいだ。ベティが動かそうとしたら、ポンチョが破れかけたんで、やめたそうだ。でも、なんとかなりそうらしい。足の指一本は失うかもしれない。まだわかるには時間がかかる」

わたしは胸《むね》がむかむかしてきた。「ベティは何か話したの？」

父さんは目をよそに向けて答える「ああ、少し。トビーのことを話しているそうだ。トビーに井戸《いど》へ突《つ》き落されたと言っている」

「でも――」

「落ちつくんだ、アナベル。ベティが言ったことを伝えているだけだ。父さんと言い争ってもなんにもならない」

「でも、ベティは嘘《うそ》ついてるんだよ！」

「父さんの話を聞きなさい、アナベル」母さんが言った。

「ベティが言うには、昨日の朝、大雨になる前にカップ谷をうろついていたら、トビーにつかまったそうだ。ひっつかまれて、燻製《くんせい》小屋に入れられた」

トビーは両手をひざの上に置き、うなだれている。わたしはトビーを見つめた。何を考えているのか心配だった。わたしがていねいに切《き》らなかった髪《かみ》の部分が目についた。頭のてっぺんでちょっと髪《かみ》が立っている。そろっていない。

「ベティが告げ口したんでトビーが怒《おこ》っていたと言っている。ルースに石をぶつけたことと、針金《はりがね》を張ったことだ。それで、トビーは荷物をまとめるなり、ベティを森へ引きずって行き、何も言わずにベティを井戸《いど》に突《つ》き落とした。そう言っているそうだ」

「そして、トビーは行ってしまった」母さんが言った。

「そう、行ってしまった」

これこそ、まさに、わたしが心配していたこと。いったいトビーは、どのように、やっていないことを証明したらいいのか？

もう、グリブルさんが交換台《こうかんだい》の電話線を全部使って、このことをみんなに知らせていることだろう。まるでタコがトントンたたきまわるように電話をつなぎ、このあたりの家々すべてに。一時間もしないうちに、トビーは殺人鬼《さつじんき》にされ、ベティはかわいそうな愛らしい子ということになるだろう。

みんなしばらくだまってしまった。母さんはテーブルの木目《もくめ》を指でたどりだした。地図を読み取っているみたいに。

「とにかく、ジョーダン、ほんとうに今夜のことは心から感謝している。いつでも準備ができたら、ジョーダンが車をとめたところへ連れて行こう。うちのリンゴも――」

「ジョン」母さんが口をはさんだ。

「なんだ？」父さんはすぐ話を止めた。

母さんの目がジョーダンから父さんへ移る。

「この人は、車なんて持ってないの」

母さんは父さんに向かって、ほんのちょっと笑みを浮《う》かべた。でも、悲しそう。ベティが救い出されてほっとしたばかりだというのに、すぐ入れかわりに、別のたいへんな問題が起きたからだろう。

「なぜわかる？」

母さんはトビーのほうを向いた。「両手を見せて」

わたしは、二日間こらえていた息をはきだした。

「セイラ？」父さんはわけがわからないようだ。わたしは笑うべきなのか、泣くべきなのか、わからない。

トビーはすわったまま背筋《せすじ》をのばし、両手をひざから上げた。手袋《てぶくろ》をしていない右手で、もう片方《かたほう》の手の手袋《てぶくろ》をはずす。左手の傷《きず》は、指紋《しもん》と同じで疑《うたが》いようがない。

「ジョーダン？」父さんが身を乗りだした。

「それは、この人の名前じゃない」母さんが言った。

「いや、ぼくの名だ。ぼくの名は、トバイアス・ジョーダン。メリーランド州出身の大工だ。それから、ぼくはベティを井戸《いど》に突《つ》き落としていない」

21

そのとき、わたしは逃《に》げることもできた。

わたしがトビーをかくまっていたことを知っていたのは、トビー一人だけ。トビーに着せた服は、ありふれたもので、父さんがなくなったと気づくのは先のことだろう。空っぽのびん、カメラ、はさみなど、まだ干《ほ》し草置き場に置きっぱなしの物をなんとかする時間は、たっぷりあった。それに、けっしてトビーがわたしのことを人に言わないというのもわかっていた。物《もの》干《ほ》しから服を盗《ぬす》み、自分で髪《かみ》とひげを切《き》り、勝手に納屋《なや》にしのびこんだと言うにきまっている。

だけど、わたしは言った。「トビーは逃《に》げなかったのに、わたしが連れてきたの。トビーはかくれなかったのに、わたしがかくまったの。うちの納屋《なや》の中に。それで、わたしが髪《かみ》を切《き》って、父さんの服をわたしたんだよ。わたしがやらせなかったら、そんなことしないですんだのに」

トビーの正体を見抜《みぬ》けた母さんも、この真実にはぼうぜんとしていた。父さんもあまりの驚《おどろ》きにものも言えないようだ。

「ぼくを助けようとしてくれたんだ。怒《おこ》らないでくれ」トビーが言った。

「怒《おこ》らないわけにはいきません。でも、怒《おこ》りません。今はまだ。それはあとまわし」と母さん。

父さんは目を丸くしてトビーを見つめている。「トビーだなんて信じられないよ。この姿《すがた》は……別の人みたいだ」

「でも、別の人じゃないんだよ、父さん」

「ああ、でも、別人みたいだ」

「確かに。でも、それはそれとして、ぼくは、ベティが言っているようなことをしていない。一つもやっていない。でも、ここのみんなに迷惑《めいわく》をかける前に出て行ったほうがいい」トビーは立ち上がり、きちんといすを戻《もど》した。

わたしが止めようとすると、母さんが言った。「すわって。わたしには、少し考える時間が必要なんだから。まったくなんてこと。州警察官《しゅうけいさつかん》の言うとおりね。いろんなことがごちゃごちゃの大騒《さわ》ぎみたい」母さんは、ほつれた髪《かみ》を耳にかけた。「それに、パイを焼いたんだから、何がなんでも食べなくちゃ」

母さんはテーブルから離《はな》れて、パイを切《き》り分けた。今日のはホイップクリームがのっている。クリスマスみたいだ。

「コーヒーを待っててちょうだい」母さんがパイをテーブルに置きながら言った。わたしたちはそのとおりにする。有無を言わさぬ声色を使う母さん。わたしも同じ声色をトビーに使ったからこそ、こんなことになり、今、四人でこのテーブルにいる。

母さんは、わたしにはミルクをコップに入れてくれ、大人にはコーヒーをたした。「さあ、どんどん食べて。パイは自分から口に飛びこんでくれませんよ」

トビーはゆっくり食べた。とっくにわたしたちが食べ終えたというのに、長々と味わっている。わたしたちは、まるでキリンか火星人でも見るように、トビーを見つめてすわっていた。このわたしでさえ、トビーがうちの台所のテーブルでパイを食べているなんて、なかなか信じられなかった。トビーは長年、ほんの少しのこと以外、わたしたちとかかわりあうのを避《さ》けていた。めったに話すこともなく、人には、暗く自分をつくろった姿《すがた》しか見せなかった。

トビーが目を閉《と》じて最後の一口を食べ終えると、ついに父さんが言った。「わかるように教えてほしい。いったいどうやってアナベルが……わたしたちの目と鼻の先で、神かくしのように君をかくまえたのか。保安官が昨日からずっと君をさがしているのに」

トビーは肩《かた》をすくめた。「あの日雨が降《ふ》っていた間は、ずっと小川の橋の下で釣《つ》りをして、ターナーさんのところでジャーキーに交換《こうかん》してもらい、暗くなってから帰って――」

「オレスカ保安官が燻製《くんせい》小屋へ行って戻《もど》ってきたあと――」とわたし。

「ぬれた服を干《ほ》して、すぐ眠《ねむ》った。ベティが行方不明になっていたなんて知らなかった。そして、夜明け前にアナベルのノックで起こされ、何が起きているか説明されて初めて知り、いっしょに来いと言われたんだ」トビーは母さんにほほえみかけようとしたけれど、母さんはまだほほえみかえす気になれないようだ。「アナベルときたら、ちょうどさっきの奥《おく》さんのような声だった」

父さんが思わずにやりとした。ほんの短い間だけ。そして、「その声なら、よく知っている」と、ひとりごとのように言った。

「用心しないと、もっとよく知ることになりますからね」母さんが言った。

「それで、君は納屋《なや》にずっと……」

「今朝早くから。でも、もっとずっと前のように思える」トビーは傷《きず》のないほうの手で、ひげからのどをなでた。

「アナベルは、暗い中一人でトビーを呼《よ》びに行ったのか?」父さんがわたしに聞いた。

わたしはうなずいた。誇《ほこ》らしさと罪悪感が半々。「眠《ねむ》れなかったし、まずいことになっているってわかってたし。だって、わたしがそうしなかったら、トビーは州警察官《しゅうけいさつかん》に連れて行かれていたでしょ?」

だれも、わざわざ言いかえさない。みんなわかっている。このあたりの人たちがトビーをどう思っているのか。リリーおばさんやグレンガリーさんもいっしょ。

「それで？」と母さん。

「トビーを干《ほ》し草置き場にかくまって、食べ物や水を持って行った。本、服、石けん。それから、髪《かみ》とひげを切《き》るために、母さんのはさみを借りた」

「そして、ジョーダン誕生《たんじょう》ってわけね」母さんが考えながら言った。

「そんなつもりじゃなかったんだけどね。それに、またカップ谷へ下りていくつもりでもなかった。でも、夜が明ける前、まだ暗い中、燻製《くんせい》小屋のすぐ近くで聞いた音を思い出したんだよ。そのときは、てっきりヤマアラシだと思った。だけど、あとになって、州警察官《しゅうけいさつかん》がアンディの言っていたことを教えてくれたでしょ。ベティが燻製《くんせい》小屋へ下りて行きたがっていたって。それで、考えてみた……もしベティがそうしていたら、もしベティが燻製《くんせい》小屋に行っていたらって。そして、ヤマアラシの鳴き声のことも、もっと考えていたら、あの井戸《いど》のことを思い出したんだよ」

わたしたちは、しばらくすわったまま何も言わず、おたがいの顔を見ていた。

それから、父さんが腕《うで》を組んで言った。「トビーが救助に加わることは、だれが考えたんだ？」

「わたし」これもまた、かしこい考えだったかどうか、わからなかった。「よそから来た人たちにまざって、ぜったいばれないで、様子を見ていられると思ったの。ここから出て行かなきゃならないのなら、そのまま出て行けばいいし、もしいられるのなら、ここにいればいい」

わたしはみんなの顔を順番に見た。「でも、いられないんだよね？」

父さんがため息をついた。「わからない、アナベル。これはもう、最初から最後までごちゃごちゃだ。それに、まだあるんだよ」父さんがトビーにむずかしい顔を向けているので、まずいことにちがいない。「さっきの保安官からの電話によると、捜索《そうさく》が強化されたそうだ」

トビーもむずかしい顔で父さんを見た。わけがわからないようだ。「でも、ベティを見つけたじゃないか」

「ベティの捜索《そうさく》じゃない。君をつかまえようとしているんだ」


それから一時間、わたしたちは何をすべきか話し合った。解決策《さく》が見つかるまで、今や四人のものとなった秘密《ひみつ》を、どうしたら守れるのか。

けれども、すぐに長い一日のつかれがわたしたちをおそってきた。特にわたしは、朝も暗いうちから出かけていたので、体が石でいっぱいの袋《ふくろ》のように感じる。トビーのほうは、あまり眠《ねむ》らないで動きまわるのにも慣れているだろうに、それでも、すっかりつかれはてていた。

「やっぱり、ぼくは今すぐ出て行くべきだ。朝までに、ここから三十キロ先に行ける」

「そのあたりこそ捜索隊《そうさくたい》がさがしまわっているところだよ。それに、その様子では、とても三十キロ歩けないだろう」父さんが言った。

母さんは毛布二枚《まい》とまくらを持ってきて、トビーにわたしている。

「あの干《ほ》し草置き場じゃ、あまりあたたかくないけれど、たぶん今安全なのはあそこだけ」

「干《ほ》し草置き場でだいじょうぶ。いいにおいだし、ハトも好きだ」とトビー。

「それから、これは朝食用のパンとチーズ。アナベルが学校へ行く前にコーヒーを持って行くから」

学校と聞いて、ぎょっとした。行かなくてはならないとわかっている。うちや農場に何かあったのかと人に気づかせてはならないのだ。何もかも、いつもどおりでなくては。

「おやすみなさい」わたしは、おじいちゃんのハンティングジャケットをトビーにわたしながら言った。

「もしだれかに見られたら、わたしが、納屋《なや》の壁《かべ》の修理にやとったことにしてくれ」と父さん。

そう聞けば、だれでも完璧《かんぺき》に納得《なっとく》する。

けれども、自分の部屋へ向かいながら、すべてのことをちょっとかんたんに考えすぎているような気がしてきた。

目を覚まし、寝《ね》すごしたことに気づいた。朝遅《おそ》い時間の明るさで、家は静まりかえっている。

あわてて台所へ下りていくと、おばあちゃんがバターナッツかぼちゃを半分に切《き》り、切《き》り口を下にして天板に並《なら》べている。

「何かあったの？」わたしは聞いた。

「べつに。セイラが、おまえをもっと寝《ね》かせてやろうって決めたんだよ」おばあちゃんがにっこりする。

おばあちゃんがどこまで知っていて、わたしからどこまで話してもいいのかわからなくて、おどおどしてしまう。真実は、あまりにもかたく秘密《ひみつ》と編み合わさっている。話せば、すぐ言いすぎになってしまいそうだ。それで、わたしはただすわってシリアルを食べ、一日のあれこれがくり広げられるのを待つことにした。

「やっと起きたのね」母さんが、卵《たまご》のかごを持って台所に入ってきて、エプロンをつけた。「スクランブルエッグ？　それとも目玉焼き？」

「もうシリアルを食べたよ」

「じゃあ、早く学校へ行くしたくをしなさい。母さんもすぐ上に行くから」言いながら、わたしにウィンクをした。

なぜウィンクしたのか不思議に思っているうちに、母さんがわたしの部屋にやってきて、ドアを閉《し》めた。

そして、おだやかに言った。「今朝は父さんがトビーの面倒《めんどう》をみたわ。朝食を届《とど》けに行ってくれた」わたしは着替《きが》えをつづけ、母さんはベッドのはしにすわる。「そのあと、父さんが言ったことがあるの。アナベル、ちょっとすわって」母さんはベッドの自分のとなりを、ぽんぽんとたたいた。

わたしがすわると、母さんは言葉を選ぼうと考えてから言った。「アナベル、父さんが思うに、トビーはたぶんちょっと……頭が混乱《こんらん》している」

「どういうこと？」

「わたしたちは、いつも、トビーは変だと思ってきた。アナベルだって、ぜったいそうでしょ。一日中あてもなく歩きまわり、どうしてもというとき以外話さないし、もっといいところに住めるだろうに、燻製《くんせい》小屋に住んでいる」

「でも、母さんはトビーが好きだと思ってた」

「ええ、ずっと好きよ。ひどいできごとをくぐりぬけてきたせいで、ああなってしまったにきまっているから、できることならいつでも助けるつもり。でもね、昨日の夜、トビーは、きれいな服を着て、髪《かみ》とひげを短くして、テーブルにつき、かたことでなく、ちゃんと文になった言葉で話していたでしょ。もう見た目は変じゃない。でも、トビーは変なのよ、アナベル。それを忘《わす》れてはだめ」

「今朝、納屋《なや》で何かあったの?」

母さんは首を横に振《ふ》った。「べつに。でも、父さんはしばらくトビーといっしょにいたあと、わたしに言ったのよ。それで、アナベルにもしっかり覚えていてほしいの。見た目で判断してはだめ。トビーの頭は混乱《こんらん》している。いくらトビーが好きでも、それを覚えていないといけない」

混乱《こんらん》とか見た目とか、この話に、わたしはまごついた。「わからないよ。母さんはいつだって、こわそうな見かけだからってだけで、トビーをこわがるものじゃないと言ってたよね。それなのに、今度はトビーをこわがれって言うの? トビーは井戸《いど》に下りてベティを救い出すことまでやりとげたんだよ。なのに、ただ見かけがよくなっただけで?」

母さんはわたしを見つめた。身動きひとつしない。「アナベル、こわがれとは言ってない」ひざの上の両手を見て、ため息をつく。「ただ、わたしたちがほんとうによくは知らない男の人、それも、だれが見ても変な男の人と、アナベルが二人だけでいっしょにいることを心配しているの。アナベル、トビーはとにかく変」

「でも——」

「トビーはいつも銃《じゅう》をしょっているでしょ?」

「うん、それで?」

「父さんがよく見てきたら、使えるものは一つだけだったたって。ほかの二つはこわれていて、ぜんぜん使い物にならない。それでもトビーは、すごく重いのに、何年も全部しょっている。頭が混乱《こんらん》している証拠《しょうこ》だと思わない？」

わたしは、トビーがわたしに話してくれた、恐《おそ》ろしい話のことを考えた。生まれたばかりの赤ちゃんの話も思い出した。

そして、母さんの顔を正面から見た。「頭が混乱《こんらん》している証拠《しょうこ》じゃなくて、何かわたしたちにはわからないことがある証拠《しょうこ》だと思う。トビーにはトビーの理由があるんだよ。だからってトビーが変だとは、ぜんぜん思わない。もしそれでトビーが変だっていうんなら、わたしも変だし、母さんも変」

わたしは立ち上がり、学校へ行くしたくを続けた。母さんはベッドにすわったまま、わたしを見ていたけれど、やがて、立ち上がり、何も言わずに部屋を出て行った。

その日、学校はいつもとちがっていた。理由は二つ。

まず、わたしが教室に入ると、みんなが立ち上がって拍手《はくしゅ》で迎《むか》えてくれた。弟たちでさえ、ちょっと恥《は》ずかしそうにしていたけれど、いっしょに手をたたきだした。今まで人に拍手《はくしゅ》をしてもらったことなんて一度もない。もっと早く、もっとうまくできたかもしれないことに、拍《はく》手《しゅ》をしてもらうのは、なんだか申しわけなかった。

それから、ベティも、そのうえアンディもいない学校はとても居ごこちがよく、二人が欠席で残念だとは思わなかった。けれども、ルースがいなくなったのはほんとうに悲しいし、小さい子たちの中には、母親が家から出さず、学校を休んだ子たちもいた。わたしほどトビーを知らない母親たちは、トビーが茂《しげ》みの中にかくれ、子どもを一番近くの井戸《いど》に投げこもうと待ちかまえているのではと心配したのだ。

それで、生徒は二十人ぐらいしか来ていなかった。テイラー先生は、生徒を順番に黒板の前に呼《よ》び、じゅうぶん時間を使って、計算や文法を教えることができた。

わたしは、算数の授業を受けていた最中に、次にするべきことがわかりはじめてきた。数字の理屈《りくつ》はわたしを落ちつかせ、つかれきった脳《のう》の歯車をどんどん動かしてくれる。

トビーの無実を証明することが問題なら、答えはアンディだ。

アンディはどれも知っている――だれが石を投げ、だれが針金《はりがね》を張り、なぜベティがカップ谷へ行ったのか――その全部を。

だけど、アンディに真実を話させることが問題なら、その答えはわからない。

それでも、わたしは覚えていた。ジョーダンの正体がトビーだという秘密《ひみつ》が、母さんにばれかけていると気づいたとき、わたしは、じつにかんたんに白状してしまったのだ。いったんびんからコルクの栓《せん》をぬくと、中身は流れ出てくる。

コルクの栓《せん》をぬくことが答えなら、まだアンディが白状していない真実をわたしたちがすでに知っているのだと、アンディにはっきり思わせる方法を考えればいい。

それからずっと、わたしは考えつづけた。そして、学校が終わるころ、やっと、ある方法が思い浮《う》かんでいた。

22

わたしは、取りかかる前に、思いついたばかりの方法をじっくり考えなくてはならなかった。この何日か、一つの問題から別の問題へとひっきりなしに動いてきた。フライパンで炒《い》っているカボチャの種みたいに動きつづけ、もう、うんざり。

ほんの数週間前までは、自分のくらしは大好きだったけれど、何か変わったことが起きないものかと願い、じれったくも感じていた。どこかで、わくわくすることが自分を待っているのではないかと。まだ切《き》っていないケーキのように。

でも、今したいのは、ほんの少しの間じっと考え、静かにしていることだけだ。

カメ石は、学校から遠くない。

鹿《しか》が通るオオカミ谷から出る小道は、いくつもの別の細道につながり、鹿《しか》が大好きなシダのベッドに続いている。

わたしは、その最初の道を進み、もうベティに待ちぶせされないことを、あらためてありがたく思った。そのことについて罪悪感を感じるべきなのかどうかはわからない。けれど、わたしは感じなかった。もっと急いでベティを見つけることはできたかもしれないけれど、わたしが井戸《いど》に落としたわけじゃない。全部ベティが自分でやったことだ。

まったく、わたし一人だった。弟たちはとっくに行ってしまった。鳥や小さな動物たちはあたりの景色にまぎれこみ、わたしが何をするつもりなのか見てやろうと待っている。

何をするつもりもなかった。

カメ石は、森が開けた原っぱの真ん中にあり、黄色いカエデの星の銀河に浮《う》かぶ大きな月のよう。赤みのある甲羅《こうら》のようなかたい石に、石英《せきえい》の筋《すじ》が何本も深くはっきりついていて、とても美しい。長年この地の謎《なぞ》だった――いったいどこから来たのか、なぜこのあたりにたった一つだけこんな石があるのか。

ベティのいろんな意地悪には、今までもずっと腹《はら》をたててきた。でも、そのとき、ベティが石につけた傷《きず》を見て、その傷《きず》がついた理由を思い出し、もっと怒《いか》りがこみあげてきた。片手《かたて》で石をなでてみる。もろくなっているところはないのだろうかと。けれども、石が身をもって教えてくれたのは、長い年月をへた不屈《ふくつ》の強さだった。原っぱを囲む木々も、静かにうなずいている。

わたしはいったい何様なのか？　わたしたちよりもずっと前にここへ来て、わたしたちが全員いなくなったあともここにいつづける石のことを心配するなんて。

わたしは、深刻《しんこく》な問題にどう取りくんだらいいのか、考えるために来た。とても重要なことだ。ところが、この石は、わたしに生まれて初めて気づかせてくれたのだ。わたしの人生なんて、いくら長生きしたところで、一瞬《いっしゅん》ちかっと見えるだけの輝《かがや》き。それ以上にはなれないと。いや、それにだってなれない。一瞬《いっしゅん》の輝《かがや》きにすら。ため息にすら。

森の中を通って帰りながら、そのあたりに落とし穴《あな》を掘《ほ》った人たちのことを考えた。もしかしたら、わたしよりちょっと年上くらいの男の子もいたかもしれない。

その落とし穴《あな》を想像してみた。落ちてしまったオオカミたちが、なんとか出ようと、うなり声をあげて鼻を鳴らしている。そして、やがて骨《ほね》だけが残される。まだ生まれる前のオオカミの赤《あか》ん坊《ぼう》と、そのバラの花びらのような耳。

そして、ベティのこと、ベティの「いなくなった」父親のこと、なぜベティがこんなにひどいことをトビーにするのかということを考えた。

トビーがわたしに語った恐《おそ》ろしい話。それから、トビーの傷《きず》のやわらかさ。

そのとき、わたしは心を決めた。どれだけいっしょうけんめいわかろうとしたところで、けっしてわからないことがあると、思うことにしたのだ。わかろうとがんばってはみるけれど。

そして、わたしが言うべきことを言っても、わたしの小さな声などけっして聞こうとしない人たちもいる。

けれども、いきなり、もっとすばらしい考えが浮《う》かび、その日ずっと夢中になってしまった。わたしの人生が、終わりのない交響曲《こうきょうきょく》の中のたった一つの音符《おんぷ》にすぎないのなら、それをできるだけ長く大きく鳴らさない理由なんて、どこにあるのか？

家に帰ると、母さんとおばあちゃんが、ひざの上をつくろい物だらけにして、居間にすわっていた。

わたしは、ただいまと言ってから聞いた。「ヘンリーとジェイムズは？」

「ジョーダンといっしょに納屋《なや》の干《ほ》し草のところ」母さんが、わたしを見ながら言った。開いた口がふさがらなかった。「だれと……」

「ジョーダンだよ。しばらく残って、父さんが納屋《なや》の修理をするのを手伝ってくれるんだそうだ。なんて親切《しんせつ》な人なんだろうね」おばあちゃんが、つくろい物から目を離《はな》さずに答えた。

「わたしも手伝いに行っていい？」

「少しならね。戻《もど》るときには弟たちを連れてくるのよ」母さんが言った。

「ジョーダンにお昼を食べさせてあげたの？」

母さんは顔をあげて、にこっとした。「ううん。今日はずっと干《ほ》し草置き場で手伝ってほしいと父さんがたのんだのだけど、お昼に呼《よ》ばなかったわ」

おばあちゃんが、くすくす笑った。

「ただ聞いてみただけだよ」とわたし。

「母さんも、ただ言ってるだけよ。ほら、夕食の手伝いに戻《もど》ってこられるように、とっと行きなさい」と母さん。


金づちの音と弟たちの大声を追うように、わたしは納屋《なや》へ向かった。父さんとトビーは、脱《だっ》穀場《こくじょう》へ入る二階の大きなドアのところにいて、すき間だらけの壁《かべ》の修理をしていた。

わたしは、自分ぬきで、すべてがうまくかんたんに進んでいるのを見て、なんだかねたましく思ってしまう。

「何をしていたんだ？　ヘンリーもジェイムズも三十分以上ここにいるぞ」父さんが言った。

「ちょっとカメ石のところへ行ってきたの」

父さんとトビーがそろってわたしを見た。草を食べているときにじゃまをされた馬みたい。

「あそこはすごく静か」どうやら、わたしのその言葉だけでじゅうぶんのようだった。

振《ふ》り向いて、肩越《かたご》しに弟たちを見ると、タカにねらわれてさわいでいるカラスよりも大さわぎ。「干《ほ》し草置き場にあった物をかくしたの？」

父さんがうなずいた。「髪《かみ》の毛は森にうめた。銃《じゅう》はトビーのコートにくるんで、干《ほ》し草の下につっこんである。毛布なんかもだ。カメラはトビーの帽子《ぼうし》に入れて、干《ほ》し草の山の後ろ。それから、あの二人には、干《ほ》し草置き場へ行くなと言っておいた」

父さんは、とんでもなく危険《きけん》なことを言ってしまったのではないだろうか。何かをするな、とあの子たちに言うのは、犬にステーキを与《あた》えて、食べるなと言うようなもの。

「わたしに考えがあるの」

わたしのこれだけの言葉に、大の男が二人もそろって金づちを下に置いたのだから、びっくりだ。

「外に出よう」父さんが言い、トビーとわたしは父さんのあとから大きなドアを出た。「どんな考えだ？」

わたしは一瞬《いっしゅん》、思い返した。学校で糸をたどるように考えつづけたこと。そして、その糸でわたしにできる、つくろい物をしようと、カメ石で決めたこと。

「トビーが無実だと、アンディに白状させる方法がわかったの」わたしは言った。

二人は待っている。

「アンディとベティは、あの日、丘《おか》の上で、自分たちより上にいるトビーを見た。トビーが上でカメラを持っているのを見たんだよね」

「だから？」

「だから、ベティが石を投げるところの写真を撮《と》ったって、アンディに言えばいいだけ」

トビーは首を横に振《ふ》った。「でも、撮《と》らなかった。あっという間のことで、二人はすぐ茂《しげ》みにもぐってしまった。撮《と》れたのは、下の道路とアナベルとけがをしたルースだけ」

父さんが言った。「わかっているよ、トビー。わたしたちもその写真を見たんだ。あの写真のせいで、トビーが犯人のように思われてしまった。でも、アンディはそれを知らない。知っているのは、ただトビーがカメラを持って上にいたってことだけだ。わたしたちはアンディに、写真が現像されてきて、その中の一枚《まい》に石を投げているベティが写っていたと告げるだけでいい。一番大きな嘘《うそ》がばれてしまったら、アンディは、残りのことで嘘《うそ》をつきとおしても意味がない」

「そうしたら、トビーがベティを井戸《いど》に落とす理由もなくなるでしょ」わたしはトビーに言った。

それから、父さんに向かって言う。「できるだけすぐに、アンディと話しに行かなくちゃ。保安官をいっしょに連れて行って、何が起きたのか自分の耳で聞いてもらうの」

ところが、ちょうどそのとき、この練りに練った作戦を、弟たちがバラバラにまきちらしてしまった。まるで鳥のえさをまくように。

二人が先を争うように納屋《なや》からわたしたちのほうへ走りだしてきたので、わたしたちはそろって振《ふ》り返った。

「見て！　見つけたんだ！」二人が叫《さけ》んだ。

ジェイムズが、つかんでいる黒い帽子《ぼうし》を高くかかげた。

ヘンリーはカメラ。

わたしたちは、言葉も出ないまま二人を見つめた。

ヘンリーが言った。「トビーがうちの納屋《なや》にいたんだ。まだこのへんにかくれているかも」

突然《とつぜん》、声を小さくした。「もしかしたら、まだ納屋《なや》のどこかにいるのかも。父さん、まだ納屋《なや》の中にいると思う？」

いったい、なんと答えたらいいのか？

目の前にトビーが立っているとは教えられない。弟たちは、すごく口が軽いのだ。

それに、見つけた物のことをだれにも話すなとも言えなかった。犯人さがしが進められている最中に、こういう情報を警察《けいさつ》に伝えないなんて、二人にはとんでもないことだろう。トビーのことが好きでもきらいでも。

「どこで見つけたんだ？」父さんが聞いた。

「干《ほ》し草置き場。干《ほ》し草の後ろだよ」ジェイムズが、その場でおどりながら言った。

「なんでトビーは、帽子《ぼうし》とカメラをうちの干《ほ》し草置き場に置いて行ったんだろう？　ぜんぜんわからないよ。まだこのあたりにいるんなら別だけど」ヘンリーが言った。

「それは保安官に考えてもらうことにしよう。さあ、もう家に戻《もど》って手を洗うんだ」父さんはヘンリーの手からカメラをつかみ取った。

「でも――」

父さんはジェイムズからも帽子《ぼうし》を取りあげた。「とっとと行きなさい。わたしたちもすぐ行くから」

ジェイムズがいやそうな顔をした。「なんでお姉ちゃんは行かなくていいの？」

「すぐあとから行く。さあ、行くんだ」

二人は、ばたばた勢いよく小道を家に向かっていく。トビーが手袋《てぶくろ》をはずして、傷《きず》のある手をこすった。

「まずいことになった」と父さん。

「出て行かなくては」とトビー。

「アンディの家に急いで行かなくちゃ」わたしは言った。

「アナベル、もう、思っていたようにはいかない、めちゃくちゃな状況《じょうきょう》だ。保安官に全部話して、アンディのこともまかせるべきだ」父さんが言った。

「もし、それでうまくいかなかったら？」

三人とも一瞬《いっしゅん》考えた。

「トビー、とにかくやってみるから、その間かくれていてくれ。もしアンディが白状しなかったら、すぐ出て行くんだ」父さんが言った。

「そんな、犯人さがしをやっているところへ、飛びこんで行くの？」

トビーは肩《かた》をすくめる。「そっと行くさ」

「今はまだどこへも行くんじゃない」父さんが言った。

「アンディと話したってなんの損もないでしょ？　今すぐ行こうよ。ルースがけがしたときのアンディとベティの写真があると言って、アンディが何を言うか、試さなくちゃ」

「アンディが白状しなかったら、あなたたちが面倒《めんどう》な目にあうことになる。アンディにほんとうのことを言わせるために、嘘《うそ》をつくことになる。ほかの人たちは不思議に思うだろう」

「思わせておけばいい。今までずっとトビーをかばってきたんだ。まだ助けようとしていると思われたところで、どうってことはない」

「そう言われると聞きたくなるんだが、いったいなぜ、ずっとぼくをかばってくれるんだ？」

トビーがゆっくり言った。

父さんは驚《おどろ》いて、ぐっと頭を上げた。「君が、何も悪いことをしていないからだ」

トビーはしばらく、傷《きず》をこすりながら考えこんでいた。トビーのあの話が、ふたにぶつかって押《お》し開けようとする音が聞こえてくる。

とうとうトビーは背筋《せすじ》をのばし、父さんの手から帽子《ぼうし》をつかんだ。どうなるのか、もうわかっている。

「こんなにしてくれて、ありがとう」トビーは、とりわけわたしに言っていた。わたしの目を避《さ》けていたけれど。「でも、ぼくは、もうこんなゲームをやりたくない」

トビーは帽子《ぼうし》をかぶった。

たちまち、ジョーダンが消える。

「これからどうするの?」わたしはトビーを追って納屋《なや》に入った。

けれども、トビーはわたしに答えない。父さんにも答えない。父さんが、事態をおちつかせるまで出て行かないでくれとたのんだのに。わたしたちの言葉など聞こえないように、干《ほ》し草置き場へはしごをのぼっていく。

「トビーってすごい頑固《がんこ》で、うちの家族みたいだね」わたしは言った。

「母さんの血筋《ちすじ》だ」と父さん。

トビーは、ふたたび自分の黒く長いコートを着て、銃《じゅう》をななめに背中《せなか》にかけ、わたしたちのところへ下りてきた。

「トビー、こんなふうに出て行っちゃだめ。ゲームじゃないんだよ」

トビーはほんの少しだけ立ち止まり、おじいちゃんのハンティングジャケットをわたしに返し、手袋《てぶくろ》をはずして父さんにわたした。

「ほんとうに出て行くの？　いきなり？」

それでもトビーは答えなかった。

こんなにいろいろとがんばってきたのに。なかなか信じられない。でも、ほんとうにトビーは出て行くつもりなのだ。

「君のカメラだ」父さんがトビーにカメラを差し出したのだけど、トビーは手を振《ふ》ってことわった。今まで見たことがないほど真っ青なトビーの顔。

そして、トビーはくるりと向きを変え、納屋《なや》を出て行った。裏《うら》の牧場を横ぎり、森の中へ消えていく。

23

この物語は、そこで終わったのかもしれなかった。

ところが、リリーおばさんがそうはさせてくれなかった。郵便局《ゆうびんきょく》から帰って、弟たちが干《ほ》し草置き場で見つけた物のことを聞くと、すごい勢いでさわぎだした。「兄さん、どうして警察《けいさつ》か、少なくとも保安官に連絡《れんらく》しないのよ？　あのおかしな男はまだこのあたりにいるかもしれない。つかまるまで、眠《ねむ》れないじゃないの」

父さんは何もしないでコンロのそばのいすにすわり、おばあちゃんとわたしはテーブルに食器を並《なら》べていた。

「リリー、トビーは、わたしたちが見つけるようにとカメラを置いて行ったんだ。うちのカメラだから。トビーはとっくに遠くへ行ってるさ」

「じゃあ、帽子《ぼうし》は？」

父さんは答えられない。

「干《ほ》し草置き場は、ちゃんとあちこち見て点検したの?」

父さんは首を横に振《ふ》った。

「兄さん! トビーは、まだ干《ほ》し草置き場にかくれているかもしれないでしょ。じゃなかったら、今日あの子たちが上がったあと、出て行ったばかりかもしれない」

あまり関わらないようにしてきたおばあちゃんまで、ついに口を出した。「ジョン、わたしたちはずっとトビーが好きだけど、リリーが言うのも、もっともじゃないかね」

「ありがとう、母さん。きっと義姉さんも同じように思ってるはずよ」おばさんが言った。

母さんは、コンロのところで忙《いそが》しくしていて、何も言わない。

おばさんは父さんを見つめて待っているのだけど、父さんはいすにすわったまま考えている。

「そう。兄さんがしないのなら、わたしがする」とうとうおばさんが言った。

わたしが止めようとすると、父さんが手をかかげた。「ほっとくんだ、アナベル」

電話のある部屋からおばさんの声が聞こえてきた。グリブルさんに電話をつなげてもらい、ピッツバーグの州警察《しゅうけいさつ》の人と話し、すぐ来てくれとたのんでいる。そして、警察犬《けいさつけん》を連れてくるようにと。

トビーをさがすために警察犬《けいさつけん》だなんて、考えもしなかった。ベティを見つけるのに使うだけだと思っていた。

父さんとわたしの目が合った。父さんも気づいたのだ。そこらじゅうに、トビーのいた跡《あと》が残っている。カップ谷の井戸《いど》のまわりだけじゃない。うちの納屋《なや》だけじゃない。トラックの中にも、そしてまっすぐ台所へ、すぐそこのいすにまで。

おばさんは電話を終えて戻《もど》ってきた。「コールマン州警察官《しゅうけいさつかん》が今夜来るそうよ。ここへ来て必要と判断したら、朝にはもっと人を呼《よ》ぶ」それで満足したようだ。

「じゃあ、その人たちの食事は、リリーが作ってちょうだい。そのあとのかたづけも」母さんがぴしゃっと言った。

「自分の仕事がなかったら喜んでするところよ。義姉さん、子どもたちの安全を一番心配するのは義姉さんじゃないかしら。ここのだれよりも心配しているはず」リリーおばさんは席につきながら言った。

母さんがオーブンから肉を取り出して、コンロの上にどすんと、ものすごい勢いで置いた。

「とっても心配している。心配してないなんて、ぜったい思わないでちょうだい」

夕食の時間はぴりぴりしたものになりそうだ。すぐ警察《けいさつ》が来るという話をしていたら、弟たちが現れた。

「トビーは殺されちゃうの?」ジェイムズが心配しているようなので、わたしはありがたく思った。

「ちょっと、おだまり。殺すなんて言ってないでしょ」リリーおばさんは、いらだたしげに片《かた》手《て》を左右に振《ふ》った。

「言ってはいないかも。でも、銃《じゅう》を持った人たちが、銃《じゅう》を持った人を追いかけたら、どうなると思うの？」母さんが言った。

おばさんは、声をはりあげた。「トビーをつかまえるんでしょ！　まったくもう、ドイツじゃないんだから、どうしてもじゃないかぎり、銃《じゅう》で人を撃《う》ちやしないわよ」

おじいちゃんが、家の前のポーチから入ってきた。夕方よくそこにすわり、日がくれるのを見ているのだ。「ドイツだの、人を撃《う》つだの、いったいなんの騒《さわ》ぎなんだ？」テーブルの上座《かみざ》につきながら聞いた。

「なんでもないの、父さん。くだらないことだから。コールマン州警察官《しゅうけいさつかん》が来て、トビーがこのへんにかくれていないかどうか確かめるんですって。それだけ」おばさんが言った。

「この子たちが納屋《なや》で帽子《ぼうし》を見つけたからかい？」

おばさんがうなずく。

「そこまでするようなことには思えんな。だが、片目《かため》が見えなくなったのも、井戸《いど》に落ちたのも、わしじゃない」

「こんなのおかしいよ」わたしはぼそっと言った。でも、もう何も言えないとわかっている。

「ジョーダンがここに残って、納屋《なや》の修理を手伝ったそうね。でも、夕食までいなかったの？」

おばさんの声は、なんだかおかしな音楽っぽい。

それを、わたしたちがすっかり忘《わす》れていたなんて、びっくりだ。ほんの少しの間とはいえ、ジョーダンという人がいたということを。

「帰らなくてはならないそうで、おまえによろしくと言っていたよ」と父さん。

リリーおばさんは、若《わか》い女の子のように、にこっとした。

「とてもいい人そうだったわね」

「とてもいい人だよ」わたしの声は、ちょっと大きすぎた。

みんなわたしを見ている。

「なに？　とてもいい人だったでしょ」わたしは、袖《そで》口のとれそうなボタンを、しきりにさわった。

「帽子《ぼうし》はどこにあるの？」おばさんが聞いた。

沈黙《ちんもく》。

「なんの帽子《ぼうし》？」父さんののどぼとけが、ごくりと動いた。

おばさんの目が、父さんからわたしへ、そして弟たちに向けられる。

ヘンリーが肩《かた》をすくめた。「ジェイムズが父さんにわたしたよ」

「ああ、あの帽子《ぼうし》か。納屋《なや》に置いてきたよ。あんまりきれいじゃなかったから」

「そりゃそうでしょうよ」とおばさん。

「もういいでしょ。夕食の時間よ。トビー、帽子《ぼうし》、警察《けいさつ》、警察犬《けいさつけん》だのって、そんなのは、もう一言も聞きたくありません。わかった？」母さんが言った。

わたしたちはよくわかった。

みんなテーブルにつく。

リリーおばさんがお祈《いの》りをした。

とてもおいしく食べたのだけど、だからといって、ぽっかり空いた穴《あな》をうめられるものではない。

「ベティはどうしているの？」おばさんが聞いた。

母さんが答える。「まだあまり話せないそうよ。壊疽《えそ》は、足の指を失うほどではないけど、いろいろかなりひどいみたい。肩《かた》の感染症《かんせんしょう》もよくならなくて、それどころか悪くなっているかもしれないらしいの。熱もかなり高いから、入院したままだわ」うちの家族がけがや病気をすると、面倒《めんどう》をみてくれるのは、いつも母さんだ。今までたくさんやってきたから、きっとたいして動じていないのだろう。でも、わたしはフォークを置かなくてはならなかった。

「もっと早くに見つけてあげていたら」わたしは言った。

母さんは、わたしがベティのことをどう思っているのかわかっている。「アナベルは、ほんとうにやさしい女の子ね」

「ぼくは？」ジェイムズが言った。

「おまえも、ほんとうにやさしい女の子だ」と父さん。

「もう、父さんってば」ジェイムズが顔をしかめている。

わたしもヘンリーのように笑うべきだったのに、笑えなかった。

食事がすみ、皿洗いも終わると、わたしは外に出て、ポーチの明かりに照らされている裏口《うらぐち》の階段《かいだん》にすわった。この季節だと、蚊《か》におそわれることもないし、蚊《か》をおそうコウモリもいない。あわてて中へ入る必要など何もない。コールマン州警察官《しゅうけいさつかん》が戻《もど》ってくることが不安なだけ。会いたくない。

トビーやベティのことなんかを、警察官《けいさつかん》に話したくない。

父さんと母さんが台所のテーブルのところにすわり、警察官《けいさつかん》に嘘《うそ》をつかなくてはならないなんて、考えただけでもたまらない。

それに、納屋《なや》の中をさがされるのはぜったいにいや。

そう考えていたら、納屋《なや》から持ち出した物が、一つ一つ頭に浮《う》かんできた。

まだ干《ほ》し草置き場に置きっぱなしの物があったかどうか。

指を一本ずつ折って考える。

びん、毛布、母さんのはさみ、タオル、石けん、そういう物は父さんがかたづけてくれた。

トビーの古い服はドラム缶《かん》の焼却炉《しょうきゃくろ》の中で、一か月間たまった灰《はい》の下にかくした。

トビーはわたしたちにカメラを置いて行った。

おじいちゃんのジャケットと手袋《てぶくろ》も返してもらった。

銃《じゅう》は全部持って行った。

けれども、わたしは何かを忘《わす》れている。スプーン？ ジャムのびん？

やっと思い出した。

『宝島《たからじま》』がまだ納屋《なや》に置きっぱなし。

もし見つけられたら、わたしが干《ほ》し草置き場で読んでいたと言えばいい。とはいえ、まったく見つけられないに越《こ》したことはない。


手さげランプや懐中《かいちゅう》電灯がなくても、道はじゅうぶんよくわかる。それに、暗い中を走りまわるのも、けっこうじょうずになっていた。それで、まったくためらわずに飛び出していた。

薪小屋《まきごや》の犬たちは、わたしに向かってうなり声をたてたけれど、わざわざ寝床《ねどこ》から出ようとはしない。メンドリたちが巣の中でぐっすり眠《ねむ》っているそばを、急いで通りすぎた。暗闇《くらやみ》の中で、ぱらりと木の葉が落ちたけれど、わたしは、もう、ちっともびくつかない。月が出ていなくても、足どりが遅《おそ》くなることはない。

「こんばんは、ビル。こんばんは、ダイナ」家畜《かちく》用の大きな出入り口から、そっと納屋《なや》に入った。モーと小さな声をかけながら通りすぎる。牛たちが、わたしだとわかるように。そして、脱《だっ》穀場《こくじょう》の階へと階段《かいだん》をかけあがる。

そして、足を止めた。

耳をすませると、いつのまにか口まで開いてしまう。

なんだろう。

古い納屋《なや》なら当たり前の、きしむ音。

それだけじゃない。

どこか近くのこぼれ落ちた干《ほ》し草の中から、ネズミの鳴き声が聞こえた。

「だれ？」ささやき声で聞いてみる。

干《ほ》し草が一本、上から、はらりと落ちてきた。

干《ほ》し草置き場に、だれかの姿《すがた》。

「トビー？　そうなの？」

そうであるようにと思った。そうでないようにと思った。でもとにかく、トビーがわたしの名を呼《よ》んだとき、ただただほっとした。

「いったい、トビーったら、こんなところで何やってるのよ？」大あわてではしごをのぼり、トビーを干《ほ》し草置き場の奥《おく》へ連れて行く。「びっくりして、息が止まるかと思ったよ。ずっとここにいるの？　やっぱり、ここでくらすことにしたの？」

自分のコートと帽子《ぼうし》を身につけたトビーは、また以前のように見える。

「ちがう。ちょっと戻《もど》ってきただけだ」

「ちょっとだけ？」面食らったのと、がっかりしたのと半々で、このところそんなふうに思うことばかり。戻《もど》ってきたのに、なぜまた出て行くのだろう？「何か忘《わす》れたの？」

「そうだ」トビーがうなずいて答えた。

「何？　ナイフ？」トビーが井戸《いど》に下りる前、預かっていてほしいと父さんにわたしていたのを思い出したのだ。

「いや、ナイフは持っている」

「カメラがほしいの？　あれはトビーのだよ。すぐ取ってきてあげる。州警察《しゅうけいさつ》が到着《とうちゃく》する前に」

それを聞いて、トビーは背筋《せすじ》を伸《の》ばした。「君たちが警察《けいさつ》を呼《よ》んだ？」

「そんなわけないでしょ。わたしたちがそんなことすると思う？」傷《きず》つけられたことが、自分の声に出ている。

トビーは首を横に振《ふ》った。

「リリーおばさんが呼《よ》んだの。弟たちが、納屋《なや》で見つけた物のことをベラベラしゃべってしまったから」

トビーは干《ほ》し草の上にすわって帽子《ぼうし》をぬいだ。

「それで、警察《けいさつ》の人たちが来る」質問ではなかった。

「この前来た警察官《けいさつかん》だけだよ。でも、トビー、またジョーダンに戻《もど》るか、このあたりから出て行くかしないとだめ。納屋《なや》を調べてから、明日、大がかりな捜索《そうさく》をするかどうか決めるんだって。もっと人を呼《よ》ぶか、警察犬《けいさつけん》を呼《よ》ぶか」

トビーは傷《きず》のある手をこする。「警察犬《けいさつけん》も」首をほぐすようにまわしている。

わたしはため息をついた。「警察犬《けいさつけん》にはわかっちゃうよ。どの名前になってても」

「ああ、わかる。水の中でも跡《あと》を追える。洪水《こうずい》でもだ。かついで運ばれた人だって追いかけられる」

「知らなかったよ。そんなのできなければいいのに。どうせわたしにはトビーをかつげないけど。でも、捜索《そうさく》の人たちが来ることになったら、着くのは明日の朝だから、まだここから出て行く時間があるよ。遠くまで車に乗せてくれる人を見つけて。わたしは、またおじいちゃんの上着を持ってくるから。あと手袋《てぶくろ》も。きっと、だれかが車に乗せてくれるはずだよ」

トビーが両手をかかげた。「アナベル、だまって」

わたしはだまった。

トビーは手を自分のひざにのせた。

まだ、わたしが聞いたことに答えてもらっていない。

「ナイフじゃなければ、何を取りに戻《もど》ったの？」

暗い中で、もっとよく顔が見えたらいいのにと思う。

「ここを出たとき、まっすぐ西へ向かうつもりだった。それで、三キロほど行ったんだ。でも、とにかく、あまりにも突然《とつぜん》であわただしかった」

トビーは頭をそらして、つばを飲んだ。「それで、残してきた物のことばかり、ずっと考えてしまい、結局まわれ右をして燻製《くんせい》小屋に戻《もど》ったんだ。写真を取りに。でも、写真を選ぶのも、壁《かべ》からはがすのも、むずかしかった」いきなりだまり、ひたいに手の甲《こう》を走らせた。

「それから、ここへ、さよならを言いに戻《もど》ったんだ、アナベル。あんなふうに出て行ったのは、とても失礼だった」

きちんとさよならを言うために、わざわざ戻《もど》ってきてくれたのはうれしかった。けれど、失礼だなんて思われたのはいやだった。

「しなくちゃいけないなんて、思わないでいいのに」わたしは足元を見ながら言った。

トビーは、また片手《かたて》をかかげた。「そうじゃない。そういうふうには思わない」そして、ため息をついた。立ち上がり、帽子《ぼうし》をかぶり、肩《かた》にかけた銃《じゅう》をぐっと引き上げる。「ぼくは、アナベルみたいな娘《むすめ》がほしかったよ」

トビーが片手《かたて》を差し出し、わたしはその手を握《にぎ》った。なんだか契約《けいやく》でも結んだみたい。

それから、トビーははしごを下り、脱穀場《だっこくじょう》を横ぎり、開けっ放しの大きなドアから外に出て行った。

わたしは、二つのことに気づいて、はっとした。干《ほ》し草置き場に立ちつくし、そもそもなぜそこへ来たのか思い出そうとしていたときだ。

まず、結局トビーはさよならを言わなかったし、わたしも言わなかった。

それから、トビーは、二丁しか銃《じゅう》を背負《せお》っていなかった。

三丁全部背負《せお》っていないところは、それまで見たことがなかった。

父さんが言っていたことを思い出した。三丁の銃《じゅう》のうち、使えるものは一丁だけ。ほかの二丁は、ずっと長いこと、こわれたまま。

なぜ、すごく重いのに、そんな銃《じゅう》を何年も、何年も、背負《せお》い続けているのか、トビーは何も言わなかった。

でも、わたしにはわかっていた。重いから、トビーは全部背負《せお》っていたんだ。ただ、なぜ突然《とつぜん》、その荷を軽くしたのかはわからない。

『宝島《たからじま》』の本は、干《ほ》し草の裏《うら》ですぐ見つかった。

わたしは、ほんの少しそこにいて、息が元に戻《もど》るまで泣いていた。そして、干《ほ》し草を外に下ろすときに使う大きな開き戸をもっと開け、牧場に向かって身を乗り出した。たいして遠くまで見えなかったけれど、トビーの姿《すがた》は牧場の草より黒っぽい。森へ入っていくところも見えたと思うのだけど、もしかしたら、見えていなかったのかもしれない。どっちにしろ、もう行ってしまった。二度と会うことはないだろう。

わたしは開き戸を閉《し》め、本をわきにはさんだ。干《ほ》し草置き場から下り、納屋《なや》から出て、家へ向かった。

24

「あれっ？　それ、ぼくの『宝島《たからじま》』」わたしがマッドルームのドアから家に入ると、ヘンリーが物音を聞いてやってきて、わたしの手にある本を見た。

「うん、そう」わたしはヘンリーに手わたした。

ヘンリーは本の表と裏《うら》を見る。「本を持って何してたの？　外？　暗いのに？」

わたしはブーツをぬぎながら答えた。「犬たちに読んであげてたの。あの子たち、特に、黒犬《ブラック・ドッグ》って男がボーンズ船長をさがしにきたところが、気に入ったみたい」

「まったく、お姉ちゃんったら、つまんないこと言って」

ジェイムズもマッドルームをのぞきにやってきた。

「あっ、それ、ぼくの『宝島《たからじま》』」ジェイムズが言ったとたん、その古い本をめぐって、二人は取っ組み合いをはじめた。

「お似合いの二人組だね」わたしは二人のわきを通りぬける。そのとき、本のページの間から何かがひらりとわたしの足元に落ち、わたしは立ち止まった。

「何？」ジェイムズが聞いた。

「犬からの手紙。早く寝《ね》ろって書いてある」わたしはその紙をポケットにすべりこませた。

「またもう、お姉ちゃんったら」とヘンリー。

「お姉ちゃんこそ早く寝《ね》なよ」とジェイムズ。

「うん、そうする」とわたし。

バスルームで歯をみがいて顔を洗ったあと、ちょっと鏡を見た。自分がふだんと同じに見えることに、驚《おどろ》いてしまう。

「おやすみなさい」父さん、母さん、おじいちゃん、おばあちゃん、それからリリーおばさんにも声をかけた。

自分の部屋なら安全だと、わたしは、あの本から落ちた写真をポケットから取り出し、ベッドのわきのランプの光でよく見てみる。

手荒《てあら》に扱《あつか》われたのと、影《かげ》のせいで、まだら模様《もよう》の写真だったけれど、太陽の光がさす釣《つ》り場の写真だとわかった。橋の上から見下ろしているように見える。

はじめは、よくわからなかった。なぜトビーがそんな流れのない水の写真を撮《と》ったのか、なぜその写真をわたしに残したのか。

けれども、テーブルの上でしわをのばし、ランプの光が当たるようにかたむけてみたら、その水にぼんやり写っているものが見えてきた。橋の上にいるカメラを持った男。

自分を撮《と》った写真。トビーが自分自身に、撮《と》ってもよいと許せる範囲《はんい》。確かにトビーの姿《すがた》なのだけれど、じかではなく、水によって変わっている。

写真の裏《うら》には、燻製《くんせい》小屋の壁《かべ》からはがした跡《あと》しかない。ペンがあったなら、何か書いたのかもしれない。


わたしは写真をマットレスの下につっこんだ。うちの前の砂利道《じゃりみち》に車が入ってくる音が聞こえたのだ。ばたんと車のドアが閉《し》まる。そしてすぐ、だれかがうちのドアをたたいた。

コールマン州警察官《しゅうけいさつかん》が来たのだ。

どっとみんながマッドルームのドアに押《お》しよせ、家がゆれた。大きな体の州警察官《しゅうけいさつかん》が入ってくる。弟たちは興奮《こうふん》して、自分たちがトビーに何も悪いことをされていないということを、騒《さわ》ぎの中で、すっかり忘《わす》れ去っている。

早く思い出してほしい。

わたしの部屋の窓《まど》は納屋《なや》のほうに向いていない。だから、州警察官《しゅうけいさつかん》が懐中電灯《かいちゅうでんとう》の光をたよりに納屋《なや》のほうへ行くのを見たくてたまらない、ということにはならないですんだ。きっと父さんも州警察官《しゅうけいさつかん》といっしょ。

だいぶ長い間眠《ねむ》れなかったのに、わたしが起きている間に二人は戻《もど》ってこなかった。

あまりにも長い間深く眠《ねむ》ってしまったせいで、次の朝、母さんに起こされたとき、自分がだれなのかはっきりしないほどだった。なんの夢を見ていたのか、すっかり現実のくらしから連れ出されてしまい、戻《もど》ってくるのにだいぶかかってしまった。

「ずいぶんつかれていたのね」目ざめると、母さんが言った。

「そうみたい」わたしは声をあげてあくびをしながら、大きなのびをした。「今日は学校に行かなきゃだめ？」

母さんは、片方《かたほう》だけの靴下《くつした》を床《ゆか》からひろい、わたしの洗濯《せんたく》かごに放り入れた。「学校に戻《もど》るのが楽しみなのかと思ってた」

「うん、この騒《さわ》ぎがすっかりすんじゃったら」

「もうすんだの。アナベルにとっては。ここから先は、アナベルが関わるべきことじゃない」

いやな言われようだ。

母さんはベッドのはしにすわった。

「何が起きてるの？」わたしは聞いた。

「コールマン州警察官《しゅうけいさつかん》が納屋《なや》を調べたの。何も見つからなかった」

「当たり前だよ。トビーはとっくに出て行ったんだから」トビーが戻《もど》ってきたことは話さなかったし、いつか話すかどうかもわからなかった。写真の上に寝《ね》ているなんて、なんだかちょっと童話の『エンドウ豆の上に寝《ね》たお姫《ひめ》さま』のような気分。

「そうね。でも、それからコールマン州警察官《しゅうけいさつかん》は、もう一度よく調べに燻製《くんせい》小屋へ行って、そこで見つけたの」

トビーが写真を取りに戻《もど》ったことを思い出した。

「トビーは、銃《じゅう》を一つ残していった。ベティが行方不明になって、初めてコールマン州警察官《しゅうけいさつかん》が行ったときには、ぜったいになかったそうよ」

わたしはベッドの上で体を起こした。

「でも、ほんとうに奇妙《きみょう》なのはここから。残されていたのは使える銃《じゅう》で、弾《たま》も入ったまま。トビーが持っているたった一つの、使える銃《じゅう》なのよ。トビーは、残りの二つ、こわれている銃《じゅう》だけ持って行き、使える銃《じゅう》を置いていった。まったくわけがわからない」

警察《けいさつ》に追いつめられたときに銃《じゅう》を撃《う》ってしまうことを恐《おそ》れたのだろうか。それとも、ただ荷を少し軽くしたかったのだろうか。

二つとも正しくないと思ったのだけど、三つ目を思いつけない。

母さんは、さぐるようにわたしを見つめている。

わたしは寝《ね》ぼけ眼をこすった。「ほかにも何か置いていったの?」

「何も。でも、持っていった物があるの。壁《かべ》から写真を持っていった」

「それはわかるよね」

母さんは毛布のはしがチクチクするみたい。「それから、いつかはともかくとして、トビーがうちの納屋《なや》に来たことを警察《けいさつ》は知っている。カメラと帽子《ぼうし》があったせいなのだけど、それがもう一つの問題になってしまったの。昨日の夜さがしまわっても、帽子《ぼうし》がないんだもの。もうめちゃくちゃよ、アナベル。何を知っているることにして、何を知らないふりしたらいいのか、覚えているのがどんどんむずかしくなってくる」母さんは両手で自分の髪《かみ》をすいた。

「昨日の夜、コールマン州警察官《しゅうけいさつかん》が戻《もど》ってくる前に、なんでわたしが寝《ね》ちゃったのかわかるでしょ?」

母さんがうなずく。「父さんが気の毒だった。納屋《なや》へ行って、置いたところに帽子《ぼうし》がないのに驚《おどろ》いたふりをしないとならなかったのよ。とにかくそういうわけで、コールマン州警察官《しゅうけいさつかん》は、ぜったいトビーがまだこの近くにいると考えている。それに、かなり頭が混乱《こんらん》していて、危険《きけん》だと」

「そんなことないって、わかってるでしょ」

「わたしたちはね。だからこそ、父さんはコールマン州警察官《しゅうけいさつかん》に教えたの。トビーが持っているほうの二丁の銃《じゅう》はこわれているから、トビーが銃《じゅう》を持っているとみなさないようにって」

「トビーを撃《う》たないようにだね。もうずっと遠くに行っているといいんだけど」わたしは、またベッドに横たわった。

「母さんもそう思ってる。でも、警察犬《けいさつけん》も来るのよ」それ以上の説明はいらない。警察犬《けいさつけん》がリードをぴんと引っぱり、けんめいに吠《ほ》えつづけて、森の中で訓練士を引っぱって行くのが目に見えるようだ。

「母さんの言うとおり。学校に行きたい」

母さんがため息をつく。「アナベル、行けたらよかったのだけど、コールマン州警察官《しゅうけいさつかん》は、トビーが見つかるまで、みんな鍵《かぎ》をかけて家から出ないようにと指示を出したの」

「えっ？」わたしは、また体を起こした。

「警察《けいさつ》は、トビーや予想外のことで、だれかにけがをさせたくないのよ。それから、トビーがどこにもかくれられないようにするため」

「ニワトリ小屋や採油ポンプの小屋まで全部、鍵《かぎ》をかけられないよね？」

「そうね。でも、警察《けいさつ》は、トビーがニワトリを人質にたてこもるとは考えていない」

「人質？」 わたしはベッドからはい出した。「頭が混乱《こんらん》しているのは警察《けいさつ》のほうだよ。母さん、これは全部、トビーがルースにけがをさせたっていう、ベティの嘘《うそ》がはじまりなんだよ。そのうえ、トビーに井戸《いど》へ突《つ》き落されたなんて嘘《うそ》まで。みんな、ベティの根も葉もない言葉を聞いてばかり。そんなのまちがってる。母さんもわかってるでしょ」

「アナベル、寝巻《ねまき》のままそこに立って、言いたいだけいろいろ宣言《せんげん》してもいいけれど、もうできることがないのよ。わたしたちの手には負えない。ベティは言ってることを変えやしない。するわけないでしょ？ みんなベティが被害者《ひがいしゃ》だと思っていて、その人たちを責《せ》められない。ベティは被害者《ひがいしゃ》っぽく見える。それに、トビーは悪者っぽく見える。ほんとうかどうかに関係なく」

「じゃあ、ただ鍵《かぎ》をかけた家の中で、指をくわえて、警察《けいさつ》がトビーをつかまえるのを待つしかないの？」

「残念だけど。女の人と子どもは家の中。男の人はつかまえに」

また一つ、そんな、とんでもないことに驚《おどろ》かされるなんて、わたしは耐《た》えられそうもない。

「男の人はつかまえに？ つまり、父さんもトビーをつかまえに行かないといけないの？」

母さんはうなずいた。「ぜったいに行かないとならないわけじゃない。でも、トビーが撃《う》てる銃《じゅう》を持っていないと言い張っているのは、父さんだからね。危険《きけん》かもしれないけれど、使える銃《じゅう》を持っている場合ほどじゃない。だから警察《けいさつ》は、大人の男の人ならだれにでも、捜索《そうさく》に加わるよう協力をたのんでいるの。みんなこのあたりの森のことは、州警察《しゅうけいさつ》の人たちよりよく知っている。それに、警察《けいさつ》が判断する前に、警察犬《けいさつけん》がいろいろ見つけるはずよ。だから、とりあえず今は、数人の警察官《けいさつかん》と地元のボランティアの人たちが、銃《じゅう》のかわりに笛を持って、さがしているところ。だれも銃《じゅう》を撃《う》ちたくないし、銃《じゅう》をトビーの手にわたしたくないから」

「笛？」

「トビーを見たら、笛を吹《ふ》いてほかの人に知らせるのよ」

思い浮《う》かべてみる。たくさんの、笛を持った農家の人たち。

けれども、きっとその中の少なくとも数人は、何か武器を持っているにきまっている。警察《けいさつ》がなんと言っても。

毎年、必ず、鹿撃《しかう》ちの猟師《りょうし》があやまって仲間を撃《う》ってしまう事故が起きる。だから、こんな捜索《そうさく》の結末がどうなるか、わたしはすぐに想像してしまう。

わたしは、クローゼットからズボンとセーターを引っぱり出した。

「リリーおばさんにリードをつけて、トビーの手袋《てぶくろ》をかがせればいいのにね」

「アナベル、おだまり」母さんは笑いをこらえている。

そしてすぐ、わたしはだまり、言ったばかりの言葉が自分に返ってくるのに気がついた。

「母さん……おじいちゃんのジャケットをかくさないと。トビーが着たハンティングジャケット。それから、手袋《てぶくろ》も。どれも、トビーのにおいがしちゃう」

母さんは、今度はにこっと笑った。「警察犬《けいさつけん》が、うちのマッドルームに入ってくると思うの？」

わたしは肩《かた》をすくめる。「わからないでしょ。来るかもしれないよ。警察犬《けいさつけん》は水の中でもにおいを追えるんだから。洪水《こうずい》でも。それに、だれかに運ばれて地面にふれなかった人の通った跡《あと》までわかるんだよ」

「なんで、そんなこと知ってるの？」

「トビーが教えてくれたんだ」

母さんは、むずかしい顔をした。「いったいトビーは。どうして知ったのかしらね」

「見当もつかないよ。でも、トビーは昨日うちの台所にいたばかりなんだよ。においの跡《あと》が、燻製《くんせい》小屋から、納屋《なや》へ、家の中へ外へ、それから森の中へ」

母さんは立ち上がった。「弱ったわね。どんどんまずいことになって」

わたしも母さんもだまってしまい、わたしは服を着がえた。髪《かみ》をとかし、ベッドを整える。そして、とうとう言った。「ばれちゃうよ。トビーがジョーダンだったって、ばれちゃうよ」

母さんはベッドカバーをぴしっとのばしながら言った。「そう思う？　そうかもね。警察犬《けいさつけん》がうちのドアにやってきたら。でも、一番新しいにおいは、納屋《なや》から離《はな》れて、森の中へよ。だから、家の近くには来ないはず」

「でも、やっぱり、おじいちゃんのジャケットと手袋《てぶくろ》を、わたしの部屋のクローゼットにかくしておくよ」

「わかった。やって悪いことにはならないものね」

そして、わたしたちは階段《かいだん》を下り、生まれてこのかた、一番奇妙《きみょう》な一日を過ごしはじめたのだ。家の鍵《かぎ》を全部かけ、囚人《しゅうじん》のように自分たちを閉《と》じこめて。

25

その朝、十時十八分にベティ・グレンガリーは死んだ。

わたしたちは、その一時間後まで知らなかった。

電話を取ったのは、ヘンリーだった。

「グリブルさんだよ」と言って、受話器を母さんに差し出した。

母さんは受話器を受け取り、手で送話口をふさいだ。「なんの用かしら?」

「わかんない。母さんへの電話がかかってきているけど、そのままつなぎたくないのかも」

母さんは受話器を耳に当て、かがんで送話口に口を近づけた。「もしもし、アニー?」

グリブルさんの声は聞こえるけれど、何を言っているのかまでは聞き取れない。ペチャクチャ聞こえるだけ。いつもより大きい声。急ぎだけれど、夢中ではない。何かニュースがあるときの、グリブルさんのいつもの話し方。

母さんはちょっと聞いただけで、いきなり息を飲み、すぐ空いているほうの手をほおに当てた。

「えっ、まさか。でも、どうしてそんなことに？　かわいそうに。いったいなんで？」

母さんはまず泣くことがなく、このときも泣かなかった。けれども、涙《なみだ》を流すよりひどい表情だ。

わたしは、トビーが殺された知らせかと思った。

体が熱く、だけど同時にひどく寒い。ヘンリーがわたしのすぐそばに立った。ヘンリーはメープルシロップと犬のにおいがする。心の底から、ヘンリーと入れかわってしまいたかった。

母さんの声がかすれている。「伝えるわ。ジョンといっしょに警察犬《けいさつけん》を連れて出ているけれど、会ったら伝えるから。必ずよ、アニー。知らせてくれて、どうもありがとう。さようなら」

母さんが、ゆっくり受話器を元のところにかけた。

「トビーが死んだの？」わたしは聞いた。

母さんはわたしのほうを向いた。「ちがう。ベティよ。ベティが感染症《かんせんしょう》で死んだの。体中に広がって、止めようがなかった」

母さんは一番近くのいすにすわった。

ヘンリーが、そっとわたしのほうに身を寄せた。ヘンリーの息が聞こえる。

「ねえ」ジェイムズが呼《よ》んだ。ダンボールの剣《けん》を作っていたマッドルームから、飛びはねてやってくる。「お兄ちゃん、海賊《かいぞく》ごっこしようよ」

「うん、あと少ししたら。でも、まずおばあちゃんを見つけてこよう。何か手伝ってほしいことがあるみたいだよ」

ヘンリーはわたしを長いこと見つめていた。まるで、初めてわたしを見たとでもいうように。そして、部屋を出て行った。ジェイムズが、やかましい影《かげ》のようについていく。「なんだろう？何か運んでほしいのかな？　お兄ちゃん、おばあちゃんは何か運んでほしいの？」

弟たちの声が、遠のいていく。

わたしは母さんの足元にすわり、母さんのひざに頭をのせた。

母さんは、ねこをなでるように、わたしの髪《かみ》をなでる。

二人のうちどちらかが震《ふる》えている。二人両方かも。

「わたしが、もっと早くベティを見つけられたのに」わたしは言った。

母さんの手が止まる。

「そんなことを思ってはだめ」母さんがきっぱり言った。

わたしの頭をひざから押《お》し離《はな》し、ぐっとかがんで、わたしの顔をまっすぐ見る。

「アナベルは、自分が神様だと思うの？　自分が物事《ものごと》を動かしていると思うの？　そんなわけないでしょ。自分がやっているなんて思うのは傲慢《ごうまん》よ」

わたしはびっくりして、何も言えなかった。

「ベティが死んだのは、ほんとうにひどいこと。ひどすぎる。でも、アナベルがしたことじゃない」

母さんは、いすに背《せ》をあずけた。「それどころか、もしアナベルがあの井戸《いど》のことを知らせてくれなかったら、ベティは井戸《いど》の奥《おく》で死んでしまったはずよ。一人ぼっちで、恐怖《きょうふ》の中で。そして、永久に発見されなかったかもしれない」

目に浮《う》かぶ。ベティは、暗く、冷たく、恐《おそ》ろしい井戸《いど》の中で、ひどくけがをしている。そして、死んでゆく。まったく一人ぼっちで。

目に浮《う》かぶ。何年もたち、だれかが井戸《いど》にやってくる。そして、井戸《いど》をすっかり土でうめてしまう。古いベティの遺骨《いこつ》が深くうずめられていく。偶然《ぐうぜん》が生んだ地下の納骨堂《のうこつどう》で。

「おいで」母さんが両腕《りょううで》を広げた。

母さんはあたたかい。

「世の中は正しくいくときもあれば、そうでないときもある」

母さんの声の中で、トビーの声がこだまする。前にトビーが言った言葉。罪について、とがめについて。

おばあちゃんは、その知らせを聞いて泣いた。直接ベティを知らなかったことは関係ない。わたしも泣いた。おばあちゃんの涙《なみだ》と泣き声につられて。

ジェイムズは泣かなかった。それどころか、ベティが死んだと聞くと、笑いだした。

「ふざけないでってば」と、剣《けん》を頭の上で振《ふ》りまわしながら言った。

母さんがしばらく説明すると、やっとわかって深刻《しんこく》になり、グレンガリーさんにわたすお悔《く》やみのカードをヘンリーといっしょに作りに行った。

ヘンリーが部屋を出て行くときに、ドアのところで振《ふ》り返った。「お姉ちゃんもいっしょに来る？」

思いがけないヘンリーの言葉とまなざしに、驚《おどろ》かされた。「すぐ行くね」と答えた。

「アニーにたのまれたわ。保安官に会ったら、ベティのことを伝えてほしいって」母さんが言った。「この郡の人全員、保安官より先に知るにきまってる。アニーにまかせておけば、まちがいないよ」おばあちゃんは目をぬぐう。

「殺人事件だってアニーは言ってた」母さんが小さな声で言った。

おばあちゃんが泣くのをやめて、はっきり言った。「まさにそのとおり。もしもトビーがあの子を井戸《いど》に突《つ》き落としたのなら、ほんとうにそのとおり」

わたしは、「もしも」という言葉に必死ですがりつく。でも、おばあちゃんほど、しんぼう強い人はあまりいない。おばあちゃんなら、ことが確実になるまで待とうとするかもしれない。ただ、保安官もそうかどうかは疑《うたが》わしい。警察官《けいさつかん》も。そして、グレンガリーさんたちは、言うまでもない。

これまでトビーを助けることが大切《たいせつ》だったのなら、今はもっと大切《たいせつ》なのだ。あの人たちはトビーを銃《じゅう》で撃《う》ってしまう。さもなければ、手錠《てじょう》をかけて電気いすへ送り、命をうばうことだろう。

わたしは祈《いの》りつづけた。トビーがあの古い銃《じゅう》をなんとか手放しているように。コートと帽子《ぼうし》をぬぎすてているように。鍵《かぎ》のかかっていない家で別の服を手に入れているように。だれか親《しん》切《せつ》なトラックの運転手を見つけて乗せてもらい、オハイオ州かもっと遠くまで行っているように。新しいくらしをはじめるために。

けれども、トビーがそうしたとは思えない。

このあたりを出て行ったかどうかだって、わかったものじゃない。トビーはまったく恐《おそ》れていないようだった。ただ、自分がやっていないことで責《せ》められるのが残念で、背負《せお》った荷につかれはてていただけで、だからといって、自分からどうこうする気はないみたいだった。おそらく、自分にはどうしようもないことだと、思いこんでいるのだろう。

わたしは息がつまりそうだ。

窓《まど》から窓《まど》へ歩きまわった。毎年クリスマスイブにジェイムズがやっていることにそっくり。暗い窓《まど》ガラスに自分の姿《すがた》がうつるのを見るだけなのだけど、それでも、ぜったいどこか外にサンタクロースがいて、うちの農場に飛んでくる途中《とちゅう》なのだと信じている。

わたしがさがしているのは、笛を持った農家の男の人たちや、銃《じゅう》を持った警察《けいさつ》の人たちなのだけど、だれも見えなかった。

牧場の馬たちが、まるで警備員《けいびいん》のように、何かやってくるのに最初に気がついた。二頭とも、急に頭を上げ、カップ谷へ続く森の奥《おく》を見つめている。

犬たちの声も聞こえた。ドアも窓《まど》も鍵《かぎ》をかけて閉《し》めてあるのに、姿《すがた》が見えるずっと前からだ。

結局、うるさかったのは、全部うちの犬。

警察犬《けいさつけん》は、ブラッドハウンド犬二匹《ひき》だけで、姿《すがた》が見えだしたときには、ひたすら任務に集中していた。長い、たれさがった顔で地面をはくようにして進んでいる。一匹《ぴき》は家庭菜園の下からのぼってくるところで、もう一匹《ぴき》は馬の牧場を横ぎってくる。

「こっちへ来るよ。ジョンもいっしょにいる」おばあちゃんはマッドルームの窓《まど》から見ていた。

おじいちゃんのジャケットと手袋《てぶくろ》は、とっくに二階のわたしのクローゼットの中だ。

ふと、わたしも同じようなにおいがするはずだと気がついた。犬は、わたしもトビーのようなにおいだと感じるだろう。少なくとも、そうであるようにと願ってしまった。なんだか笑顔が浮《う》かびそう。犬を家に入れてしまえばいい。燻製《くんせい》小屋に住む危険《きけん》な男がわたしだとまちがえるような犬を、だれが信じるだろう？

なのに、わたしは、訓練士が警察犬《けいさつけん》を物干《ものほ》し用の柱につないでいるのを見て、ほっとした。

「セイラ、もっとコーヒーをいれておいたほうがいい。お客さんが来るところだから」おばあちゃんが振《ふ》り返って言った。

警察犬《けいさつけん》の訓練士は、警察犬《けいさつけん》と同じくらい静か。やることもほとんど同じで、床《ゆか》から天井《てんじょう》まで、台所をじろじろ見てまわり、たびたび立ち止まって、注意を引いたものに集中する。

弟たちが台所に下りてくると、訓練士たちは、ウサギでも来たかのように二人を見た。今度もジェイムズはすぐテーブルの下にもぐりこみ、ヘンリーのズボンのすそを引っぱりながら、「来いよ、海賊《かいぞく》」とささやいた。けれども、ヘンリーはわたしのとなりにすわった。

わたしは、まじまじとヘンリーを見た。すると、ヘンリーも、にこりともせずに、わたしを見た。

父さんとオレスカ保安官も、訓練士たちといっしょに入ってきた。

保安官が言った。「ほかの人たちが追いついてくるまで、ここで待たせてもらい、それからまた追跡《ついせき》を続けることにしたんだ。もう燻製《くんせい》小屋のあたりはさがしまわってきた。いっぱいにおいが残っていて、ずいぶんぐるぐるまわったんだが、最後には、こっちへ引っぱられてきた」

「すわってください。お知らせしないといけないことがあるんです」母さんが言った。

ベティが死んだと聞くなり、保安官は両手で頭を抱《かか》えた。「なんてこった」

けれども、訓練士たちは、ほとんど気にかけない。こんなことは何百回もくぐりぬけてきたのだろう。行方不明の子ども。逃走《とうそう》中の犯罪者。しばらくやっているうちに、平然とこなすようになったにちがいない。警察犬《けいさつけん》と同じように、追跡《ついせき》だけに集中する。

この人たちは、行方不明の女の子を発見するチャンスをつぶされたのだ。その子を殺した犯人を見つけるためなら、全力をつくすだろう。

父さんが母さんを見つめ、それからわたしを見る。聞きたいことでいっぱいの、父さんの目。何をすべきだ？　何をすべきか、どうしたらわかる？

わたしだって、よくわからない。でも、もうほんの一分でも、何もしないでいることはできなかった。できることをしなかったという記憶《きおく》とともに、大人になり、長い人生を過ごすなんてできるわけがない。今すぐ。また、手遅《ておく》れになる前に。

わたしは、そっと台所から居間へ移り、次の手段《しゅだん》を検討《けんとう》しているみんなから離《はな》れた。

わたしのほうの次の手段《しゅだん》ははっきりしている。けれども、しばらく静かにすわり、頭の中で確かめた。思いつくかぎりの、わたしができること、言えること。それをやり、言っている自分自身を頭の中で見ている。

今よりひどいことにはなりようがない。

わたしは、用心ぶかく台所と居間の間のドアを閉《し》めた。

電話の受話器を持ち、できるだけ静かにハンドルをぐるぐる回す。

「グリブルさん？」送話器に向かって静かに言った。

「セイラ？」

「いえ、アナベルです、グリブルさん。ウッドベリーさんのお宅《たく》につないでもらえますか？とても重要な話があるんです」これならグリブルさんの興味をそそるはず。

「アナベルが電話を使っているのを、お母さんは知っているの？」

「もちろんです。母さんと話されますか？　今、何かおばあちゃんの手伝いをしていますけれど、呼《よ》んでこられますから。ただ、とても急いでいるんです。ほんとうに重要な話なので」

わたしは息をこらす。

「いいわ。それで、どのウッドベリーさんとつなげたらいいのかしら？」聞きたがっているような声。

でも、わたしには、予想外の質問だった。「アンディがいる家です」

「どのウッドベリーさんのところにもアンディって人がいるのよ」グリブルさんは、しびれを切《き》らしている。

「若《わか》いアンディです。うちの学校へ来ている」

このときばかりは、グリブルさんがこのあたりの人たちのことを知りつくしているのが、つくづくありがたかった。

電話がつながった。

ウッドベリーの奥《おく》さんが電話を取った。どうかグリブルさんがそのまま聞いているようにと願う。

「ウッドベリーさん、アナベル・マクブライドです。ちょっとだけアンディと話をさせてもらえますか？」

「でも、もしベティのことを知らせたいのなら、もう知っているわよ。とてもいい子だったのにね。なんて気の毒な」

「いえ、そのことじゃないんです」ほんとうは、そのことだけど。

「わかった。呼《よ》んでくるわね」電話の上に受話器を置いた音。

家から出ないようにと警察《けいさつ》が言ってくれてよかった。ぜったい、アンディはいるはずだ。

アンディのお母さんがアンディを呼《よ》ぶ声が聞こえた。一度、二度。

それからしばらくして、アンディが言った。「もしもし」力のない暗い声。すぐかんじんの話をするつもりだったのに、アンディの声を聞いたら、気の毒になってしまった。「アンディ、アナベルよ。ベティはかわいそうだったね」

沈黙《ちんもく》。そして、しばらくして、「そうなんだ」。その返事にわたしは驚《おどろ》いた。アンディがベティに妙《みょう》な好意を持っているのを疑《うたが》ったことはなかったのに。アンディの声があまりにも悲しそうで、わたしはもうちょっとで計画を取りやめそうになった。

「アンディに聞きたいことがあるの」わたしはゆっくりと言った。そして、言わなければならないことへ話の筋《すじ》を戻《もど》そうと、一息ついた。「トビーが撮《と》った写真が現像されて、ちょうどうちに届《とど》いたの。その中の一枚《まい》にベティが写っていた」ベティの名前が、わたしをだまらせる。

これは、思ったよりずっとむずかしい。

「おれには関係ないだろ?」アンディは知りたそうだけど、心配そうにも聞こえる。それはそうだろう。

「ベティとアンディの写真で、学校のすぐ向かいにある丘《おか》の上。ベティが、下にいるアンセルさんをねらって石を投げているところ」

もしグリブルさんが聞いているのなら、もうぜったいやめないはずだ。交換台《こうかんだい》でいくつライトがつき、どれだけピカピカ光ろうとも。

息は聞こえるのだけど、アンディは何も言わない。

「ほんとうのことを言っても、もうベティに害はないんだよ」

「なんでおまえがかまうんだよ？」ぜったいまだ不安なくせに、怒《おこ》っている。「石なんか投げたからって、ベティは罰《ばつ》を受けられないんだぞ。死んじまったんだ。もうどうでもいいだろ？」

やった。まずはこれこそ、グリブルさんに聞いてほしかったこと。わたしは一息ついた。

「トビーがベティを殺したって、みんなが思っているからよ。だからだってば。それに、トビーはベティを井戸《いど》に突《つ》き落としていないって、アンディは知ってるでしょ」

「ベティがそう言ったんだよ。病院へ連れて行かれたとき、ベティは、トビーにやられたって言ったんだ」声がこわばってきている。

「それからベティは、トビーが石を投げたとも言ったんだよね。真っ赤な嘘《うそ》。たった今アンディも認《みと》めたでしょ」

「それは、ベティがこわがってたからだ。ルースにぶつけるつもりなんかなかった」

わたしは目をつぶった。お願い、どうか聞いていて。

「アンディ、ベティを気にかけていたことは、よくわかってるよ。でも、ベティが燻製《くんせい》小屋へいやがらせをしに行って、もしかしたら火をつけてトビーを追い出そうとしたかもって言ったのは、アンディなんだよ。どうして、ベティはうっかり井戸《いど》に落ちただけだって認《みと》めないの？」

「だから、どうなるってんだよ？　そうだったとして、どうなる？　死んじまったのはベティで、無罪になるのはあいつだ」

「トビーは殺人犯だと思われてるんだよ！　殺されちゃう」できるだけ声をおさえた。

「そうなりゃいい。二度でも三度でも、殺されちまえばいい」

「アンディ、そんなこと言っちゃだめ」

電話が切《き》れた。それがアンディの答え。

そしてすぐ、グリブルさんが回線を切《き》る音も聞こえた。

わたしは受話器を戻《もど》し、つかれて震《ふる》えながら床《ゆか》にすわりこんだ。

少しすると、母さんがわたしをさがしにやってきた。「だれと話していたの？　アナベル、だいじょうぶ？」

「なんだか気分が悪くて。上で寝《ね》てもいい？」

母さんはわたしのひたいに手を当てた。「熱はないね」

「病気じゃないよ。ただ気分がよくないだけ」

「じゃあ、そうしなさい。男の人たちは、また警察犬《けいさつけん》と捜索《そうさく》に戻《もど》るところ」母さんは手をのばして、わたしを立たせてくれた。

そして、立ち上がったわたしを両腕《りょううで》で抱《だ》きしめ、わたしの頭のてっぺんにあごをのせて、そっと言った。

「もうすぐ終わるわ。どっちにころぼうと」

26

この二度目のニュースは、たちまちグリブルさんによって広まった。

このあたりの人たちは、グリブルさんの盗《ぬす》み聞《ぎ》きについてしょっちゅう文句を言い、グリブルさんのうわさ話など聞くものかと言う。けれども、グリブルさんが広める話は、いつも必ず事実で、グリブルさんは、この郡のなかでニュースのふれまわり役とみなされていた。

夕食の時間までに、ルースが片目《かため》を失ったのはトビーのせいではないと、だれもが知ることになった。トビーがベティを井戸《いど》に落としたかどうかという疑《うたが》いは、まだいくらか残ったものの、疑《うたが》いだけでは不十分だ。

「陪審員《ばいしんいん》は、疑《うたが》いたければ疑《うたが》うかもしれん。だが、とにかく警察《けいさつ》はトビーを見つけなくてはならないんだ」保安官が言った。

保安官は台所で、父さんやおじいちゃんといっしょにすわっていた。ジェイムズまで、このとき初めて、テーブルの下でなく、いすにすわっている。

警察犬《けいさつけん》は捜索隊《そうさくたい》を納屋《なや》へ引っぱって行き、また外に出て、牧場を横ぎり、家のまわりを歩き、小道を行ったり来たりすると、森と果樹園《かじゅえん》へ入り、とうとう丘《おか》から離《はな》れる道を選んだ。西へ、オハイオ州へ。州境はそう遠くではない。

捜索隊《そうさくたい》がにおいを追って三キロちょっとか、もう少し進んだかもしれないところで、コールマン州警察官《しゅうけいさつかん》が判断をくだした。もうこの跡《あと》を追っても元のほうへ折り返すことはないだろう。

「それで、わたしたちは家に帰された。警察《けいさつ》の人たちはそのまま、交代する犬と人が来るまで追跡《ついせき》を続けている」父さんが言った。

オレスカ保安官はぐったりつかれきり、捜索《そうさく》から抜《ぬ》けて申しわけないなどとは、まったく思っていないようだ。「一日か二日のうちにぜったいトビーに追いつけるそうだ。トビーがだれかの車に乗せてもらっていなければ」

「トビーを追って、オハイオ州にまで入ると思うか？」父さんが聞いた。

「ああ、たぶん入るんじゃないか。あるいは、オハイオ州の警察《けいさつ》にまかせるのかもしれない。だが、アニーの最新情報を聞いたら引きあげたくなるかもしれんな」

保安官はわたしのほうを向いた。「それにしても、アナベルがアンディにかけた電話を、グリブルさんが聞いてくれてよかったよ。まったく、盗《ぬす》み聞《ぎ》きだなんて」ほほえんではいないけれど、わたしをしかっているのでもない。

「それに、アナベルがあんなことをするなんて」父さんがわたしに言った。

「怒《おこ》ってる？」わたしは、怒《おこ》られるのを覚悟《かくご》していたけれど、以前ほど心配していなかった。

「怒《おこ》ってない」と父さん。

「ちっとも怒《おこ》ってない」おじいちゃんがテーブルのはしから、わたしににっこりした。「積極的なのはいいことだと、わしは思うね」

「働き者であることもよ。アナベル、そこのニンジンは自分で自分の皮をむいてくれないわ」母さんが、ポークチョップをのせた天板をオーブンに入れながら言った。

「ぼくがやる」ヘンリーがいすから立ち上がった。そして、わたしのほうを見もしないで、流しの前の、いつもならわたしが立つ場所へ行った。でも、ぜったいヘンリーにはわたしが見えているとわかっている。わたしと同じような手。わたしと同じような長い指。わたしと同じようなナイフの持ち方。

「なんでお兄ちゃんは手伝わせてもらえるのに、ぼくはだめなの？」ジェイムズが言った。

「そうよね。じゃあ、まずはこのなべに、コップ一杯《ぱい》分の牛乳《ぎゅうにゅう》を入れてちょうだい」母さんは片手《かたて》なべをジェイムズにわたした。

ちょうどそのとき、リリーおばさんが帰ってきて、ヘンリーとジェイムズが夕食のしたくを手伝い、わたしが父さんたち男の人たちとテーブルにいるのを見た。

「家をまちがえたのかしら？　アナベル、脚《あし》が立たなくなっちゃったの？」おばさんは上着をぬぎ、マッドルームのクローゼットにかけた。

「いいから、リリー。長い一日だったんだよ」気むずかしい馬をあやすように、父さんが言った。

「わたしだって、いつもそうよ。郵便局《ゆうびんきょく》にどれだけ郵便物《ゆうびんぶつ》が来ると思ってるの？　まったく」

おばさんは自分でコーヒーをつぎ、いつも母さんがすわる席にすわった。

わたしは、もしかしたら、どういうわけかベティのことがおばさんの耳に入っていないのかもと思った。「今朝、ベティ・グレンガリーが死んだのよ、おばさん」

「そのことなら、今日少なくとも十人かそこらが教えてくれたわ。わたしは世界の果ての郵便《ゆうびん》局《きょく》で働いているわけじゃないのよ、アナベル。そんな郵便局《ゆうびんきょく》ないだろうけど」

おばさんに何か投げつけてやりたかった。「もしかしたら知らないのかと思って」

「どうして？　ほかのおばかさんたちみたいに、息をのんで気絶しないから？　神様は、わたしたちには、はかりしれないことをなさるのよ。神様には神様の理由がある」おばさんは、めがね越《ご》しにわたしを見つめた。

ちょうどおばあちゃんが入ってきた。「なんの理由だい？」

「ベティを天に召《め》された理由よ」おばさんが答える。

おばあちゃんは首を横に振《ふ》った。「いつからそんなに冷たくなってしまったのか、知らなかったよ、リリー」

「冷たくないわよ。でも、情にもろくもない。そんな人は、もうこのへんにうじゃうじゃいるでしょ」

これ以上、一分だっておばさんの言うことを聞いていたら、どうかしてしまいそうだった。

「ヘンリーとジェイムズが手伝ってくれてるから、自分の部屋にちょっといてもいい？」

「少しだけよ。来てほしくなったら呼《よ》ぶから」母さんが言った。

「ぼくだって食器を並《なら》べられるよ」とジェイムズ。

「もちろんできる。だれができないなんて言ったのかい？」おばあちゃんが、ジェイムズの髪《かみ》をくしゃっとしながら、やさしく言った。

自分の部屋にいても、下の階の音が聞こえてくる。なべやフライパンの音。食器の音。話し声。いすを引く音。

どれもみんな、わたしをますますさびしくさせる。

アンディをだまして白状させたから、警察《けいさつ》はトビーをつかまえても手荒《てあら》なことはしないはずだ。けれども、そうわかっていても、さびしさは変わらない。

クローゼットからおじいちゃんのジャケットを取り出して着てみる。ぶかぶかでわたしが二人入れそうだ。

ベッドの上に横たわり、ジャケットの中へひざを入れて抱《かか》え、いつのまにかぐっすり眠《ねむ》ってしまった。

母さんが夕食だと呼《よ》ぶ声も聞こえなかった。

母さんがわたしの部屋のドアを開け、明かりを消したのも聞こえなかった。

母さんが毛布をかけてくれたのも気づかなかった。

そして、その夜遅《おそ》くに電話が鳴った音にも、目をさまさなかった。

そんな早くに寝《ね》たので、みんなよりずっと先に目がさめた。

でも、台所に行くと、母さんがいた。コーヒーをいれているけれど、ほかにはだれもいない。

窓《まど》の向こうの世界は真っ暗だ。

わたしは、ちょっとの間、母さんを見つめていた。だれもいないと思っているときの母さんは、ちがって見えた。すっかり自分の内へ向いている。トビーに写真を撮《と》られたときのわたしみたい。

母さんに気づかれる前に、部屋へ戻《もど》ったほうがいいような気がした。

たぶん、母さんがとても悲しそうだったからだ。顔は見えなかったけれど。この場を離《はな》れよう。急いで。そうすれば、あと一時間、もしかしたら二時間ぐらいは、理由を知らないでいられる。

わたしはまだ、前の日からの服で、おじいちゃんのジャケットも着たままだった。

母さんが振《ふ》り向いたとき、さぞおかしなかっこうに見えたにちがいない。母さんは片手《かたて》にコーヒーの入ったマグカップを持っていたのだけど、いきなり動きを止めたので、ばちゃっと床《ゆか》にこぼれてしまった。

「アナベル、びっくりするじゃないの。こんな早くに何をしているの?」母さんはぞうきんを取ろうとした。

「もう眠《ねむ》れなくて。トビーは見つかった?」わたしはテーブルのところにすわった。

「電話の音が聞こえたの?」

わたしは首を横に振《ふ》った。心臓《しんぞう》が縮んでいく。「だれの電話?」

母さんは、ぞうきんをゆすぎ、テーブルをはさんでわたしの前にすわり、用心ぶかくマグカップをテーブルに置いた。

「保安官が電話をしてきたの。コールマン州警察官《しゅうけいさつかん》から聞いたばかりで、わたしたちも知りたいはずだと思ったからって」

母さんがこんなに美しいなんて、今まで知らなかった。その瞬間《しゅんかん》わたしが見ていた母さんは、なんとか落ちついて、わたしに伝えようとしていた。トビーが死んだのだと。

わたしは、おじいちゃんのジャケットの袖《そで》の中にある両手を組んで聞いていた。捜索隊《そうさくたい》は、オハイオとの州境のちょっと手前でトビーに追いついたそうだ。トビーは、マホーニング川の橋の下で眠《ねむ》っていた。

警察犬《けいさつけん》はトビーの近くまで行くと、川岸の落ち葉の中にごろんところがり、やっと見つけた男にはまったく興味を持たなかったらしい。警察官《けいさつかん》に名を呼《よ》ばれて、トビーは立ち上がった。

たぶんトビーはそのあと、立っていたかったのだろう、と母さんは言った。うつぶせになって、両手を背中《せなか》にまわすように言われたのに、そうしなかった。

そして、警察《けいさつ》の人たちがピストルをかまえて、もう一度言うと、トビーは背中《せなか》の長い銃《じゅう》を一丁だけ下ろした。そして、撃《う》たれてしまったのだ。

「その人たちは、使えない銃《じゅう》だと知らなかったし、ここで起きたこともまったく知らなかったそうよ。知らされていたのは、ただ、危険《きけん》な男をつかまえて牢屋《ろうや》に入れるようにということだけ」母さんが小さな声で言った。

わたしは長い袖《そで》をまくりあげ、両手で顔の涙《なみだ》をぬぐった。

「トビーはなんでそんなことをしたの？　そんなふうに銃《じゅう》をつかむなんて。使えもしない銃《じゅう》なのに。それに、どうせトビーはその人たちを撃《う》つわけない。ぜったい撃《う》つわけない」

母さんはため息をついた。「そうよね。どうしてそんなことをしたのかわからないわ。でもね、もしかしたら、この世界にはこりごりだったのかもしれない」

「どんなに悲しくても、ずっと生きてきたじゃないの？　なんで今になって、もうだめだって思ったのよ？　今なら、わたしたちがいるのに」

母さんは首を横に振《ふ》った。「わからない。でもね、寒くて手がかじかんで感覚がなくなったときのことを考えてごらんなさい。手があたたまりだして初めて、どれだけ痛《いた》いか感じるでしょ」

わたしはしばらく自分の両手を見つめ、トビーの手を思い浮《う》かべた。「トビーは、わたしみたいな娘《むすめ》がほしかったって言ったんだ」

「だれだってそうよ」母さんがにこっとした。

トビーを守ろうと納屋《なや》に連れてきた夜のことを思い出した。「トビーは高いところがこわかったんだけど、知ってた？」

母さんは首を横に振《ふ》る。

「でも、わたしは、恥《はじ》をかかせるようなことを言って、屋根裏《やねうら》へはしごをのぼらせた。それからあと、トビーは一度もためらわなかったよ。なんでもないって感じでのぼってた」

母さんは立ち上がり、わたしにコーヒーを入れてくれた。小さなカップに、たっぷりのクリームと砂糖《さとう》。「アナベルは、母さんが思っていたより、トビーをよく知っていたのね」

「わたしがトビーのことを知る前に、トビーはわたしのことを知っていたよ」

そして、わたしたちはだまってコーヒーを飲んだ。陽の光が、あらゆる色といっしょに、窓《まど》から入ってくる。

27

わたしは台所のテーブルで、一人ずつ家族が起きてくるのを待った。みんなかわるがわる、ジェイムズまで、そしてとりわけヘンリーが、トビーが亡《な》くなってほんとうに残念だとわたしに言ってくれた。

リリーおばさんだけは例外で、すわってわたしたちを見ながら、ピンクのガウン姿《すがた》でコーヒーを飲んでいる。「まだわからないわ。アナベルみたいな女の子が、どうしてああいう男をこわがらないでいられるの?」

わたしが答えないと、ヘンリーが言った。

「お姉ちゃんは、トビーの友だちだったんだよ」でも、おばさんは鼻を鳴らしただけ。

「それに、なんでそのジャケットを着ているのよ? ジョーダンが着ていたのに、そっくり」

母さんは何か言いそうになったけれど、すぐ父さんを見た。父さんは首を横に振《ふ》る。そして、二人とも、かまわない、だいじょうぶ、というように、わたしにうなずいた。

おじいちゃんは身を乗り出し、うなずいて体を戻《もど》した。「わしの古いジャケットだ。アナベルによく似合っとる。ちょっと袖《そで》が長すぎるかもしれんがな」

わたしは、ジャケットの右ポケットから手袋《てぶくろ》を出し、テーブルに置いた。

「わしのお気に入りの手袋《てぶくろ》だ。ずっとさがしていたんだ」とおじいちゃん。

「ジョーダンも、そっくりの手袋《てぶくろ》をしていたわよね。あの晩《ばん》、夕食の席でも手袋《てぶくろ》をしているなんて、変だと思ったけど」おばさんが、ゆっくり言った。

ヘンリーが、じっくり見ようとそばに来た。「そっくりなんじゃない。ジョーダンはこの手《て》袋《ぶくろ》をはめてたんだよ。親指にベリーかなんかの染《し》みがついているの、ジョーダンが納屋《なや》で板を打ちつけていたときに見たんだから。アフリカみたいな形を覚えてる」

テーブルのところにいて、手袋《てぶくろ》より朝食のほうがおもしろいと思っているのはジェイムズ一人だけ。手袋《てぶくろ》は、わたしの皿の横でおとなしく寝《ね》そべり、またはめてもらえるのを辛抱《しんぼう》強く待っている。

「でも、どうしてアナベルがジョーダンの手袋《てぶくろ》を持っているの？　忘《わす》れていったのかしら？」

おばさんが聞いた。

「リリー、それはわしの手袋《てぶくろ》と、わしのジャケットだ。ジョーダンがそれで何をしたのか、知らんし、かまいもせんよ。ほら、リリー、砂糖《さとう》を取ってくれ。それから、アナベル、クリームも。コーヒーをブラックで飲まなきゃならんじゃないか」おじいちゃんが言った。

ヘンリーがわたしを見つめている。父さんと母さんはだまって見ていた。おばあちゃんはトーストにジャムをぬっている。ジェイムズがヘンリーの皿からベーコンを一切《ひとき》れくすねても、ヘンリーはまったく気づかない。

「でも、どうして――」おばさんが言いかけた。

「あの人はジョーダンじゃない。トビーだったんだ」ヘンリーは、フクロウのように目を丸くして言った。

おじいちゃんがフォークを置いた。「だれがトビーだったって？」

「ジョーダンだよ。夕食のとき、片方《かたほう》しか手袋《てぶくろ》をはずさなかった。傷《きず》を見られないようにしていたんだ」

おばさんが、コーヒーカップの中をにらみながら言った。「ばか言ってんじゃないの。ジョーダンはとてもいい人よ」

「どこからともなく現れ、その上着を着て、その手袋《てぶくろ》をはめていた」おばあちゃんが、考えながら言った。そして、ふしぎそうにわたしを見る。「ところでアナベル、なんでその上着を着ているんだい？」

わたしは、また父さんと母さんを見て、最後の一歩を踏《ふ》み出した。「昨日の夜、わたしの部屋で、寒かったからだよ。マッドルームで警察犬《けいさつけん》に見つけられないように、わたしの部屋にかくしておいたの」

こうなると、さすがのジェイムズも気になりだした。「なんで警察犬《けいさつけん》がマッドルームに来るの？　お姉ちゃんったら、変なの」

「トビーのにおいを追っていたからだよ」とヘンリー。

「もう、いいかげんにしてちょうだい。トビーはこの家に入ったことなんてないのよ。一度も。ましてや、おじいちゃんの上着を着たことなんかない」とおばさん。

「ジョーダンはトビーだったんだ。そうだよね、お姉ちゃん？」ヘンリーが言った。

わたしはうなずく。「そう、トビーだった。そして、おばさんの言うとおり、とてもいい人だった」

たちまち大騒《さわ》ぎになり、質問に答えるのは父さんにまかせた。リリーおばさんの顔の色が、白から赤へ、そしてまた白へと変わっていく。

わたしは、おじいちゃんのジャケットの大きなポケットに両手をつっこんだ。おばさんが、この突然《とつぜん》の真実と格闘《かくとう》しているのを見ながら、わたしは、自分だけの新しい発見をした。

トビーは、恥《はじ》とはどういうものなのか、ほんとうによくわかっていた。そして、リリーおばさんでさえ恥《は》じ入らせるほどの力があるものを、わたしたちに残していった左ポケットの底に、何やら冷たくかたい物があるのに気づいた。取り出そうとしたのだけど、裏地《うらじ》にピンで止めてある。

「このポケットに何か入ってるよ」わたしは立ち上がった。

みんな話をやめる。

ピンをはずして出すと、それは金でできた星型の勲章《くんしょう》で、丸いリースの真ん中に顔があるデザインが彫《ほ》ってある。一番上には、ワシのいる止まり木があり、そこには「武勇」と彫《ほ》られている。

わたしは、星を裏返《うらがえ》した。

そして、ゆっくりとリリーおばさんに聞いた。「トビーのことをなんて呼《よ》んだ？　怪物《かいぶつ》？　危険《きけん》な男？」

それから、星を父さんにわたした。父さんはじっくり見て、裏《うら》に彫《ほ》られた文字を声に出して読んだ。「議会の名においてトバイアス・ジョーダンへ」そして、わたしを見上げる。リリーおばさんと同じくらい真っ青な顔。「アナベル、これは議会名誉勲章《めいよくんしょう》。この国の軍人にとって最高位の勲章《くんしょう》だ」

「見せてちょうだい」おばさんが、ぱっとつかんだ。勲章《くんしょう》のあちこちを見て、なんとか反論《はんろん》の材料をさがすのだけど、何も見つからない。「でも、あの男が戦争の英雄《えいゆう》だったなんて、わたしたちにわかったはずないでしょ？」おばさんは、勲章《くんしょう》をおじいちゃんにわたした。おじいちゃんは、それがガラスでできているかのようにそっと手に取った。

「トビーは英雄《えいゆう》じゃなかった。もし昨日の夜、警察《けいさつ》に殺されていなかったら、自分でおばさんにそう教えたはずだよ」わたしは言った。


その日は、学校へ行った。でも、学校のことは何ひとつ覚えていない。

ベティの死についての話ばかりだったはずだし、ベンジャミンは、その月のほとんどの間アンディにうばわれていた席に戻《もど》ったにちがいない。しばらくアンディは学校に来ないだろう。それに、もう二度とアンディをこわがることもない。

でも、授業が終わると、ヘンリーが校庭でわたしを待っていたのを覚えている。ジェイムズと先に走って行かなかったのだ。

「お姉ちゃん、ぼくたちいっしょに歩いて帰ろうか？」とヘンリー。

わたしは首を横に振《ふ》った。「いい。だいじょうぶだから。先に行っていいよ。また家でね」

ほんとうのところ、だれかといっしょに帰るのはいやじゃなかった。とくに、この弟は、姉も生身の人間だと気づいたようなのだから。

けれども、行くところがあり、そこへは一人で行きたかった。

十一月になりすっかり日が短くなった。明るいままなのはあと二時間だけ。それに、ちょっと距離《きょり》がある。けれども、わたしは出発する前に立ち止まった。ベティに初めて待ちぶせされて、言葉を交わした道ばたで。そして、ベティに告げる。ベティのことも、自分自身のことも許そうとしてみると。でも、できるかどうかはわからない。それに、何が起きようと、ベティが答えることはない。

それから、昔オオカミの落とし穴《あな》があった場所へ行き、しばらくいた。そこで死んだオオカミたちもだまっている。けれども、その場に立ち、耳をすまして、やっと気がついた。この数週間、ずっと聞いていたのだ。ほかの言葉に訳《やく》された、オオカミたちの声を。

いつか、トビーの話がわかるように、オオカミたちが助けてくれたらと願った。もし、再びふたを開け、トビーの話を聞く覚悟《かくご》ができたならば。

トビーの燻製《くんせい》小屋は、すでに、主《あるじ》に戻《もど》ってきてもらいたくてたまらない。トビーが寝《ね》ていた場所の真上には、クモが巣を張り、卵《らん》のうを産みつけた。来年の春、雪どけの頃《ころ》には、松の枝を集めたトビーの寝床《ねどこ》の上に、子グモがいっぱい滝《たき》のように落ちることだろう。

すみのほうにはアライグマが来た跡《あと》もある。トビーが火を焚《た》いた炉《ろ》の煙《けむり》を出す穴《あな》の近くだ。わたしは、きっともう二度とここに戻《もど》ってこられないだろう。

残っている写真を壁《かべ》からはがすのには、ずいぶん時間がかかった。トビーが松脂《まつやに》を使ったからなのだけど、二つのことに気づいた。まず、ほかに使えるものがなかったのだろうということ。それから、ここでずっとくらし続けるつもりだったのだろうということ。

この二つに気づき、わたしは泣いてしまった。

写真をはがすために、果物ナイフを持ってきていた。一枚《まい》一枚《まい》両手で押《お》さえ、松脂《まつやに》をあたためてから、はがしたのだけれど、しっかり貼《は》りついていたものは、ちょっと破れてしまった。苦労して壁《かべ》からはがしたので、結局どれもしわくちゃになってしまったし、ほとんど裏紙《うらがみ》がはがれて、薄《うす》くなってしまった。光にかざしてみると、どの写真にも輝《かがや》く部分があって、気に入った。

何枚《なんまい》かは壁《かべ》に残しておいた。そこにそのままあるべきものだからだ。アメリカハッカクレンの茂《しげ》みで眠《ねむ》る鹿《しか》。いちご畑でねずみを追うアカギツネ。尾《お》の先が白い矢じりのようだ。

わたしが最後にはがしたのは、カメ石の上にタカがとまっている写真だ。とても美しかったから残しておこうかと思ったのだけど、とても美しいからこそ持って行くことにした。

夕方家に着いたときは、しかられると覚悟《かくご》していた。なのに、母さんは、おかえりとだけ言って、わたしにエプロンをくれた。

しばらくして、ヘンリーが台所にやってきた。わたしがそこにいるのを見てほっとしたようだ。わたしは、写真のたばをヘンリーにわたした。

「トビーが置いていった写真だよ。カメラがほしいのなら、わたしの部屋にある。新しいフィルムを入れておいた。フィルム一本ずつ、交代で使おうよ」

「ぼくは？」ジェイムズが、台所に飛びこんできた。アライグマの毛皮の帽子《ぼうし》をかぶっている。おばあちゃんがジェイムズに新しい本を読みだしたにちがいない。きっと、西部開拓《かいたく》時代の話。

「ジェイムズも写真を撮《と》っていいよ」わたしは言った。

「昔の開拓者《かいたくしゃ》、ダニエル・ブーンも写真を撮《と》った？」

「撮《と》ってないよなあ」とヘンリー。

「それなら、ぼくも撮《と》らない」ジェイムズは、馬に乗っているつもりで飛びはねながら、自分だけの荒野《こうや》へ行ってしまった。

ヘンリーがわたしのほうを向いた。「じゃあ、カメラは、ぼくたちだけの物だね」

そのヘンリーの言い方のおかげで、わたしは、またすぐ幸せになれそうな気がしてきた。

ベティの葬式《そうしき》は奇妙《きみょう》な葬式《そうしき》だった。教会は満員で、どの席もいっぱい。ほとんどの人たちは一度もベティに会ったことがなく、ベティの祖父母を知っていたり、子ども時代のベティの父親を知っていたり、それから、ベティの無残な死のことを聞いて、ちゃんと見送ってやりたいと思った人たちだった。

前にベティの部屋で写真を見た、ベティの「いなくなった」お父さんも来ていた。ベティのお母さんから離《はな》れた席についた。お母さんのほうは、一番前の席で両手を顔に当てて泣いている。わたしのすわっているところから見たら、お父さんは泣いていなかった。けれども、讃美歌《さんびか》『主よ御許《みもと》に近づかん』を歌おうと全員が立ち上がったとき、お父さんは席にうずくまってしまい、いつまでも目をこすり、肩《かた》を震《ふる》わせていた。

ベティのおじいさんが自分で作ったベティの棺《ひつぎ》は、白いペンキがぬってある。穴《あな》の中へ入れてしまうなんて、あんまりだと思った。ベティをうめるために掘《ほ》られた土の穴《あな》。一人ぼっちにしてしまうなんて、残酷《ざんこく》すぎるではないか。いっしょなのは、わたしたちが棺《ひつぎ》の上に並《なら》べた花だけだ。ほとんどは、枯《か》れ野からやっと集めてきた、今年最後の野生のシオンとアキノキリンソウの花。

それでも、わたしたちは、ベティを残して立ち去った。一人残らず。ほかの人たちよりゆっくり去った人もいたけれど。そして、翌日《よくじつ》、墓のそばを通ると、こんもり盛《も》り上がった地べたに、いたんだ花や葉が散らばっているだけだった。ベティが最後にいる場所。

こうしていなくなってしまうと、ベティは、まるで、あたたかくなった四月に突然《とつぜん》やってくる冷えこみのよう。父さんは桃《もも》の果樹園《かじゅえん》で、やわらかい花が凍《こお》りつかないように、徹夜《てつや》でたき火を燃やしつづけなくてはならない。

生き残って、世界一おいしい実になる花もある。けれども、霜《しも》にやられて、枝の上でしおれ、無駄《むだ》になってしまう花もある。

わたしには、ベティが花と霜《しも》の両方だったように思えた。


トビーの葬式《そうしき》は、まったくちがった。

うちは金持ちではないけれど、その場所へ遺体《いたい》を運んでうめる費用はじゅうぶんはらえた。教会の墓地ではなく、オオカミ谷の上にある丘《おか》のてっぺん。トビーの名前、生年、没年《ぼつねん》を刻《きざ》んだ簡素《かんそ》な墓標《ぼひょう》の下。

トビーがいつ生まれたのかを知るのはかんたんだった。陸軍が教えてくれたのだ。生きている親族が一人もいないということも教えてくれた。けれども、トビーがいつ死んだのかは、わたしたちが陸軍に教えた。

それから陸軍は、トビーが何をして勲章《くんしょう》を授与《じゅよ》されたのか、情報をまとめて送ってくれた。

でも、わたしは、もうトビー自身の口から話を聞いている。だから、どれも、どうでもいいことだ。わたしには。

トビーを葬《ほうむ》り、わたしたちは丘《おか》のてっぺんにそろっていた。ほとんどの間、ただだまって立っていたのだけど、それが、もっともふさわしい別れのあいさつに思えた。

それにしても、リリーおばさんには驚《おどろ》いた。「あの人のことを悪く言って、申しわけなかった」おばさんは、墓ではなく、遠くのほうを見ながら言った。まるで、トビーがどこかにいるように……いや、たぶん、いたのだろう。わたしにはそう感じられなかったけれど。

やがて、おじいちゃんとおばあちゃんが、ゆっくり家へ向かって歩きだし、リリーおばさんも二人のあとをのろのろついて行く。

父さんと母さんも、わたしにキスをすると、歩きだした。

「ねえ、お姉ちゃん、帰ろう」ヘンリーが言った。陽の光が弱まりだしている。

けれども、わたしはまだ、立ち去る気になれない。すると、ヘンリーもいっしょにいてくれた。それに、ジェイムズも。ちょっと先まで行っていたのに、わたしたちが何をしているのか知りたそうに戻《もど》ってきた。いっしょについてきた犬たちは、トビーの墓のそばにある草の上にころがって、長いこと頭の上の雲についておしゃべりをしている。

それから、わたしたちはそろって家に帰った。

そのあと何年にもわたって、ときおり、わたしは丘《おか》のてっぺんにあるトビーの墓のそばにすわった。オオカミ谷を見おろし、わたしのくらしについてトビーに話した。

谷も聞いてくれているようだった。何世紀もの間、いったい谷は、ほかに何を聞いてきたのだろうかと、いつも考えてしまう。――男たちが落とし穴《あな》を掘《ほ》る音。落ちてしまったオオカミたちの絶望の嘆《なげ》き。えさのにおいにだまされなかったオオカミが、地上から、運のつきた仲間を見下ろしていたのかもしれない。そして、朝になり、銃《じゅう》を持った男たちが戻《もど》ってくると、森の中へかくれたのだろう。

地上にいるオオカミも、闘《たたか》いの必要と、生きたいという願望の間で引き裂《さ》かれ、心を痛《いた》めていたのではないだろうか。わたしは、この谷が暗い場所だと思わずにはいられない。木漏《こ》れ日がどんなにまぶしかろうと、変わりやすい光の中に咲《さ》く花々がどんなに美しかろうと。

けれども、オオカミ谷は、十二歳《さい》になるその年、わたしが真実を告げることをおぼえた場所でもある。向き合わなくてはならないことについてほんとうのことを。逃げてはいけないのだ。どれだけ逃《に》げたくなったとしても。

そんなことをトビーに話していた。知ってしまった大きな悪から逃《に》げたからって、トビーを責《せ》めていないということも告げた。そして、たくさんのまちがいを正そうと、わたしに試させてくれたことを感謝した。トビーはあきらめてしまったけれど。

なのに、いつも風がわたしの言葉を、雲の影《かげ》のように、吹《ふ》き飛ばしていく。わたしが言ったということが大切《たいせつ》で、だれが聞いたかは、どうでもいいというように。

そして、わたしはそれでよかった。

ローレン・ウォーク（Lauren Wolk）
アメリカ、メリーランド州出身。大学を卒業後、ネイティブ・アメリカンに関する本の執筆や、英語教師、教育関係の編集を経て、2007年より、ケープコッド文化センターのアソシエイト・ディレクター。詩人、視覚芸術家、作家。本作品は、はじめて書いた児童書で、ニューベリー賞オナーブックに選ばれている。自然を愛し、各地のトークイベントなどに積極的に参加している。現在はマサチューセッツ州在住。

中井はるの（なかい・はるの）
東京出身。大学を卒業後、台湾系の企業に就職後、ライターや、ディズニーランドの通訳などを経験。その後出産をきっかけに子どもの本に興味をもつ。絵本作家アシスタント、絵本教室の事務局などを経て、訳書に『グレッグのダメ日記』（ポプラ社）、『ちっちゃなサリーはみていたよ』（岩崎書店）、『ワンダー』（ほるぷ出版）、『難民になったねこ クンクーシュ』（かもがわ出版）など。ディズニー映画のノベライズなど多数あり。

中井川玲子（なかいがわ・れいこ）
東京都出身。カリフォルニアでの子育てを通じて児童書にほれこみ、児童書翻訳の道へ。中華圏の児童書を楽しみながら広東語を勉強中。主な訳書に『美女と野獣』『チャイコフスキーのくるみ割り人形』『クラシックおんがくのおやすみえほん』『ポップアップ スノーマンとスノードッグ』『世界の七大陸 ぐるっと大冒険』（大日本絵画）、などがある。現在は香港在住。やまねこ翻訳クラブ会員。

その年、わたしは嘘をおぼえた
2018年10月 第1刷発行　　2020年10月 第3刷発行

作者 ローレン・ウォーク
訳者 中井はるの、中井川玲子
発行者 佐藤洋司
発行所 さ・え・ら書房
〒162-0842 東京都新宿区市谷砂土原町3-1 Tel 03-3268-4261 https://www.saela.co.jp
印刷 光陽メディア
製本 東京美術紙工
ISBN978-4-378-01526-2 NDC933